U0924333

我和我的猫，都想你。

好想，猫在你怀里

未璧——著

HAO
XIANG
\
MAOZAI
NI HUAILI

江苏凤凰文艺出版社
JIANGSU PHOENIX LITERATURE AND ART PUBLISHING, LTD

图书在版编目（CIP）数据

好想，猫在你怀里 / 未璧著. -- 南京 : 江苏凤凰文艺出版社，2018.4

ISBN 978-7-5594-0977-5

Ⅰ. ①好… Ⅱ. ①未… Ⅲ. ①长篇小说－中国－当代 Ⅳ. ①I247.5

中国版本图书馆CIP数据核字(2018)第000329号

书　　名　好想，猫在你怀里
作　　者　未　璧
策划出品　惊池文化
出 品 人　王肃超　李格
责任编辑　姚　丽
责任监制　刘　巍　江伟明
出版发行　江苏凤凰文艺出版社
出版社地址　南京市中央路165号，邮编：210009
出版社网址　http://www.jswenyi.com
印　　刷　北京天宇万达印刷有限公司
开　　本　880毫米×1230毫米　1/32
字　　数　280千字
印　　张　10
版　　次　2018年4月第1版　2018年4月第1次印刷
标准书号　ISBN 978-7-5594-0977-5
定　　价　42.00元

目 录

Chapter 01

男神？女神？

初夏，天气的温度刚刚好，让人觉得恰到好处的柔和。午后的落雁咖啡馆里客人不多，室内弥漫着一丝午后的慵懒，明亮的阳光透过落地窗缓缓照进室内，流淌出一地的淡金色。

进门左拐，第三张原木方桌前，一个容貌英俊的年轻人专注地看着iPad里的内容，不时指尖轻点，接着在一旁摊开的墨蓝色笔记本上记录几笔，造型简洁的白衬衫搭配明蓝色的工装裤，浸润在夏日的柔媚中，弱化了他身上的清冷。明明是处安静的所在，却分外吸引人的目光。

经过的女店员貌似不经意地瞄了一眼他手里的iPad，随即放慢了脚步。这位帅哥似乎正在刷某个知名的言情小说网站——嗯？新晋作者榜？如果她没有潜伏网络小说界多年，经常“光顾”这些网站，也许还不能一眼就判断出来。

女店员的眼角余光轻轻扫过帅哥的侧脸，某种遗憾与奇妙相交织的情绪在心底流淌起来，这位客人的气质与容貌都十分出众，专注的模样更让人见之不由心跳加快。但他专注看着的竟然是言情小说？在“腐文化”大行其道的当下，女店员敢打包票这新晋作者榜上必然有一波人才是专注于男女之情以外的爱情故事，结合这位客人尽管俊俏却自带了某种雌雄莫辨气息的长相，在她多年腐女精神的信仰引领下，女店员忍不住把他归入了她又爱又恨的某个群体。

他进店之后，坐在那个位置已经有一段时间了，像是在等人。难不成就是在等他的那一位？作为一枚骨灰级腐女，女店员感觉到身体里的肾上腺素分泌开始加速。她要亲历一对帅气CP的爱情故事了吗？哦，血液都要沸腾了。

路棠不知道自己在不经意间已经成了女店员某种不可言说白日梦的主角之一，检查了一遍本子上的记录，放下了iPad。

夏初的天气很好，有清浅的阳光但不会过于浓烈，只给人一种微微暖的感觉。遇见这样的天气，人的心情也会不由自主地好起来。

几大知名的小说创作网站是他经常浏览的站点，不过不是女店员想的那样，而是因为他的职业，他是一名图书策划人。随着移动互联网的发展，一切可以借助于网络进行传播的事物都发展迅速地让人有些猝不及防，IP概念也被炒得火热。对于真正想在这个行业做出点东西的人来说，却是也好也不好。人们的关注度高了，被关注者的心思就容易多起来，还容易飘起来，对于策划者是这样，对于创作者，也是。他无奈地一笑。

这批新上榜的作者中，有几个的资质的确不错，场景的设计与人物对话的把控都还算到位，只是缺了些故事创意。不过与其说是缺了创意，倒不如说是缺了市场敏锐度，市场才是最重要的创意筛选器。这很残酷，不能与之需求契合的作品，即便出版也多半会爆了冷门，或者，即便首印销量尚可，但后继也无力。他扫了一眼笔记本上的记录，还需要找个时间联系他们作进一步的了解。

不过，雾阳这小子，怎么还没到？这小子虽然总是一副懒洋洋的大男孩模样，文字功力却深厚得有些惊人。与他的温和外表给人的感觉恰恰相反，他的笔触老道而犀利，三言两语之间便扣向了人心底最深处的欲望。读他的作品，常让人有种内心的世界被暴露在了阳光下的错觉。故事的开始便伴随了令人不安的情绪，刁钻的遣词最爱勾勒一个又一个谜团，刺激着人不得不一路读下去。不过还好，他的作品结局倒是无一例外的圆满，出人意料却又恰到好处。不过看故事的人，从来都是不知不觉便已身处了故事之中。

雾阳的作品给他的笔名做了很好的注解，浓重的雾夜过后，是初升暖阳。欲望的刺激与温情的治愈被他拿捏得炉火纯青，让读者们不得不在又爱又恨间逐渐爱惨了他。他的本名叫周子阳，不过大家通常只记得“雾阳”这个名字，很难记起他的本名，连路棠这个跟他合作了多年的老拍档也是如此。想到这里，路棠不禁觉得有些好笑。

雾阳最新的一部作品——《无野》的上市数据刚刚出来，很不错，发行部已经发给路棠看过，顺便提到了加印计划，路棠自然答应。以这小子在读者心中的逆天人气，销量比较好的几个地区，签售会也是不可免的了。

路棠拿起桌上的咖啡喝了一口，某个姗姗来迟的人终于到了。

“抱歉，我迟到了。”他的声线还透着一丝懒，眼里却带着笑意。

“没事，遇上堵车了？”

雾阳点了点头。

两人很熟悉，雾阳的打扮也比较随意，纯色白T外面套了一件天蓝色的条纹衬衫，乍一看很像是刚从大学校园里上完课出来的大男生。

路棠不禁调侃道：“雾阳同学，你的书粉总说，以你的颜值不去当明星实在太可惜。说真的，就凭你这逆生长了这么多年的脸蛋，要不要考虑一下直接出道算了？”

“嗯？出道——那你做我经纪人。”他似乎开始认真考虑这个问题，后半句用上了肯定的语气。

路棠微微敛容默了一秒……她真不该忘了，面前这个人，是每每轻易就做出了本质很无厘头决定的主儿。搬起石头砸自己的脚，说的好像就是现在的她。

“咳咳……娱乐圈看着光鲜，其实是个货真价实的大染缸，你跳了进去，出来的时候不知道染成了什么颜色，更别说，那还不是想出来就能出来的。这会影响你在文学创作上的纯粹性。”路棠表情严肃地说完最后一句，把手里的文件递给他，“今年8月的签售会安排，看看有没有问题。”这小子现在专职写作，还常常要把稿子拖上个十天半载，光是催交稿，她就要陪着劳心劳力、伤肝动肺好一段时间，如果真的半只脚踏进了娱乐圈，呵呵，可以想见那个时候她的肝和肺有多大反对意见了。

雾阳“嗯”的一声笑着接过。他不过是想逗逗自己的经纪人，看路棠一脸严肃的模样，很可能是当真了。只能说，摊上他这样调皮的作者，自家经纪人已经在“磨炼”之下变得十分机敏。

签售会的安排自然没什么问题，在执行方案的拟定阶段××部就已经跟他沟通过，现在只是例行的二次确认。何况，他的主职就是写作，没有为了别的杂事耽搁自己作品推广的道理。倒是关于《无野》的后续发行与数字版权投放，他确实有几个地方并不赞同。

两人商榷了一会儿，结束工作。说到接下来的创作计划，雾阳十分诚恳地表示，他需要休息一段时间，或者更准确一点儿，是出去浪一段时间。

“创作某种程度上等同于输出自己的能量，持续一段时间的输出之后，必须得充电。否则能量循环链一旦损坏，你可能就要永远失去我的才华了……”

路棠保持微笑脸看他，“那可不，你的才华那么珍贵。”

“路棠，你还是一如既往的体贴。”

他要是不这么善解人意，能和这自恋又爱偷懒的小子合作这么久？“打算去哪里？”

“尼泊尔，那个国家挺特别的。大都市里的灯红酒绿看多了，想去纯粹的土地上待一段时间，净化一下肺腑。”

“S市的雾霾似乎并不严重。不过你这话倒是让我想到了一部电影，倪妮和井柏然主演的那部——”

“《等风来》？”

“嗯，我记得，电影里的主人公遇到了局部冲突……啧，有几分凶险。”

雾阳平静安然的神色一顿，路棠语调里的“不怀好意”实在有点明显，“谢谢提醒了，我比较相信自己的人品。倒是我们路公子，最近颜值好像又升了几个百分点。也越来越雌雄难辨了。”

路棠原本坏坏的笑容在脸上停了一秒，继而换成了开怀大笑。

雾阳抬眉，端起了女店员刚送过来的咖啡。

路棠的面孔完美糅合了男人身上的英挺气息与女人身上的柔美味道，笑或不笑，都是俊朗中夹杂了几分清雅与柔美，当然，整体更偏向于英俊。

只不过，辜负了女店员与一众有意无意打量着他的姑娘们一番心潮暗涌，路某人的性别——不好意思，从生理上来说是个女人，货真价实的女人。

不过因为天然的女生男相缘故，她从小就常被人当成男孩子，亲妈更是有意地把她当成个男生来打扮培养，久而久之，她的穿衣与举止就多了男人的洒脱利落，而不见女人的娇媚柔婉，再加上并不前凸后翘的身材，十次里倒有八次要被误会成个男人。即便偶尔作了稍女性化的打扮，更多也是在不同的场合被偏爱她这一款的女同们看上，直接索要联系方式……更早一点的学生时代，女孩子们的小情书与巧克力她还收了不少。

“路公子”这个听起来还挺倜傥的名头，着实伴了她好多年了。不过，这绝对是路棠一直以来都哭笑不得的一个梗。自带舔屏光环，满点的撩妹技能自然是很好，也的确为她带来了不少福利，一个眨眼就能换来咖啡厅里妹子脸红红地给她升杯或是double。何况，“动口or动手”地调戏姑娘们，看她们脸红心跳的模样——实在是人间一大乐事。

然而，即便从头到脚，从外到内看起来都像个男人，还是个相当英俊更相当善于撩拨女人的男人，她真正喜欢的，不好意思，可能还是男人。只不过这件事没几个人知道，比如雾阳同学就不知道。

“唔……可惜，落雁的姑娘们都已经对我有抗体了。”路棠的语气微带遗憾，眼神里却流露出了一丝小小的得意。

“是吗？柜台附近那位店员看起来对你挺感兴趣的，估计是新来的。”

“咦，真的？”

“嗯，你的九点钟方向，朝这边看了有几次了。”

路棠笑了起来，“你这方位描述得还挺精确。不过，你忍心眼看又一位可爱的姑娘被我荼毒？”

雾阳看了她一眼，“她并不满足我心里可爱的标准，何况，你缺乏实质性荼毒她的能力。”

她没想到自己有一天会被这臭小子一记秒杀。缺乏实质性荼毒人的能力？呵，还真是。

“路公子，说实话，有没有觉得我更坦率更真诚了？”

“雾阳同学，既然接下来的工作安排没什么问题，回去部署你的尼泊尔之行吧。”这么“真诚”的人，还是赶紧打发走。

女店员正在装作不经意地偷偷看着那对疑似couple的帅哥，突然发现一开始就在的那位客人的视线投向了自己这里。难道被看见了？在她不禁微微有些心跳加速之时，发现那个晚到的帅哥突然站了起来，冲着自己的方向露出了一个意味不明的笑容。然后……他竟然就这么走了？

先到的那位客人随后也站了起来，不过，他没有去追先走的那个人，反而信步向着她所在的位置走了过来。他的面孔俊秀而英挺，有种浓墨入画后清朗却隽永的味道。女店员顿时觉得心里开始小鹿乱撞起来，尽管不能确定他的目标是谁，不过，他的确是在朝着这个方向走过来，而且，真的很帅好不好。

那个人终于以并不快，甚至是有些慢悠悠的速度走到了她面前，伸出了手，白皙修长的手指温柔地把她一缕散落下来的发丝扶到了耳后。

“这样比较美。”他说。

声音清澈入耳。不过，不过不过，这为什么听起来像一个女人的声音……天雷滚滚，还是劈中了天真的女店员。她遭受了生命里的第一次“情感欺骗”，愣在原地不能动弹。

看着定格在她脸上的震惊与懵逼，路棠扬唇一笑。把自己的快乐建立在别人的“痛苦”之上，还真是一种会传染还会上瘾的病。这必须得怪雾阳同学，她绝对是近墨者黑。

路棠转身走向柜台，请店员帮她打包一些甜品。落雁的糕点甜而不腻，很得青时一众妹子的喜爱，知道她和雾阳约在了落雁，那群“小妖精”的眼睛里都快要放光了……身后忽然传来一阵骚动。

“诶，你看那是不是……那个养猫的网红，长得很好看的那个！”

“真的是！我超喜欢她的。”

……

路棠闻声转过去看了一眼，却意外地见到了一张并不熟悉的面孔。出版业与娱乐圈或多或少有交集的领域，她见过甚至当面交流过的网红都不在少数。路棠对人脸的记忆能力一向还不错，不过在她的印象中，并没有见过眼前这张极漂亮却陌生的面孔，似乎还是天然系的，因为很有自己的风格。

以她的角度，只能看到那个女孩的半张侧脸，却精准地向她传达了一种细腻的美感，方寸之间，自成一景，还有股——“仙气”，虽然是个短发姑娘。作为一枚吃货，路棠觉得她的皮肤看起来有一种牛奶凝成的晶莹质感，让人很想，咬上一口……她挥开脑海里的“邪念”，接过店员递过来的牛皮纸袋，却忍不住驻足，观赏。

那个女人穿着一件米色的上衣，搭配纯白色的裤子，一只通体纯黑的小猫咪乖巧地窝在她的怀里，一双澄绿色的眼睛好奇地看着周边的一切。黑白分明，这一景从远处看很有水墨画的味道，用色简单，却把轮廓深刻地绘在了人的心上。猫咪的主人并没有受到周遭人骚动和议论的影响，就像是眼里只有自己的那一片世界。

看着她选了临近落地窗的一张木桌坐下，路棠慢慢收回了视线，接着不禁嘴角微扬。最近是不是真的有点弯了？她身上似乎散发着一种奇怪的，让人无法抗拒的荷尔蒙。

Chapter 02

田螺姑娘的秘密

下班开车回家的时候，那阵得了艳遇的奇妙心情仍未散去，路棠的嘴角始终轻轻扬着。把车开进停车场，她才发现江筱的那辆红色奥迪已经停在了那个前几天基本是空着的位置上，终于忍不住笑起来，“这日子是不是太美好了一点，这算双‘喜’临门么，艳福在先，口福在后。”

进了家里，她果然看见一个娇小的身影在厨房忙碌，清馨香甜的食物气息争先恐后地涌入鼻腔，路棠满足地深吸了一口，嘴角的笑意一点点勾起。

江筱身上有很多美好的品质，不过其中最让她喜爱且引以为傲的，当属这位姑娘的一手上佳厨艺。她们在学生时期就相识，算起来江筱是大她一届的学姐，两人同在S市念的大学，本科毕业后，路棠留在了S市工作，江筱去了美国深造。没想到的是，江姑娘学成归国后，也留在了S市，两人干脆合租了一套公寓。

江筱在S市一家小有名气的心理咨询所工作，最近碰上了一位颇棘手的客户，已经好几天没有回家吃晚饭了。她的手艺传自分分钟可以做出满汉全席的江妈妈，在此基础上，出于留学经历与个人的兴趣，江姑娘对西式甜品的制作也颇有心得，这大大满足了路棠一颗吃遍中西方美食的饕餮之心。

“亲爱的田螺姑娘，你今晚终于不加班了。做了这么多好吃的呀，啊，简直让人感动。”路棠钻进厨房，看着已经入盘的参鸡汤，眼中光芒大盛，“辛苦我家筱筱了，今天的主题是‘舌尖上的中国’吗？”

“去去去。”虽然很想说两人中学就认识，理应对这家伙的长相免疫了，但江筱……不得不挫败地承认，这家伙长得实在太符合自己的审美了，分分钟就要怦然心动的节奏好吗。偏偏这家伙还最喜欢笑，最喜欢撩妹！

江筱磨了磨牙，“微波炉里的鱼估计已经好了，你去把它端出来。”

“好的女朋友！”

等所有的菜品都到了它们该待的位置，热气腾腾的香味开始四处流溢，路棠只觉得浑身的骨头都快要酥了，这是全身的馋虫都被勾起来的征兆！她崇拜地看着江筱，“筱筱姑娘，你怎么能这么贤惠呢，简直是贤妻顶配版，我都舍不得让你做别人的女朋友了。”

江筱不禁好笑，“嗯听听，不知道的还以为你是多久没吃上一顿好的了。谁不知道你从来不亏待自己的胃，说说看，这几天背着我吃什么香喝什么辣去了。”诚然路棠的捧场让她小小的虚荣心得到了大大的满足，这孩子就是爱说实话这点比较可爱。

路棠挑了挑眉，“懂我。这两天确实发现一家不错的餐厅，改天带你去吃。”

说着，她想起了下午的艳遇，“知道吗？今天下午，我在落雁邂逅了一位很美的姑娘，似乎还是个网红，就是名字有点奇怪，我至今没能在微博上搜到她……”

江筱以为她是在开玩笑，这家伙一向对“网红”无感。那些好似流水线生产出来，几乎一个模子刻出来的同款面孔与五官，江筱也不感冒。不过看路棠此刻的神情十分认真，不由也好奇起来。难得有让她家路棠抛开了固有立场，觉得好看的女网红，还不仅仅是好看，而是美。她都有点想看看那位美丽女网红的模样了。

不过，等一下，刚刚路棠说的这个名字，似乎有点奇怪，也有点耳熟……如果，把“妖宅阿非”的几个字调一下音调，似乎跟自己的男神“喵宅阿匪”挺接近，江筱突然有了某种不好的预感，看向路棠，“你刚才说，‘她’好像是个养猫的网红？”

“嗯。”

“你说看到‘她’的时候，‘她’怀里抱着一只黑色的猫咪？”

“对。”

江筱简直想给对面的人一拳，再给自己一拳。亏她从研一开始就粉“喵宅阿匪”的微博，还自认是他的忠实fans，在路棠这个不靠谱家伙的误导下，竟然连是她男神都没反应过来，真是……太……太可耻了。而且路棠这家伙有幸得见她家男神真颜，居然还把名字记错了。是可忍，孰不可忍。不过这还都不是重点，重点是她家男神是个男的！虽然，他长得“仙女气质”了一些，“出尘脱俗”了一些……但他是个货真价实的男人！江筱感到了一阵深深的无力感，路棠这家伙……

某人警觉地嗅到了一丝幽怨的气息，不自主地在心里打了个微颤，抬头看向幽怨的源头，“怎么了？筱筱？”

江筱“咳咳”两声清了清嗓，端正了神色，表情郑重，声音却流露出了一丝夹带着愉悦的甜美，问道：“小棠，我做的菜好吃吗？”

“当然……好吃啊。”如果此刻头顶有乌鸦飞过，一定很应景。她这种突然的诡异口气是怎么回事？无端让人心底开始发毛了。

“那你想继续吃我做的好吃的吗？”对方的声音开始变得更加甜美。

“当然……啊。”路棠不是很有底气，勉强保持了真挚的眼神看着她。

直觉告诉她，江筱已经在前面挖好了一个坑，就等着她跳下去。不过即便如此，跳就跳吧，没有几件坑爹事比吃不到江筱做的美食更让人觉得头痛。

“很好。”对于路棠的配合，江筱表示很满意，“微博上有一位很有爱的萌宠博主，我待会儿分享给你。你去关注一下，就他的有爱之处写一份调研报告给我。”

认识不到男神的美好是种罪过，最佳的弥补方式当然是路棠同学能够自己发现他的魅力了。她采取的手段特殊一点什么的都是浮云，重点是路棠同学要就这个问题进行深刻的反思，严肃的认识。

“什么鬼？”路棠手里的筷子一滑，“我知道你很喜欢萌宠没错，你很喜欢某个博主我也不觉得奇怪，这都很OK。不过，”还是觉得太过匪夷所思，“为什么我竟然要就你喜欢的博主写一份调研报告出来？”在大学毕业这么多年之后，在离开基础编辑工作也这么多年之后，她竟然又要再写调研报告了？这太令人发指了。

“嗯哼，你还想不想吃我做的菜了？”江筱的声音端庄又甜美，作为深刻掌握人性弱点的心理咨询从业人员兼认识路棠多年的好朋友，她很清楚路棠的吃货本性与甘愿为吃“折腰”的性子，下手快准狠，直戳人死穴。

“姐姐，你是在玩我吧？”

“嗯哼。难得，好久没听你叫我姐姐了。”

路棠刚想说什么，江筱难得御姐范儿十足地冲她摆了摆手，“不过，此事免谈。远离调研报告与远离美食from筱筱，你只能二选一。”

“我靠，你是认真的吗？”

“我是认真的啊。”

“诶不是，我什么地方得罪你了，直接说吧，调研报告什么的也太可怕了啊。”路棠静默了几秒，痛定思痛之后依旧不能接受，做垂死挣扎。

“你想不想我继续给你做好吃的呢？”

“江筱，不带这样的。”

“怎样？考虑清楚再做决定哦，不然今天可能就是最后的晚餐了。”

“江筱！”弥漫着美食清香与温馨气息的公寓里传出了一声咆哮。

江筱嘴角微微翘起。亲爱的男神，我终于对你有了一个交代呢，圆满。请您好好地等着我家路小棠的赎罪吧。

Chapter 03

喵小姐与仙男

临近傍晚，手头的事儿处理得七七八八，路棠忍不住靠向椅背小幅度地伸了个懒腰。

诚实地说，生命里最让她热爱与感到满足的还是工作，在不敷衍的忙碌中实现一个又一个的突破，这与简单温馨的生活一起组成了一支非常动人的协奏曲。也唯有工作常常让她觉得感动，与安心。一旦有了无论如何要先把手头的事做好的想法，什么都是浮云了，只剩下专注地思考与高效地执行。没有什么比自己的事业更加牢靠。她看着窗外照进来的阳光缓缓放松了眉目。

如果没有江筱布置的那个伤脑筋奇葩任务，她一定会觉得此刻的时光更加美好。好一段煞风景的记忆，一个月的完成期限，为了与江筱的情（美）谊（食），虽万千奇葩，她只能往矣。

现在，就让她来看看那位让江小姐如此“冷酷”，以至于不顾她们多年情分也要强行给她布置家庭作业的萌宠博主好了。看看到底是何方神圣。

路棠此刻的心情，复杂中饱含了幽怨，点进微博，习惯性地先浏览了一下几位签约作者的动态。嗯，很好，抓到一个三天两头跟她撒泼卖萌说忙到飞起没时间写稿，却暗搓搓在微博上点赞了好几个美食视频的姑娘。小丫头死性不改，看到吃的就忍不住点进去看，看完还要一本满足地点赞，还以为自己藏得已经很好。她敢打包票，这丫头一定是看完了这些平均时长近三十分钟的小纪录片才点的赞，不要问她为什么知道，催稿人的心酸只有职业催稿人懂得。那么这次是敲一顿竹杠比较好呢，还是好好调戏一番比较愉悦身心呢？这个小丫头害羞起来可是很可爱的……这么一设想，路棠原本幽怨的心情略微轻快了几分。

不过心里仍下意识地抵触那个倒霉的调研报告。“调研报告”这四个字，总让她不由自主地回想起在大学里和走入职场不久时对着笔记本敲出一份又一份冗长报告的时光，着实不算美好。也许是老天听到了她强烈抗拒的心声……路棠突然发现好像想不起那个博主叫什么名字了，依稀只记得有一个“绯”字，还不确定正解是不是她所想的那个字。

懒得打开微信再去翻和江筱的聊天记录，路棠直接点进了萌宠版块，既然是颇有名气的萌宠博主，热搜里总能见到他的身影。不过，路棠下意识地快速划过了视线所见里没有柯基的微博。世间萌物三千，她独爱柯基那小短腿……没等找到跟自家“荷包蛋”一样有力不虚胖的小短腿，一只通体雪白的小猫咪吸引了她的视线。

最初被吸引，除了它通体雪白的毛色，还有点鬼使神差。这是一条秒拍视频，画面中的小猫咪安静地半蜷在沙发一角，澄澈幽绿的眼睛望着远处，像极了一位怀了不可言说心事的骄傲少女，似是在骄矜又似是在等待人去关心它。

这一刻，路棠的感觉很微妙。似曾相识的场景，那只小猫咪的姿态像极了当年的自己。心里藏了满腹的委屈与伤痛，渴望与人倾吐，一直以来的骄傲却让她固守着心扉，执拗，痛苦，不过最终还是让眼泪流回了腹中。

因为她知道，单纯的复述事件本身，并不会改变已经发生的，已经发生的是事实。所以她不愿意掰开心里的苦，去给别人看，将那些东西暴露于人前，除了难堪，也没有别的了。有很长一段时间，她就是这样一个人安静地待着，任由放空的目光投向不知名的某个远处，任由心思胡乱飘荡，只除了尽量让自己避免回忆起那些并不愉快的片段。但那些看似坚强冷静的背后，她知道，内心深处其实渴望着有人能够不顾自己的抗拒，靠近她拥抱她。

她认真看着视频，没过几秒，原本十分感同身受的路棠看到，那只怀了满满的心事，骄傲又矜持的小猫咪在下一秒慢慢转过了它高贵的头颅，冲着镜头“喵”了一声……近乎谄媚地“喵”了一声，还举起了一只粉嫩嫩的小爪子做打招呼状，卖萌一般。

小朋友，说好的骄傲呢？路棠有些哭笑不得，这么些年，各路魑魅魍魉她也算见了不少，如今竟然被一只小猫咪给欺骗了。这是哪位主子调教出来的？那么纯真的小模样，小性子却如此狡诈，可见主人也不是个老实的。

正在她暗暗腹诽之际，镜头转换，一个美丽的身影进入了视线，温柔地抱起那只小猫咪，转过身，露出了一张有些过分动人的面孔。五官自是清丽妩媚，更让人心眼都晃动起来的却是那人眉间的点点笑意。看起来可真像某种色彩明丽，气息甜美得让人心醉的小小甜品。吃货路棠不由感叹。

不过，妖宅阿非！本公子终于找到你了。踏破铁鞋无觅处，得来全不费工夫。

视频里的那人一声轻笑，说的却是，“骄傲不过一秒。”明明是带了几分嫌弃的冷淡语调，路棠却感觉到了几缕隐匿其中的纵容。声音倒是很好听，相当低沉悦耳的男嗓，还有一点点磁性。

等等……等等等等……这是个男人？路棠睁大了双眼。出现在视频中的这张面孔，三天前跟她在落雁有过一面之缘。美丽出众的人物总是很难让人忘记。何况她路公子对于人脸的记忆能力一向非常好！她还记得彼时那个女人怀里抱着的是一只黑色的小猫咪，而视频里的这只是白的。难道她养了一黑一白两只小猫咪？不对不对，现在的重点不是这个。重点是这个女人并不是个女人……什么鬼？路棠陷入了懵逼与自我怀疑。

时间悄然静止。

路棠深吸了一口气让自己冷静下来，把手机横转，仔细看放大版视频中的那个人，经过记忆中与视频中面孔的N次对比，她终于难以置信地捂住了嘴。画面中的这个人，根本就是那天她在落雁遇见的那位“美人”。也就是说，“美人”其实是个男的。一度让她怀疑自己是否被掰弯了，念念不能忘的美丽艳遇对象，竟然是个男的！

很好。路棠再一次感受到了这个世界对她的恶意。一个男的怎么能长成这个样子，这是要跟她的英俊一起验证自然界的对称性吗？靠之。她很生气，戳进了那个视频博主的微博。

头像倒是可爱得很，一黑一白两只小猫咪，乖巧地并排坐在一起看着她。这人果然养了两只小猫咪。博主的账号昵称是，喵宅阿匪。

这个名字，除了耳熟之外怎么还这么眼熟？

“呐，这就是那位有爱萌宠博主的名字了，哦对，他还是我男神。路小棠，我跟你说，我家男神最近新po的薯片广告实在是太萌了！你一定要去看！男神家的猫咪果然是相当有灵气，秒杀我们家荷包蛋不在话下。”某条截图之下，某江姓女子带点小激动的语音似乎还晃悠在耳边。男神？喵宅阿匪？妖宅阿非？靠之。原来兜兜转转坑了她一次又一次的，都是他！路棠气极反笑，笑完也释怀了。江筱同学，我大概知道你布置奇葩家庭作业的原因了。

不过这位大哥，你的长相是不是太具欺骗性了点。路棠带着死得其所的心境点进“喵宅阿匪”账号的主页，细看他发的微博。

相比大部分晒自己的萌宠出名的网红，他发的微博数量并不多，即便已经积累了六百多万粉丝，所发的微博总量也不过几百条。不排除他发完之后又删除了部分微博，不过这样的数量在经新浪官方认证的萌宠大V账号中，依旧非常少见。

这个阿匪挺合她胃口的。相比以量取胜，她更欣赏从来都是凭借更出众的内容在市场中占据一席之地的人。她手下所签的作者总数虽然不多，年产量也未必高，不过完成的作品投放进市场，往往销量都相当不错，来自出版商跟读者的评价也很好。

连着看完两三段小视频，路棠克制住了点进下一条视频的冲动，把手机放到一边，继续工作。

不过处理完几份文件，她再次走神了。不得不说，抛开视频内容本身的趣味性，光凭那两只小猫咪的演技与颜值，就秒杀了千千万万的萌物，向来对猫咪并不感冒的她，现在都很想去捉一只来养养。

还有那位美人博主，简直是网红中的“仙男”派人物。讲真，你这是在养小猫咪还是在养女朋友养小孩呢，考虑过单身人士的感受了吗？他已经长得那么好看了，比正常女人都更“我见犹怜”了，为什么要强行走对两只小猫咪走冷漠脸的霸道总裁路线，不知道这样看起来有强烈的违和感吗？好吧，竟然还莫名地让人移不开眼。

关键是，小猫咪们明明那么乖巧那么可爱，你还要一脸嫌弃？一脸嫌弃就算了，你转过身去笑什么呢，深怕别人不知道你的傲娇是吗？他要是个“女人”，她还真忍不住要去勾搭一下，调戏一番了。可他虽然是个男人，却长得比女人还女人，路棠怀疑自己分分钟小心脏就会承受不了。事实上，方寸之间，已经微乱。难怪从来不追星的江筱称他为男神，提起他的时候比那些追星的小女生还激动。

退出之前，路棠默默点了“关注”，然后把这位“喵宅阿匪”拖进了“特别关注”分组。嗯，观看美好的人物有利于身心健康。

这个“阿匪”不是典型的养猫人，猫奴一词在他身上并不适用，但在与那两只小猫咪相处的时候，他身上那种过于清丽的美与媚被弱化了，只流露出一种让人非常想接近的，奇妙的熨帖味道，让人不由自主地心痒痒的，也暖暖的。

Chapter 04

咻～撞上了

“帅气又迷人的棠哥，最近有没有新的选题计划？记得找哥们儿合作啊。”趁着午休的空闲，路棠正用笔记本重刷那部经典电影——《午夜凶铃》，刚看到那位贞子小姐带着诡异的笑容从电视机里慢慢爬出来的画面，这位克旗工作室的陈姓大哥突然发来微信，后面还配了一只少女托腮状笑得贱兮兮的柴犬，瞬间把她从沉浸着的灵异世界中拉了回来。奇妙的灵异什么的，遇见柴犬的少女心之后，原谅她无法再入戏。

路棠关掉视频，盯着冰蓝色的玻璃窗开始认真思考一个问题：这位仁兄，为什么总在她看灵异电影的时候，“咻”的出现，是不是应该考虑直接拉黑他？

这位大哥之前跟她有过几次合作，人并不坏，只不过刚好合作的项目都是由路棠一手策划的选题，盈利相当不错，从此他便瞄中了路棠，常常用看一棵摇钱树的目光，真诚地看着她。即便不见面，电话、短信、微信也是轮番上阵刷着存在感，有空最好还能约个饭，不知道还以为这是在追她。好巧不巧，这位大哥似乎扣准了她看灵异片子的时间点，她看三次灵异片就要收到一次他的亲切问候，简直比电影本身还让她觉得灵异，心理阴影面积趋于无穷大。

不过，这位大哥并不知道，比起被夸帅气，她更喜欢听到的是被夸有气质，漂亮……她也就不强求了，毕竟她的长相摆在那里。尽管长相比绝大多数男人都英俊，并不代表她的灵魂同样是一个英俊的男人，恰恰相反，那是一位偶尔还会臭美一下的小公主。当然，没几个人知道这一点。这位大哥也是一样，所以马屁拍在了马腿上。

新的选题的确要开始考虑了，除了《无野》的后续发行和一个新人的交稿进度还需要盯一下，近期她手头其实没什么工作，偷懒挺久了。如果继续偷偷给自己放假，大老板很可能就要给她开永久假条了。

退出微信，路棠出神了两秒，点进了微博，刷新“特别关注”，画面依旧停留在“阿匪”五天前发的秒拍视频。

她“特别关注”的人并不多，因为没有几位博主让她觉得，所发的每一条微博都值得看。那么是什么原因，让她看完“阿匪”发的两三个视频就果断关注了他，并且把他拉入了“特别关注”？高颜值是其中一个原因，路棠是坚定的“看脸”一族。不过她打过交道的帅哥美女如过江之鲫，如果仅仅看脸，按理说也不至于。

路棠重新点进“喵宅阿匪”的微博。“阿匪”所发的微博主要分成三类，一类是日常生活中遇见的趣事儿，读来让人觉得挺有意思之余，还常常有所警醒。只不过这一类的内容极少，十条里往往只能觅得一条的踪迹。绝大部分是另外两类，以巧妙手法植入了软广的逗猫视频和日常逗猫秒拍。

不过这位“阿匪”发布的逗猫视频，即便植入了软广也很少让人有娱乐中突现广告的不适感。或者是小猫咪本身的表现太过可爱，让人一时忽略了那些个“配角”，又或者“配角”出现得太过别出心裁，让人更想拍案叫绝。这位“阿匪”，真可以说是一位相当杰出的广告设计者了。即使如此，他发布的视频中，日常逗猫的视频数目远远大于了植入广告的秒拍。这倒真的很有意思。难怪尽管更新频率不高，六百多万粉丝依旧牢守阵地，单条微博下的转发评论量数目惊人，几乎赶超二三线的小明星。

那么，这样一位颇有巧思，文笔也不错的养猫人，如果将他与猫咪的故事撰写成文出版了，粉丝们会不会买他的账呢？

答案是肯定的。如果市面上有，路棠本人就很想买来看一看。

市场反应可以保证，从“喵宅阿匪”的角度出发，把养猫的故事撰写成文，本身应该不是一件难事，如果正式出版了作品，对提升他的市场影响力也很有帮助。双方合作的基础优良，结果也是双赢。那，还等什么？

路棠放下手机，移动鼠标开始撰写选题草案。

如果这个选题顺利进行，除了可以小赚一笔，还跟“阿匪”牵上了线，帮江筱同学要一点小福利估计不是问题。涉及男神，江筱想必很乐意做点好吃的来犒劳她，以及真的很久没看到她撒娇的模样了。路棠小人得志地笑了起来。

另一边，认真工作中的江筱突然感觉后脖颈一凉。

路棠的工作效率一向很高，很快敲定了基本执行方案，传送到助理邮箱后，她伸了个懒腰，准备去茶水间觅点儿食，补给一下能量。青时的茶点供应，可以算是业界良心了，其种类之丰富，口味之讨巧，连江筱都忍不住好奇地问过路棠，是不是冲着那些好吃的，才在跳槽的时候，果断选择了青时文化。

这个吗？不得不说，也是一部分原因了。所以说，吃货是多么好收买的一种生物啊。

“你真要做那个网红的项目？”

“你不要小看了他，他虽然是个网红，很有头脑。他的每条微博我都看过，文笔相当不错，发的视频也比一般养宠物的有看头多了。可以说，微博就是他经营的一个不错的产品，几百万的粉丝不是瞎的……”

路棠没想到，她只是单纯的出来觅个食，也能摊上一场风波。真是人在江湖，身不由己。她不就是弯下腰捡了个滚到小角落里的东西，刚好被柜台挡住了身影，她们怎么就聊起来了？还聊这着实有些敏感的话题，大概真以为这里没人。很尴尬，其中一个人跟她很不对盘，而她们所提到的那个网红，听起来好像也有点耳熟。

那她现在，是站起来呢，还是不站起来？这是个问题。站起来有偷听之嫌，不站起来，那就坐实了偷听之嫌。

“嘿。”她笑着站了起来，一脸坦荡。无所谓了，该不对盘的，该讨厌她的，改变不了。君子坦荡荡。

“路棠，你怎么在这里？”一开始说话的女人显然很意外，意味深长地看了旁边人一眼。

在这里能干什么，除了撩妹子就是吃东西，这里又没有可爱的姑娘，她当然是来吃东西的。

“饿了，出来吃点东西，没想到钥匙滚到了角落里，低头又抬头的工夫，你们也来了。”她笑道。

“路公子一向神出鬼没，没什么好意外的。”骆语薇露出了一个算不上笑容地笑。

她就知道。平时没什么事，这姑娘还常常脑补些有的没的，把她往坏里想，碰上今天这样的情况，还不可劲儿发挥自己的脑洞。虽说除了爱计较，骆语薇是个挺有真才实学的人。不过路棠当初跳槽到青时文化的时候，就有点半空降嫌疑地跟这姑娘处在了一个相当微妙的位置上。三年过去，两人各有长进，也各自升职了几次，偏偏却还是在最适合做劲敌的位置上。真是孽缘。不过，她最烦这人说话这么不阴不阳的模样，话里有话又有话，皮笑肉不笑的，做人简单点不好吗？再说，你给本公子使的小绊子，你“无意”间偷听了本公子的时候还少吗？这样的话听多了，这样的事碰多了，当然，她也就习惯了。

“人在江湖，总得会几个绝招不是？”她笑得一脸真诚。

既然你要胡思乱想，我不介意帮你一把，说不定你就走火入魔了呢。

Chapter 05

万万没想到的牵线人

比起骆语薇的偶尔不阴不阳与小纠缠，自家母后明显更难搞定。因为面对骆语薇，她可以没什么顾忌地直接怼回去，对自己老妈，这当然不行。

路棠一侧耳朵里塞了一个白色的耳机，一边看稿一边聆听来自千里之外的自家老妈的亲切慰问。

“小棠，最近怎么样？”老妈的声音温柔得像能掐出水来。

“嗯，挺好的啊。”

“你啊，工作不要太拼了，要记得按时吃饭睡觉。”

“放心，我的作息很规律，皮肤都很好，你看我前几天发你的照片。”

电话里沉默了会儿。“诶，小棠，妈挺想你的，想见真人。”路妈妈的话里突然含了一丝伤感。

路棠也沉默了。她的确很久没回家了，因为从S市回她家，并不近。

“你说，在大城市打拼那么辛苦，干吗不回家这边？虽然是个三四线城市，生活水平也不错，还没那么辛苦。你毕竟是个女孩子，不需要那么拼事业。”路妈妈开始说起她们之间的老话题。

路棠继续沉默。女孩子就不需要拼事业吗？工作对她来说，早就已经是生活里重要的一部分，也是她这个人的一部分，付出了那么多的青春与心血，一句不需要就全部否决了，那是在切割她这个人。路妈妈每一次说起这个话题的核心理念都是同一个，但每一次听，路棠还是觉得很难受。

“那我这么些年的努力，算什么呢？”她幽幽问道。

路妈妈没想到路棠变换了问题，原来准备好的套路没法用，一时语塞。不过路妈妈毕竟是路妈妈，沉默了几秒开始从另一个角度劝她。

“你年纪也不小了，都奔三十岁了还没找到对象。难道以后要做高龄产妇吗？这不行吧。早点把你的工作辞了，回家这边来，妈给你找找合适的人。大城市里的人心眼多，你也知道，家这边的人比较老实，也会顾家。要说这么些年的努力也不是白费的，好歹你还攒下了一些钱不是，结婚之后不出去工作，在家带带孩子的时候，也算有自己的小金库……”路妈妈找到了合适的理由，越说越顺畅，“你看，你表妹都已经怀第二胎了，她老公和婆婆把她照顾得可精细了。女人家最重要的还是找个不错的人嫁了，稳稳当当地过这一辈子……”

嫁了人就一定稳当吗？父亲不是照样在她上小学的时候出了轨。否则母亲也不会从小把她当个男孩子培养不是吗。套用不久之前流行的一部电视剧里的台词，路棠觉得要遏制不住体内的洪荒之力，开怼了。其实就是因为母亲自己年轻的时候就开始谈恋爱，结婚了却发现并不牢靠，受伤了，所以要遏制一切早恋的苗头。结果就是遇见的男生不管高的、矮的、胖的、瘦的，最后都成了兄弟，肝胆相照了一整个青春。路棠大学了也不可以谈恋爱，因为还是太年轻。所以后来在职场上遇见了心动又不把她当男人的人，她就这么陷了进去，成了情路上一个几乎过不去的坎儿。不过，路棠还是忍住了。她年纪不小了，有些道理还是懂的。母亲生了她，抚养她到这么大，纵有千般爱絮叨万般不理解她，为人子女，这样的话怎么能说？她不能去刺母亲的心。

路棠继续听着，无名火气一阵阵地冲撞着胸口，只觉得分分钟想挂掉这个电话。不能她来挂，否则回头得背上没良心的“罪名”。

“母后大人。”

“嗯？”每次听到这个称呼，路妈妈都觉得被奉承了，又不得不警惕起来，因为接下来多半不会听到什么好话。

“本宝宝决定在S市再好好打拼几年，您不用劝了，越劝我越犟。您知道的，在您的严格教导下，我爱工作胜过爱男人。您可别逼我，不然说不定哪天我真爱女人去了。”末了，路棠贱贱地一笑。

“臭丫头！”路妈妈怒而挂了电话。

估计有一段时间，她不会再打过来了。路棠放下手里的稿子，轻轻叹了一口气。

生活之外还有工作，一头两头的都不让人省心。

“喵宅阿匪”同学在“未闻其声，先见其人”地给了路棠多次意外之后，再一次做了让她始料未及的事情。

自从定下做“喵宅阿匪”养猫故事的选题预案，单是电子邀约，以青时文化的名义，路棠与助理已经发送了多次合作的邮件过去，通过微博等各类自媒体平台发送的私信更不在少数，言辞之恳切，情意之真挚，路棠觉得即便是自己都无法冷酷地拒绝。但是，一周过去了，两周过去了，半个月过去了……无论是发送到他在各个自媒体平台注明的商业合作邮箱的正式邀约，还是私信，统统石沉大海，没有半点回应。“喵宅阿匪”其人，实在与他的自我介绍十分贴合：对于不感兴趣的，他会很好意思，也很坦然地直接无视。

靠之，这么混账？路棠面不改色地在心里爆了句粗口，保持微笑脸告诉助理，“这件事情，我来解决。”

已经提前对他可能会有的各类反应做了设想，还有应对策略，奈何他如此说到做到——真的直接无视了。每封发送的邮件都会收到“您好，喵宅已收到您的邮件，感谢来信”的回复，显然是发送成功的。

这个家伙果真不按常理出牌。不是对合作方或者合约条件不满意，而是直接无视了，连委婉礼貌的拒绝信都没有，仿佛真的没有收到。路棠磨起了牙。长得再好看再有才华，也真是一个熊孩子，一点礼貌都没有。没有合作的意愿，拒绝信都不会写？根本让人无从下手了，一拳拳打过去，也像是打在了棉花上，对方半点波澜不起，却反弹回了十足的憋闷。怒！

路棠打开微信，迅速果断地发了一条朋友圈：遇见一只连回信礼仪都不懂的熊孩子怎么破？在线等，急！配图是“喵宅阿匪”的微博头像。

朋友圈发出去不久，江筱在下面十分愤愤不平地评论了一句：为啥用我男神的头像给熊孩子配图？表示不服。

路棠冷笑了两声，很善良地没有告诉她这只特别熊的熊孩子就是她男神本人。算了，她勉强维护一下这位江姓少女的虚幻精神支柱好了。

不过，吐槽完了，还是要想办法解决这个问题。

“喵宅阿匪”的粉丝有如今的体量，不是一朝一夕积累的，未必没有人在她之前发现了他，至今未见有正式作品出版，自然有原因。说明这个人很不好搞定。换一般人想到这里，也许就懊糟一下放弃了。但她路公子从一个经验全无的小白跨了专业进入这个行业开始，字典里就没有“轻易放弃”这四个字。从开始的打杂小妹，到如今的知名团队领导者，都是真刀真枪干出来的。除了对文字与故事的精准把握，她向来是个越挫越勇的人。否则，也不会在跳槽到青时后的短短几年内，就一手打造出了“雾阳”、“夏泉”这样的一线品牌作家，创造出了圈内外令人瞩目的业绩。解决一般人不能解决的问题，过程中往往会遇见很漂亮的风景。“喵宅阿匪”这个项目的市场价值，她很确定。

路棠重新翻看他过去发的微博，以及发布在几个自媒体平台上的文章。这位“喵宅阿匪”所接受并发布的各式各样的商业广告，挑选的时候似乎没有固定的标准，像是只看他个人的偏好。如果再深入挖掘一下，或许还有他养的那两只小猫咪。小猫咪发挥演技的场景不少，却没做过特别难的任务。“喵宅阿匪”有这个任性的资本。

虽然发布广告的次数不多，那些广告，诚实地说，挺吸引人的。并不让人感到厌倦、烦躁，相反，视觉与听觉体验都相当不错。

视觉担当，除了那两只颜值颇高、演技惊人的小猫咪，还有极少出镜的、比猫咪更加容易让人沦陷的他。逢他本人出镜，评论清一色是炸裂的少女心。

“啊啊啊啊啊啊啊啊，阿匪你怎么能那么美那么美那么美！”

“喵喵们，放开他让我来！”

“每次你一笑，我就觉得别的老公们那都是浮云了。”

“我觉得自己已经被掰弯了，手动再见。”

实在想不通，一个长得比女人还妩媚的男人，笑起来怎么能那么苏？路棠从痴汉笑的状态中恢复过来，认真地设想了一下，如果这“喵宅阿匪”愿意，就凭那张脸，转行进了演艺圈想必也能红得一塌糊涂。毕竟视频中的他很少笑，而一旦笑起来，那就让人很想犯罪了……

回到正题，继续分析。听觉担当吗？“喵宅阿匪”本人的声音就非常好听，秒杀一众声控不在话下。与那张妩媚面孔相映衬的是，他的声音并不“伪娘”，反而明确地传达着：他是一个男人，低沉，带了一点磁性。一个字总结，苏。并且非常贴合他在视频中的那个模样，冷淡的语调，傲娇的滑音，还有昙花一现般的偶尔温柔。三个字总结，太苏了。

这样视觉与听觉双重刺激的叠加，粉丝果断化饱满的爱为真诚的消费力，每一条广告的市场反响都会不错。如果要问她为什么会得出这样的结论……自然是因为关注这“喵宅阿匪”不久，她已经很想消费了。

何况“喵宅阿匪”的口碑在粉丝中是得到了一致认可的，广告数目不多，但从无劣质产品，良性循环的关键脉络早就被打通。如果要问她为什么会知道这一点……很简单，她一个不小心，跟江筱一起加入了“喵宅阿匪”的粉丝后援会。驻扎在微博上的网红很多，真正将自己的粉丝基础转化为有效市场号召力的却不多，这位“喵宅阿匪”显然是其中的佼佼者。这是他“任性”选择合作方的底气。

路棠记得看了他为某个猫粮品牌制作的秒拍后，被视频中出镜的他眉梢的寡淡笑意与白色小猫咪一直伸着粉嫩嫩的小爪子去够他手里食物的场景感染，一边在心里吐槽他太过分，这么欺负小动物，一边很心痒地也想去捉只小猫，买点粮来逗一逗。

不过随即便感受到了自家短腿盯着她的眼神，不由心虚了一把，不能辜负自家的“荷包蛋”，他们可是一起共患难过来的。真养只新欢，“荷包蛋”还不爹毛，而且她也不怎么喜欢猫咪吃喝拉撒都在家里面。如果他下次做狗粮广告，倒是可以买来试试。

翻看与阿匪相关的东西愈多，她发现了一个奇怪的地方。他只对猫咪情有独钟，或者说他向外界传达的生活中，主角是那两只小猫咪，而他只是配角。这个“喵宅阿匪”鲜少提及猫咪之外的个人生活，这是为什么?

正在疑惑之时，路棠收到了一条意料之外的微信——来自某个常年爱拖稿而在各类社交软件上对她装死的家伙，正在整理装备准备去尼泊尔的雾阳同学。

“你说的熊孩子，难道是那两只猫的主人？”

难得一向对她的朋友圈动态不怎么关注的人，还是一眼就看穿了她的真正意思。毕竟是合作了这么久的老拍档，果然有默契。路棠回复他，“你也知道这个人？”

“嗯，青时跟‘喵宅阿匪’有合作？”雾阳几乎是秒回了信息，不过地点从评论转到了私聊。

路棠有点惊讶。雾阳很少会对与自己无关的人或事感兴趣。所以，他认识“喵宅阿匪”？很快收到的信息验证了路棠的猜测。

“他是我的朋友。”

雾阳认识的人不少，不过很少会用“某人是我的朋友”这样的语句来描述一个人。他对朋友很挑剔，哪怕是外界看来跟他关系不错的夏泉，在雾阳心里也只是更熟一些而已。即便是一手挖掘培养了雾阳的路棠，也不过相比其他人对他的了解更多一点，关系也更好一些。雾阳是个薄情的人，她也不强求，两人对私人生活的交流并不多，私人朋友圈更没什么交集。也许在雾阳的标准中，她并不算亲近的朋友。不过这都不是重点，以雾阳对“朋友”这个概念的要求，想必雾阳在“喵宅阿匪”心里的分量也不会轻。解决问题的突破口找到了。

“‘喵宅阿匪’？”骆语薇没头没尾地评论了一句。

路棠没有回复她，拨通了雾阳的电话，跟他说了事情的原委，顺便隐晦地表达了希望他能帮忙的意思。

雾阳听后一笑，“很正常的反应，再说他也不缺钱。不过你怎么会想到找他合作？”

“他很有才嘛。抛开这个项目本身的收益，不是也让原本就喜欢他的人了解到一个更真实丰满的他吗？接下来再有好的合作也很有可能，说不定生活还多了更多的可能性。你不觉得这是个很棒的主意？”路棠尽可能从“喵宅阿匪”的角度出发，分析有利之处。

她说得有理有据，雾阳也听得笑了，“论忽悠人的功夫，你要认第二，没人敢第一。我承认你那句‘生活多了更多的可能性’有点打动我。不过，他跟我不一样。”顿了顿，他说道，“我可以试试约他出来跟你见一面，至于他最终做怎么样的决定，就看你的本事了。”

“嗯，这样已经足够了。雾阳宝宝这次这么乖巧，改天一定请你吃好吃的。”

“……”这女人，以为别人都跟她一样贪吃吗？

看着雾阳发过来的那一串省略号，路棠笑眯眯地放下了手机。这孩子，偶尔逗逗也是很有利于身心健康的。

“路棠，你也看‘喵宅阿匪’的微博啊？”一条新的微信信息显示在了手机屏幕上，来自之前被她有意忽略了的骆语薇姑娘。评论没有得到回复，干脆给她发了私聊信息。

路棠好看的眉毛皱了起来。我说这位姑娘，你怎么就这么不依不饶的呢？路棠在微信上调戏过不少公司里的小姑娘，不过这其中绝对不包含骆语薇。隐形的竞争对手关系，决定了她们不会有过多的闲聊。她很少找骆语薇，骆语薇也极少会找她。除非为了试探一些事，而这事情适合直接找本人。

路棠眉头皱起的弧度扩大了一些，回复她，“嗯，你也看咯。”

“嗯，你觉得他怎么样？”对方秒回。

“就这样吧。我微博上关注了不少人，他么，还算好玩咯。”

“只是好玩……吗？”

“不然呢？”路棠的嘴唇抿成了一条线。

“哈，没什么了。”

哦。路棠刚放下手机，对方又发送新信息过来了，“对了，你是怎么知道他的？”

姐姐，你的问题会不会太多了一点。“你猜。”路棠直截了当地回了两个字。

另一边，空荡如样板房的雾阳家。

身形修长的男人把手机递回给雾阳，面容清美，神情却依旧平淡。

“怎么样？”雾阳笑道，“看人家说得这么情真意切，再考虑一下？”

“她是你的经纪人？”他没有回答，反而问了一个问题。

“对。准确来说，是她带我进了这一行。有今天的这小小成功，和她在背后的付出分不开。如果你们真要合作，这女人的人品，我倒是可以保证。”男人看了雾阳一眼。

“吃饭可以，其他的，再说吧。”

雾阳看他，笑了，“好，哥们儿果然给面子。”

男人微微一笑，看着周遭略显荒凉的家装，开口道：“赚的钱不少，住的地方十年如一日的像样板房？”

“这里也只是一个住的地方而已。你知道的，我对任何地方都没有长久的依恋，比起这里，也许我还更习惯住在有点特色的酒店里。如果要说有哪个地方是我真特别想长久待的，可能要算你家了，条件比高档酒店好，还有美人相伴。”

“我家已经满员了。”男人并不买账。

“所以啊，”雾阳眼睛里流露出了一丝羡慕，“对你家那两只小的，我已经羡慕嫉妒恨挺久了。每天睡到自然醒，衣食住行还都有人伺候着，不高兴了有人撸撸毛，高兴了就打打滚，粉丝也许还比我多。”

“哦，伺候它们的还是个美人。”他又补了一句，重音落在了“美人”二字上。

“那么首先，你得像它们一样可爱。”提起两只小猫咪，男人的整张脸都柔和了起来。温柔，惑人，“或者，比它们更可爱一点。”

“我说，关注你微博的谁不知道你跟两个小恋人之间的爱情故事，收起你的宠溺脸好吗？”说真的，他一个男人都要被掰弯了。

再说了，论可爱，他怎么可能胜得过那两位扮可爱的鼻祖，两只成了精的演技派，哼。

Chapter 06

一流说客遇上寡欲美人

今天是个好日子。路棠捧着一杯咖啡，倚在窗边，脑海里慢悠悠地回旋着这句话。

一改往日交稿拖沓到地老天荒的风格，这一次，雾阳同学的效率很高。明天就是周末，雾阳前一晚已经跟她敲定了今晚碰面的时间和地点。看来这家伙对于朋友的事，比对自己的事上心多了。实在是意外之喜，没有雾阳的牵线，“喵宅阿匪”这人还真不好搞定。都已经半个多月了，对他们从多个渠道发出的邀约，他仍旧没有半点回应。雾阳一出马，跟“喵宅阿匪”本人的碰面都已经敲定了，果然有熟人比较好办事。看来雾阳和这位神秘网红的关系确实不错。面对面的交流，远比现在这样看不见摸不着的好多了，近距离接触总是更容易发现一个人的弱点，突破口好找多了。

这么一想，连车窗外的云朵都觉得分外洁白，特别可爱了。今天真是个不错的日子。

晚餐的地点是雾阳选的，一家味道挺不错的小餐厅，不过地址并不好找，在一条九曲十八弯的小巷子里，路棠开着车七转又八拐才终于找到了正门。路棠不得不庆幸提前了半小时出发，雾阳和“喵宅阿匪”还没到。毕竟是她做东，如果到得比客人还晚就太没诚意了。

这是一家清幽的小餐厅，房前屋后种着一片翠绿的青竹，很亲近自然，却不失雅致。

路棠瞥了一眼，挑了挑眉。环境倒是不错，不知道味道是不是也如它的环境一样可人。

服务员带路棠走进预订好的包厢，路棠按雾阳的叮嘱，以“喵宅阿匪”的偏好为主，点了几个特色小菜，一壶清酒。

点完菜，路棠看了一眼腕上的表，离约定的时间还差十多分钟。现在是晚高峰，堵车的可能性很大。于是嘱咐服务员道：“等另外两位客人到了再上菜。”

“好的。”服务员合上菜单离去。

路棠在脑子里模拟待会儿要进行的对话。这位带了点神秘色彩的网红脑回路一向反套路，不能掉以轻心。

天色慢慢暗下来。门口传来一阵响动，把她从沉浸着的状态中拉了出来。

有两个人推门而入，路棠站了起来，带着一抹清隽的温和笑意。走在前面的是雾阳，素色T恤搭配浅蓝色牛仔裤，分分钟演绎“我的大学时代”。果然脸嫩也是一种颜值。他看起来心情不错，冲路棠笑道：“不好意思，碰上塞车，来得晚了一点儿。”

“我也刚到不久。”路棠笑道，看了一眼门口的服务员示意上菜。

接着，她的注意力集中到了雾阳身后那个人身上。

“徐匪，”注意到她的目光，雾阳开口介绍，“一个以做菜和养猫为终身事业的家伙。”他又看了徐匪一眼，笑道，“这就是我跟你提过的，我的出版人兼经纪人，青时文化的路棠。”

徐匪注意到，在雾阳提到“做菜”这两个字的时候，对方眼里似乎有光芒一闪而逝。吃货？关于路棠独特的长相，雾阳提前打过了预防针，不过依旧出乎他的预料。作为一个女人，她长得实在太像个男人，尽管很英俊。站在面前的这个人，就像是为了和他对称而生的，是另一种极端。容貌异于常人，从来都不是什么好事。冲着她点了点头，他的面部表情十分匮乏，“你好。”

路棠笑了，“你好，很高兴认识你。”真实名字叫徐匪吗？很好听的名字。不由让她想起了那句传颂千年的诗：我心匪石，不可转也。

徐匪没有辜负江筱一直以来的男神称号。路棠的身高就有一米七八，面前这个人却比她还高了半个头，她得仰视他。尽管他的神情淡淡，却遮不住面孔天然的妩媚气息。也因为他面部表情的匮乏，融合成了一种非常吸引人的味道，让人想犯罪的禁欲感。路棠得出结论，还真是妖孽啊。细看之下，似乎还夹杂着一丝若有若无的阳刚与清冷。路棠不禁更加确定了自己的结论，徐匪真的是妖孽。

她面上笑意不减，心里却不由想到，如果江筱在这里，会不会直接抛了她一直以来维持的淑女形象，真的星星眼起来。看起来，这个可能性很高。

江筱总说自己热爱的是男神的才华，与对小猫咪的体贴。不过，每逢两个人一起看她男神上传的视频，只要这位“妖孽”出镜，江姑娘眼神的热烈程度就要翻上好几番。筱筱的男神，神秘的“喵宅阿匪”，终于见到你本人了。

随着菜品被一道道呈上来，三个人开始有一搭没一搭地闲聊，严格来说，是路棠和雾阳在闲聊，因为徐匪的话并不多，大多数时候只是在听。

路棠有点郁闷。因为徐匪才是她今晚要攻略的对象。这么滴水不漏，实在让人很为难。她轻轻晃了晃杯中的酒液，淡淡的醇香从杯中弥漫出来，平和舒缓，一如现在的气氛。

雾阳已经明确暗示了她，要想攻略眼前这个家伙，可以从做菜和养猫入手。如果江筱在这里，或许还可以跟他切磋一下厨艺，顺便打开那人的话匣子。不过路棠更擅长吃，要说S市哪里有好吃的，她绝对清楚，致于做菜还是算了吧，所以还是从养猫开始吧。毕竟今天要说的一个重点，就与他养猫有关。自家的荷包蛋也带了好几年，都是皮毛柔软的小动物，养猫和养狗，总有共同之处。

打定主意，她放下酒杯看向徐匪，眉梢微挑，“徐匪，你的养猫大业中有没有碰到什么好玩的事儿？”

徐匪抬头，一抹好奇正明晃晃地挂在她脸上，看起来真诚又动人，“有。”

这回答还真是言简意赅。

“说说呗。”

徐匪的神情淡淡，并没有作答。

房间里顿时安静下来，只有煎锅里汤水轻轻翻滚的声音。

雾阳瞥了眼他的神色，正打算岔开话题以免场面太冷，他却开口了。

“有一次，我到家比较晚……”他的声音不疾不徐，抑扬顿挫也恰到好处，一件趣事讲完，小猫活泼逗趣，主人傲娇腹黑的场景跃然心间。

一开始只是打算捧个场的另外两人也听得越来越入迷，直到徐匪的故事讲完，还有点意犹未尽。小小的房间里，一阵温馨的静谧盈盈充斥于人的心间。

负责热场，今晚话一直很多的两个人还在回味刚刚听到的故事，而唯一一个没有沉浸在故事里的说书先生本人，嘴角微微勾起。只不过他的脸上滑过一丝无可奈何，这片刻的安静大概也维持不了多久。

这个世界既简单也复杂。如果只是一个人独自生活，没有朋友也没有亲人。嬉笑怒骂，自是洒脱。但人向来都是群居性动物，一个人的身后还有另外一个人，还有另外一整个家庭。所以不仅需要对自己负责，还要对身后的那些人负责。以血脉为联结，辅以生活、工作的各类来往，一个人身后带着一整张脉络复杂的网，网里站着和自己关系远近不一的各种人。想要维持这张网的平衡，很多时候并不可以完全凭着自己的性子来。如果青时文化只是单方面接触了他，他可以直接无视那“孜孜不倦”发来的一封又一封邮件。

但路棠通过雾阳来约见他，他却不能不顾及雾阳和路棠的交情直接拒绝这场碰面。他的朋友不多，事实上他也并不需要太多，一两个恰到好处，雾阳是其中之一。

从进入这间包厢开始，他一直在等，等那个长相英俊的女人表达她今晚真正的目的。她的耐心不错，一直到现在才逐步牵引出这顿晚餐的真正主题。不过能在这个年纪，在青时这样规模不小的公司坐稳现在的位置，当然要有足够的耐心。这个社会对女人的要求比对男人更严格，尤其在职场上。此刻而言，房间内的气氛相当不错。徐匪余光看了路棠一眼，她已经从刚刚的故事中回过神了。估计要进入今晚的正题了。

下一秒，路棠清透真诚的声音传入了他的耳朵，“徐匪，你的猫咪真的很可爱啊。听完你刚刚说的故事，工作的疲惫和压力都轻了不少，这样的故事很值得分享啊。”

徐匪嘴角微牵，“哦？”

“如果把你和猫咪们的故事书写成文，想必会治愈更多的人。如果能够集文成册，那就真的太棒了，我一定第一个去买来好好拜读。”

徐匪没有说话。

“青时文化，其实是个挺不错的合作平台。”

……

路棠开始提及选题与合作的事，雾阳便在一旁安静地作乖巧聆听状。

徐匪瞥了一眼他的不作为，淡淡开口，“那份合作邀约，我看过了。”

路棠眨巴着双眼看他。

“抱歉，我没有这个意向。路小姐或许可以试试找其他人，诚如你所言，青时文化是个不错的平台，相信会有对此感兴趣，也比我更合适的人。”微博私信他一向是屏蔽的，不过邮件他扫过一眼。

不感兴趣，路棠怔了一下。她刚刚开始切入正题，尽管他刚才的回答不温不火，口气并不强硬，但直觉已经告诉她，今晚之行，很可能会是一场无用功。

一波三折，好事多磨，是她的工作中最常遇见的词汇。果然，接下来不管路棠从任何角度循循善诱，他都是神色淡淡，没什么表情地直接拒绝，一副油盐不进的死样子。

路棠勉强维持着招牌的帅气笑容，一边开始说得口干舌燥，一边心里不禁越来越绝望。这个人没什么反应就算了，为什么一点表情都没有？这也太难搞了。以至于他偶尔有个挑眉、小抿嘴的表情，她都觉得自己简直要鼻子一酸，果断停在他有反应的那一点详细展开，扩句扩句再扩句。不过面前这个人，尽管看起来一直认真听着，仔细考虑着她的话。然而当他的思考结束，回答统一是：拒绝。拒绝的理由从一开始到现在都没有变过：没有这个意向。

一旁伪装成透明人的雾阳同学不忍直视，转过头无声地笑了起来。很少有人面对路棠的舌灿如莲还能风雨不动安如山，也少有人面对徐匪的冷若冰霜还能笑得如沐春风，这样苦口婆心地继续劝说。这画面很美，不枉费他冒着被徐匪丢出他家门的风险促成这顿晚餐，值回票价。

路棠很绝望。她说得嗓子冒烟，眉头都忍不住皱了起来。徐匪给她递了一杯水，示意她喝口水再说。可是老大，你能不能给点反应啊？稍微松点口也好啊。没有，并没有，他宛如一个被下了“拒绝”指令的机器人，连多余的表情都很少。这个人真的太难搞了。

徐匪也很意外，他没想到这个女人会如此执着。现在爱猫之人越来越多，加上他的网红效应，她所说的项目的确有一定的市场。他不想做这个项目，一方面有自己的原因，另一方面她不断强调这件事能给他带来的名与利，抱歉，他的确不感兴趣。这样追逐热点的行为，他只觉得无感。不论出发点是什么，这个项目成功的意义，对她而言显然更为重要。所以，他们的关系应该也仅限于这顿晚餐了。道不同，不相为谋。

晚餐结束时，路棠的心情非常复杂。她不仅没能说服徐匪，哪怕是让他流露出一点点改变了态度的倾向，反而陷入了对自己“忽悠”人能力是否下降的自我怀疑。那张看起来气质如兰、清美动人的面孔，已经成功跻身她本年度十大心理阴影之一。他这个年纪不是应该对于名利的欲望正处在上升期吗？为什么她感受到了一种神似于清心寡欲的气息啊？说实话，他这样对得起自己脑袋里的那些生花妙笔吗，对得起那张祸国殃民的脸吗？实在是太暴殄天物了好吗！在这个各类自媒体愈见发达的时代，有什么比把自己打造成一个响亮的品牌更好呢？她给他规划了一整条铺满鲜花与掌声的康庄大道，可他看都不肯看一眼。她还能说什么呢。无欲何止刚，简直无敌了。

不过很久之后，路棠才知道。他不是无欲，只是早就跌入过欲望的深渊里。

从餐厅出来，徐匪神情自若，雾阳看完了一场没有硝烟的攻防战，满足之余也是笑意晏晏。只有路棠陷入了低落，好像一个饱满的气球被扎了一个小孔，以几不可见的速度一点一点地往外漏着气。

“真是难得看到你这个样子。路公子，买卖不成仁义在。这次没能合作，不代表以后也没有机会，对吧？”

雾阳话音刚落，路棠立马抬起了头，看向徐匪，眼睛里光芒一闪一闪。她这个样子着实有几分可爱。

徐匪看了雾阳一眼，“无论如何，路小姐，感谢你今晚的招待。”

“客气了。徐匪，如果改变主意了，随时联系我。”

路棠没想到的是，骆语薇会突然出现，而且简直像是凭空冒出来的。

她穿了一件湖蓝色的蕾丝镂空连衣裙，高腰且修身，化着精致的淡妆，从不远处笑着朝他们走过来，更准确地说，是朝着徐匪走过来。

等她站定，却是徐匪先开口了，“骆小姐。”

“这地方可真不好找，”骆语薇轻轻一笑，看起来跟他有几分熟悉，“我定的地方其实也不好找，所以直接过来了，做个导航。”

徐匪微微颔首。

这两个人是什么时候认识的？虽然徐匪拒绝她的时候，表现得十分看淡名利，不过如果是因为他已经有了合作的人了呢。联想到骆语薇对他的关注和曾经在茶水间说过的话，她实在不得不多想，这也太巧了一点。何况徐匪看起来是生人勿近的类型，他们的关系看起来也不像是朋友，反而，更像是……

“这可真巧，路棠，你也在这里。”骆语薇像是才看到她，一声招呼打断了她的思路。

“可不是，无巧不成书么。”路棠笑了笑，“你们这是？”

“哦，有点儿事儿。没约上晚饭，只好约了饭后甜点的时间。”

暗流涌动，不过只有当局的两个人知道。

雾阳虽然疑惑，不过这个时候显然不适合提问。

路棠的笑容淡了下去。

徐匪察觉到了气氛的微妙，看了骆语薇一眼，跟他们道别。

看着他们离去的背影，路棠心头涌过一阵莫名的感受，骆语薇其实生得不错。所以淡泊名利的徐匪用美人计就可以攻下吗？她看了雾阳一眼，对方露出了“你不要看我，我也不知道这是什么情况”的表情。算了。

“我们也走吧。”路棠道。

Chapter 07

英雄救了美？

毕竟身处同一个城市，路棠没排除过偶然间碰见徐匪的可能，不过她没想到会是在那样的情境下见到他。

彼时路棠正在追手下一个妹子欠下的“文债”。这位姑娘的故事写得不错，性格也软萌，非常讨人喜欢，两人已经合作了好几年，总体而言，合作很愉快。只不过这位姑娘会间歇性地犯一个写作者们常犯的病——拖稿。路棠的助理Jenny曾心有戚戚焉地进行过一次统计，在没有受到什么事件影响的情况下，平均而言，这位姑娘交八次稿就会拖个三次。相比雾阳，她的拖稿频率并不高，但五花八门的借口与拖沓的程度实在到了令人发指的程度。碰上这种时候，路棠不得不保持三天一次的催稿，各种威逼利诱，才能勉强让她在deadline之前呈上稿子。四个字概括——筋疲力尽。

这位小朋友抵抗催稿的意志已经到了毁天灭地的程度。因此每逢她开始拖稿，路棠常常有掐断她的小脖子，干脆同归于尽的念头，不过也只是想想而已。这也是她钟情的工作一部分，就像恋爱一样，要能享受甜蜜的部分，也得学着适应相随而来的痛苦与折磨。很不幸，这个月这位姑娘的毁天灭地式拖稿症候群又犯了。三天前，路棠刚刚跟她确认过，小姑娘拍拍胸脯一脸严肃地保证，稿子一定准时发送到路棠的邮箱。

现在在S市一家有名的清吧，她被没有收到稿子的路大策划逮了个正着。

这位姑娘正在勾搭一位打扮斯文，看起来很有都市精英气质的帅哥。两人相谈正欢时，帅哥看到一个长得比自己还英俊了三分的男人把手搭在了面前的美女肩上。他正要出声询问，那个男人开口了，“说好了给我的东西呢？躲得倒是又快又好啊，小妹妹。”小妹妹三个字被咬得格外重，语调也十分阴仄。

男人的话音刚落，面前的美女顿时花容失色。帅哥平复了一下心里翻涌起的浪花，美女身后那个男人的声音有点男女莫测，话里的意思也实在有点危险。妹子再好看再软萌，这场是非他可惹不起，便招呼身侧的同伴一齐离开了。

花容失色的历雅姑娘僵硬地转过身，硬着头皮举起“爪子”跟路棠打招呼，“嘿，棠哥，好久不见……”

“是挺久不见了，三天。”路棠笑道，“都说一日不见，如隔三秋，我们这都隔九个秋了。嗯？”尾音上挑，边说边一点点拉近了和历雅的距离，眉间的笑意越来越浓。

看着那张越靠越近的英俊面孔，历雅的面庞染上了层层的红晕，到两人的鼻尖几乎相触的时候，她已经满脸通红，嘟囔着向路棠讨饶，“棠哥棠哥，你别靠我那么近……知道错了。嗷，真不带你这样的，知道自己长得好看还总是撩我。说不定我间歇性拖稿的毛病……就是潜意识里想被你多撩几次才犯的，这样下去被你掰弯了可怎么办……”

后面两句的声音越来越小，不过还是一字不落地传进了路棠的耳朵里，十分清晰。这怪她咯，谁让这小姑娘软硬不吃，每次都想新套路实在太费劲，还是这招用起来最不费力啊。谁能想到催稿还要出卖她的“色相”，这果然是个看脸的世界。

不过认真想了想，路棠试探着问道：“那……我以后不撩你了，你乖乖按时……”交稿两个字还没来得及说出口，姑娘已经大声拒绝了她，“不要！”这俨然是在表达着抗拒。说完，小姑娘也觉得不好意思，默默捂住了脸。

路棠清了清嗓，“言归正传，你的稿子到底什么时候交？”

“会交的会交的……”察觉到面前人的目光陡然间一盛，历雅撇了撇嘴，“故事收尾的场景感觉太单薄了，我想再增加一些内容。这不是暂时没找到思路嘛，你……”

“小妹妹，”路棠摸了摸她的脑袋，打断了她的嘟囔，“面对deadline的时候呢，灵感是会自己跑出来的。所以，给你两天？”

“七天。”

“一个收尾修改绝对不需要七天。”

“要的要的。”

最后双方各退一步，确定四天后交稿。

看见历雅小哀怨的眼神，路棠揉了揉她的头发，笑道，“好了，把稿子交掉，你不是也能真正轻松下来？”说着看了看腕表，“时间差不多了，要回去吗？我送你。”

“不用了，我今天开车来的。你刚来，再玩会儿吧。”

“好。”路棠跟她道别，去吧台点了杯酒，寻了一个僻静的角落坐下。

没想到看到了一出意料之外的“好戏”。

邻座的布艺沙发坐着一个背影姣好的女人，安静地看着书，黑色的长发刚好及腰，一身米白色麻质长裙，在这片略显逼仄的角落里，烘染出了空旷渺远的味道，遗世人独立。品酒赏美人，绝对是人生乐事一件。美人看书，路棠便静静地看她。

可惜偏偏有人要来打搅这份乐趣。一个男人端着一杯鸡尾酒走进这片角落，一双微微翘起的桃花眼里闪烁着暧昧的光，很明显他的猎物是那个安静的美丽女人。看来这个背影动人的女人，脸蛋也是足够美丽的。

要不要英雄救美呢？路棠放下手里的酒杯。也许比起英雄救美，她更想先看看这位美人的应对之法。女人呢，美丽的皮囊与头脑缺一不可。

“《十日谈》？倒是不错的书。”男人坐在了对侧的沙发上。

美人没有做出反应，似乎仍沉浸在书中的世界。

不过，美人的冷淡显然没有打击到男人的兴致，他继续有一搭没一搭地跟她说话，尽管看起来那更像在自言自语。

男人的挑战欲啊，路棠脸上露出了玩味的笑容。

那个男人似有所感，抬起头来看她。

路棠脸上的笑意略僵，这可有点尴尬，正想着该怎么化解，那位看起来对周遭的一切毫不关心的美人竟然也慢慢转过了头来看她。男人的表情开始变得微妙起来，毕竟他对着这女人“自言自语”了近五分钟也没得到什么反应。

路棠第N次觉得，自己的长相实在很容易引起某些不必要的误会。这是一场笑点低引发的“血案”，她莫名其妙就被卷入了这段“情爱纠葛”吗？不过随即她发现了一件更加可怕的事情。谁能告诉她，是不是这几天太过奔波，以至于出现了幻觉？那位看起来很冰山的美人，为什么会在转过头来的时候长了一张徐匪的脸？几乎一模一样。尽管她带了淡妆，尽管她是长发。

路棠很相信她现在是一副活生生见到鬼的表情，因为那个男人在看了她一眼后就收起了吊儿郎当的微妙表情，神情开始凝重起来。他看了那位美人一眼，又看了路棠一眼，很快站起身离开了，连搁在桌上的酒杯都忘了带走。

不过，真的见鬼了。这难道是徐匪失散多年的姐妹？

“路小姐，好久不见。”熟悉的嗓音把她从胡思乱想中拉了回来，她（他？）走过来坐在了路棠面前。

靠之。这不是徐匪的声音吗？所以，眼前这位美女，就是徐匪本人。

“徐匪？”

“嗯，是我。”徐匪很淡定。

不是，这个家伙为什么要扮成一个女人出现在这里？不知道这样很吓人吗？看起来还挺得心应手的样子，看这一脸的坦然，是有变装癖吗？

她一双乌黑的眼睛中流转过的意味实在太过丰富，徐匪不得不简单解释了几句。“和一个朋友打了个赌，输了。所以，如你所见。”

切，瞧这云淡风轻的样子。你知不知道，这已经是本公子第二次把你误认成一个女人了。被欺骗了感情还是其次，真的很侮辱智商啊。

这场相遇如此特别，以至于她原本因为他和骆语薇的熟悉，而对他产生的微妙心情，都囧囧地退散了。看他今天这么貌美如花，路棠其实很想就“变装”这个话题调戏调戏他，可惜徐匪实在太过淡定，神情也太过坦荡，仿佛他今天真的只是寻常地“换了一套衣服”来泡吧，让她不好意思再刻意揭人“短处”，论心理素质的重要性。

徐匪淡淡一笑，“多谢路小姐的‘解围’，否则，结束那场对话可能还要费些时间。”

路棠干笑了两声，“不客气。”

虽然她很有英雄救美的意愿，但绝对不是以这样的方式。幸亏附近没熟人，否则她那时的反应真是丢脸丢大发了。话说眼前这位貌美的家伙，为什么每次碰上他，她就莫名陷入一种吃亏也不是，不吃亏也不是的尴尬境地？祸水。

本着“既然你诚心诚意地感谢了，那我顺便问一问应该也没什么关系”的耿直思路，路棠好奇道：“刚才那位先生‘打扰’到了徐先生，你为什么没有直接亮明你的，咳，性别呢？”这一点她是真的很好奇。

徐匪听完她的问题，原本云淡风轻的表情一下子凝住了。

路棠还是第一次见他这个样子，只觉得这个人一直戴着的一张假面开始慢慢龟裂了，在心底暗暗偷笑之余，倒也觉得这人没有那么非人类了。装十三的人不可爱。

“赌约里包括了不能在陌生人面前暴露真实性别。”

他还是淡淡的语气，不过路棠在其中嗅到了一丝冰冰凉的，大概可以命名为“不爽”的情绪，还有一丝尴尬。她忍不住笑了，也诚心地开始好奇起另一方赌徒的长相。难道也是徐匪这种风格的？不然光从赌注上来看，明显是徐美人被坑得惨一点啊。

“其实，我见过的美人不少，不过像徐先生这么美绝人寰的，还是不多见。”她有意开他的玩笑，颊边挂上了一抹狡黠地笑。

“是吗？”徐匪看起来并不在意，手指摩挲着水杯，“我见过能说会道的人也不少，不过像路小姐这么出神入化的也不多见。”

出神入化啊，路棠笑了起来。

有了这个小插曲，两个人之间原本的疏离弱化了不少，有一搭没一搭地聊了起来。

路棠跟他说起自己今晚略心酸的催稿经历。

“路小姐，的确是生得俊朗不凡。”他听完之后，作了这样一个总结。

说实话，她没判断出来徐匪这是在夸她还是在损她。这人说话的套路很深。“你这是，夸我呢？”她直接问道。

徐匪的眉间难得地流露出了一丝笑意，“嗯，夸你。”

“那我就笑纳了。”她的眼睛眨啊眨。

徐匪笑了，“嗯。”

两人的第一次碰面经由雾阳牵线，尽管中间人雾阳同学一直卖力热着场维持气氛，却不免落了几分刻意，今晚偶然间碰见，反倒聊得十分畅快，慢慢地也不再客气地互相称呼“徐先生”“路小姐”，而是直呼其名。

通过他的只言片语，路棠才发现，原来他也不是土生土长的S市人，除了一两位好友，也算是孤身面对着生活的起起落落，不免又对他多了一份莫名的惺惺相惜之感。没有家的地方，住再久都会偶感陌生与慌张。孤身一个人在这偌大的城市里打拼，哪里是容易的。都不容易，路棠心有戚戚地喝了一口酒。

当然，后来她才知道，事实的真相并不是如她所想的一般。她还是想得太简单了。不过，这是后话了。

一起离开酒吧时，路棠还是为今晚的交谈结束得如此快而感到有些不舍的。平心而论，徐匪其人，撇开姝丽的容貌与稍显冷漠的性格不谈，其实是个挺值得相交的人。长相妖孽原本就不是他能决定的，至于性格，人家已经这么有颜值又有才华，性格上的一丢丢小缺憾算什么。

结合今晚，路棠决定改变策略。不管徐匪是否已经与骆语薇达成某种意义上的合作，还是要尽可能拉近与他之间的关系，从朋友开始，循序渐进。单看他为了雾阳能够赴她的“鸿门宴”，如果关系不错，未必不能说服他跟她合作。

徐匪很聪明，很难想象一个网红莫名其妙给她一种“这人的真正职业其实是一位大学教授吧”的错觉。她并没有看不起网红，任何职业想要真正做得好，做得出色，都不是一张漂亮的脸蛋能搞定的，那顶多算是个敲门砖，接下来真正的倚仗是头脑和学识。

不过徐匪这个人还是太超出了一点，她自认智商比不过人家。那么要攻心，最好的办法就是真心实意。存在感要刷，但以友情为界，线内好感可以慢慢刷，线外不能碰。他跟骆语薇的关系，既然存在暧昧的可能性。知，倒不如不知。

Chapter 08

波澜悠悠晃

昨夜的相谈甚欢带给路棠的奇妙好心情一直延续到了第二天，如果不是“慕周文化”行业高峰论坛即将在S市举办，并且青时成了论坛承办方之一，她的好心情也许会持续更久。不过生活就是这样，今天给了你一点甜头，明天可能就给你一个措手不及。有波澜，也有趣味。

“慕周文化”行业高峰论坛由慕周传媒联合国内几家知名的传媒企业共同发起，意在为行业内有实力的公司与人才对接提供一个媒介，顺便也促进出版业与影视业的对接。论坛通常是在A市举办的，因为慕周传媒的老巢就在那儿。不过这两年，随着论坛的影响力越来越大，有时也会在文化产业发展不错的其他城市举办。譬如今年，慕周传媒便挑选了S市。

慕周传媒成立的时间很早，在行业内的地位可以说超然。所以对于这场论坛的承办，青时十分看重，特别成立了一个针对论坛筹办的执行小组，由执行总编直接领导。巧的是路棠和骆语薇同时接到上头的指令，调入小组，从旁协助。这可就有趣了。现任的执行总编年事已高，退休的事早就提上了日程，而接任她位子的人，明眼人都知道，就是路棠和骆语薇二者之一。这次筹办工作是一次试炼。

职场上的竞争对路棠来说倒不是难事，踏实做事就可以。兵来将挡，水来则土掩。她和骆语薇的斗法也不是一天两天了，战斗经验还是比较丰富的。真正让她的心情稍微受到了影响的，是同样会参加这次论坛另一家公司——樾井传媒，她的老东家。因为有些故人她并不想见，相见不如怀念。往年，对于这个论坛，路棠基本不会参加。这次却是避无可避。

三年前那场跳槽并不愉快，她也没有再遇见过樾井的人，其中有樾井和青时恰好位于S市一南一北的原因，也有她的刻意为之。不过，她总觉得与其说是在逃避，不如说是因为太懒了。

家庭，工作，朋友……生活中的棘手事本就不少了，时不时就会冒出一件亟待人解决，实在让人懒得再去应付那些过往带来的麻烦。早就离开的地方，已经一刀两断的人，最好就相忘于江湖吧。惹不起总躲得起。

年轻气盛的时候总着一往无前的孤勇，现在也许是心态真的老了。或者是成熟了，知道怎么做才会把可能带来的风险降到最低，也会真的有意这么去做。这个道理如果早点懂就好了，也不会平白挨了生活给她的那一巴掌。可惜弯路之所以是弯路，就是要自己沿着泥泞一步步走过才会懂。旁的人再怎么苦口婆心地劝，当局者听起来都跟纸上谈兵一样虚幻。

如今，她活得依旧灿盛，对于工作也还是一样的认真与热爱。不过心境早已不是当初那个无所畏惧的小女孩，有所保留，有所克制。性情最深处变得内敛。有些人，有些事，必须要分得很清楚。

下午，特别小组首次会议，看着骆语薇和路棠先后进来，众人眼神中流露出了不同的意味。对于接下来的执行总编之争，公司里的人早就隐隐分成了三派，一派支持骆语薇，一派支持路棠，还有一派静静看。

路棠和助理曾经大致估计了一下，支持她的以女性偏多，而支持骆语薇的以男性偏多。论能力，其实两个人相差不了多少。看来，主要还是被“美色”所诱，也由她们两个的性情决定。

男人中认为路棠太过爷们儿，或者嫉妒她那张十分招女人的俊俏脸蛋的不在少数。何况这家伙还是个男女通吃的，谁知道她是不是真的拉拉。反正关于这一点，路棠自己都半开玩笑半是真地承认过了。执行总编的位置怎么能交给这样一个家伙来坐？当然是温婉可人的骆语薇更合适，她又那么善解人意。

女人则大部分持相反意见，认为骆语薇太爱计较，心思多，也太爱在男人们面前一副矫揉造作的模样。这样一个没一点胸襟，没一点气度的女人，怎么适合做执行总编那样的位置？大家还不都得被她算计完了。怎么想，都是俊俏又可爱的路公子更合适。不说她有多体贴人，对妹子们有多“宠溺”，就是看着那张脸，听她布置起任务来都觉得格外苏。

不过，大家也只是隐隐站队而已。最后结果没出来，谁知道哪位会登上“大位”，谁都不想做之后被“穿小鞋”的人。所以看她们坐下后，大家也就收回了目光，眼观鼻，鼻观心，认真听执行主编布置任务。

只有路棠知道，刚才她和骆语薇的几个对视之间，暗含了多少刀光剑影。执行总编的位置只有一个，她不乐意骆语薇坐上这个位置，骆语薇也不希望她坐上。既然不存在一方的妥协，那就只有继续这场没有硝烟的战斗。她的工作要好好干，该收买的人心继续收买，能使的小绊子也要可劲儿地使了。骆语薇是这样的心思，她也是。看看狭路相逢，究竟是谁胜。在战场上做一个逃兵不是明智的选择，更给了敌方看不起自己的机会。战鼓敲起的时候，自然要迎面而上。这就是职场上的江湖，有厮杀，也有乐趣。

看着骆语薇眼睛里的嫣然笑意，路棠扬唇一笑。

刚才进来的时候，这位骆姑娘怎么说的来着，哦，她说，“路棠，没想到你也想找徐匪合作。早知道我应该放慢一点——跟他合作的脚步。毕竟我们同属于一家公司。”

她是怎么回复她的？好像是，“没事。你们合作你们的，我们合作我们的。互不打扰。”

骆姑娘的眼神有一瞬间的犹疑，她捕捉到了。她在职场上摸爬滚打也有好几年了。当然知道有些人的话不能全信，也不能不信。所以，合作是真。至于是什么合作，那可就不一定了。

论坛的开幕仪式拉开帷幕，金碧辉煌的大厅里热闹不凡。俊朗挺拔的青时路公子再一次成了一道特殊的风景线，不少年轻的小姑娘芳心暗涌，却在被相熟的同伴告知这位清俊的帅哥其实是个女人，很可能还是个LES之后，芳心碎了一地。也有几位观念开放的姑娘，淡定地要到了这位“帅哥”的联络方式，打算进一步交流一下。

“香饽饽”路棠同学，此刻全部的注意力则主要放在了两拨人身上，一拨是来自樾井传媒的几位“老朋友”，而另一拨是被她“委以重任”了的雾阳同学。为了进一步拉近和徐匪的关系，顺便也让骆语薇难受一下，邀请函制作完成的当天，她就委托了雾阳转交给徐匪，顺便把他“请”过来。

以这两个人的性格，路棠估计他们即便来了，也是在某个人少的角落里歪着。果不其然，在窗边的一个角落，她看到了正和青时的一位姑娘说着话的雾阳，他以往的打扮都偏向于简单——同时以扮嫩为终极目标。今天看起来倒是很有几分人模狗样。路棠笑了起来。至于旁边那位神情平淡，看起来禁欲又漂亮的家伙，自然是徐美人。他们两个人的容貌都很出色，尽管待在并不显眼的角落里，依旧有不少经过的人回过头来打量他们，真是个看脸的世界。明明长得不错却一直没有女朋友的雾阳同学，在青时一众妹子眼中属于另一类“香饽饽”。此刻他虽然脸上带着笑意，熟知他的路棠却知道，这孩子其实已经有点不耐烦了。反观“徐美人”，全程冷淡脸专注地看着窗外，对陷于“困境”中的同伴——没有一点要帮忙的意思，仿佛窗外有什么千年难得一遇的美景。路棠朝他看的方向瞄了一眼，黑漆漆的一片，伸手不见五指，果真是十分独特的景致。

路棠想起刚给雾阳下命令让他帮忙把徐匪带过来的时候，那家伙从“徐美人”的角度出发，和她进行了一番关于“把徐匪带过来对他究竟是利大于弊还是弊大于利”的严肃性辩论。末了还想趁火打劫，眨巴着一双眼睛问她，把人带来对他有什么好处？

好处当然是一顿好揍啊。说好的从尼泊尔回来就给她稿子，拖到现在都一个多月了，忍住了至今没揍他都是因为她太善良了，现在还好意思跟她要好处。论暴力，雾阳不是她的对手，最后含泪答应。

看看“徐美人”就深谙做人的道理，乖巧多了。不过徐匪这家伙来是来了，怎么一副“我跟你不是很熟”的样子，仿佛几天前的酒吧友好会面只是她的一场臆想梦。即便看到了她过来，他也只是转过头，朝她颔了颔首，接着又转了过去，继续看他的“风景”。

路棠真想上前问他一句，大爷，您是我领导吗？她忍。

雾阳也看到了她，果断借着她“挥别”了青时那位妹子。两人毕竟合作良久，雾阳看出了路棠冲着徐匪的腹诽之意，不禁在心底暗笑。阿匪的性格他了解，从来都不是一个好拿下的人。

察觉到了某人的心理活动走向，路棠转移了视线，“雾阳同学今晚很是光彩照人啊……不，准确地说，应该是愈发童颜如玉了。瞧你这嫩白的小脸蛋，让人快马加鞭也赶不上。”

“不及我们路公子，招蜂引蝶的本事又精进了不少。看你这风流的身段，别人怎么修炼都不及你的独特韵味。”雾阳闲闲回应。跟路棠这女人互相“人身攻击”的时候，真的不需要讲风度。

……

看他们互怼得起劲，徐匪收回了停留在窗外的目光，转过头来看他们乐此不彼地“损敌一千，自伤八百”。明明两个都是聪明人，现在却像两个铆足了劲头的稚气孩子，你一言我一语，非要怼出个胜负。不过，这样也挺可爱的。嬉笑怒骂，因为真实，所以很动人。可惜人们常常都戴着假面。

Chapter 09

来自樾井的“朋友”

徐匪的目光里似含深意，路棠不禁打了个寒战。虽然接触不多，不过她知道徐匪感兴趣的人和事物其实并不多……她瞄了眼正行云流水地对她发起一轮轮嘴炮攻击的家伙。徐匪对这臭小子——不会有着某种特别的感情吧。本是胡乱一猜，不过路棠越想越觉得，这个猜测有几分靠谱。否则他为什么愿意为了雾阳，暂时放下不见生人的一贯原则（这还是雾阳告诉她的），破例赴她的“鸿门晚宴”呢。只是朋友，不一定要答应吧。如果是心尖尖上的人，那就很合理了。现在看到她和雾阳互怼起来，他又马上收回了一直看“风景”的冷漠脸，露出这样有深意的眼神……路棠越想越觉得，这个分析靠谱，不禁添了几分紧张之余，又有点不是滋味。女人的第六感告诉她，徐匪是个护短的人。她对雾阳一向是能动口就直接开怼，能动手就直接好揍，虽说大多时候是因为某人太没有职业素养老爱拖稿且欠扁。不过徐匪会管这么多吗？如果她的猜测成立，只要雾阳哪天跟他哭诉一下，甚至不用哭诉，只要卖个萌，打个小报告，出于护犊子心理，她针对徐美人制定的策略……路棠想想就觉得心情不好，还莫名有点惆怅。

论互损的功夫，她和雾阳其实半斤八两，现在注意力一不集中，冷不防就被他占了上风。看着他脸上大写加粗的嘚瑟，路棠没忍住对他扔出了眼刀。雾阳毫不客气地也扔了“刀子”过来。

电光火石之间，冷不防她的肩膀被人拍了一下。“看着背影像，真的是你。路棠，好久不见。”

这熟悉又陌生的声音，路棠回过头。哦，是故人。的确很久，自从她离开樾井，她们已经三年未见了。路棠转过身，扬起一道笑容，礼貌但并不亲近，“周媚，江琪，好久不见了。”

“刚巧碰上樾井传媒过来的代表，我想，毕竟是你的老东家，就自作主张带她们过来了。你不会介意吧？”被她忽略了的骆语薇温温婉婉地开口了。

介意又怎样，不介意又怎样？路棠笑着看她，“这是个肯定句吧。”

骆语薇面色一僵。不过不是因为路棠的话，而是她看到了静立一旁的徐匪，看到了他眼睛里一闪而逝的情绪。雾阳和徐匪的关系不错，也许徐匪知道路棠离开樾井的事。

她刚想解释几句，周媚已经开口了，“路棠，一别三年，过得好吗？”

“挺好的。”答完这句，路棠沉默了一会儿，继而笑道，“你们，也还好吧。”

骆语薇的眉头皱了起来。路棠当年离开樾井，应该并不愉快，否则为什么每次遇到樾井传媒也参加的活动，她总是好巧不巧的“另有安排”。刚才有意跟樾井的那两人提起路棠，她们的神情也有些异样。她这才让助理找到了路棠的位置，带她们过来。却没想到这场碰面这么平和，一点波澜没起。仿佛真的只是故人叙旧。她想到自己刚才的话和徐匪的反应，她做了一件错事。这件事损了她在外人面前的气度，也折了徐匪对她的好感，那份好感来之不易。

江琪笑道，“好不好的，也就这样。你倒是比我们混得都好。如今青时路公子的名头可响亮着。”

路棠笑着没有接话。

果然江琪接着说道，“不过你如果还在樾井，未必比今天差。”

是不会比今天差，可那不是她想要的。

“他今天也来了。”

路棠抬头看向周媚。

这样的活动原本不需要他出席，他却突然说想看看南边的竞争对手发展得怎么样。周媚看着俊美如昔的路棠。其实那不过是个借口，青时文化这几年的发展尽管不错，依旧不足以做樾井的竞争者。他只是想来看看路棠。当年他们之间的那段事，谁也说不清对错。如果有人肯退一步，也许会是另外的结局，偏偏一个骄傲，一个倔强。现在，骄傲的那个主动来见她了，他开始回头，那么她会回头吗?

“话我带到了，要不要见就看你了。”周媚看着陷入沉思的路棠，又补了一句。如果想躲，以她对他的了解，一定能躲开。如果躲不开，那也许是天意。

路棠知道周媚对那个人的心思。不过无论如何她还是说，“谢谢你，周媚。”好歹让她有了一个心理准备。

“不用谢我，我也不是为了帮你。”

徐匪神色淡淡。传闻青时文化的路公子当初离开老东家樾井传媒，是因为犯了一个严重的错误，不过这错误似乎别有内情。他是谁?又是“女”字她，还是“单人”他?

雾阳在一旁也摩挲起下巴。

一直沉默着的骆语薇很后悔，不过现在后悔也没用了。

“骆小姐，我对场地不熟悉，麻烦你带我们去樾井的位置吧。”周媚终于把眼光落在了骆语薇身上。

“好。”她看了徐匪一眼，带着她们离开。

路棠看着她们离开。终究都是过去的时光了，那个人现在应该过得挺好吧。职场硝烟有形夹杂无形，有人因利，有人只是单纯看不惯你。如何韬光养晦，又如何暗部攻防，一点一滴都是他教给她的，现在已经熟悉得如同本能。他们却分开了。说没一点感觉是假的，她曾经真心地爱过。不过分开也是必然。如果正面对上他，会是怎样的情形呢？

看路棠一直定在原地发呆，雾阳走过去拍了拍她的肩，笑道，“路公子，她们已经走了，回魂儿了。”等路棠转过头，他才发现她的脸色并不好，“没事吧？”

路棠读到他话语中的关切之意，现在也没心思计较他和徐匪的关系了，笑着摇了摇头，“没事，酒喝多了。我去趟洗手间。”

徐匪的视线停顿在她离开的背影上，没有说话。

宏竺酒店的女士洗手间，路棠低头用冷水轻轻拍了拍脸，清醒了不少。她看了眼镜子里的自己，脸色确实很不好，难怪刚才雾阳会是那样的表情。她不可能现在离开。躲，又能躲到哪里？不可能躲一辈子。处在同一行，他们迟早会碰上，现在这一天只不过比她预想的早一点罢了。青时文化的“路公子”名声在外，她代表的是青时。有朋自远方来，碰上了就好好招呼。思虑已定，她整理了妆容走出洗手间，拿起侍从盘中的香槟走向人群。

“小路。”一道清润的嗓音叫住了她。

路棠脸上的笑意在一瞬间凝固，慢慢捏紧了手中的香槟。鼻子有点酸，血液流动的速度也慢了下来，心口有点疼。还是碰上了，这么快就碰上了。前任这玩意儿，可真讨人厌。他一手领她入门，栽培了她。他们有过很多美好的回忆。却也是他让她第一次尝到了恨一个人的滋味。小时候知道父亲出轨，她也没有产生过那样强烈的情绪。三年了，却恍如昨日。

路棠转过身，笑得礼貌而疏离，“木总，好久不见。”

她的称呼和疏离，让木均祁温润的笑意一顿，他朝着路棠走近了几步，语气温和，“的确很久没见了，在青时过得还好吗？”

“很好。”她的神情未变。

“那就好。”静了一会儿，木均祁笑了，“你这两年做的几本书，不错。”

“木总过奖了。”

过奖。他们之间只剩这样的客套了吗？

“木总，还有什么事吗？”路棠笑着问他，似是对他的沉默有些不解。

有。但，你想听吗？木均祁的目光落在了路棠握着香槟的指尖上，那里微微泛着白。

“没事了。”他转身，慢步走开。

直到那个背影消失不见，路棠脸上的笑容才慢慢收了起来。都说十指连心，那么此刻的疼痛究竟是心里的情绪传递到了指尖，还是指尖的痛蔓延到了心底。太多情绪被她压制已久，它们一直乖乖地沉在心里，如今却翻涌得厉害。

“精彩。”旁边有人轻轻鼓起掌。

路棠抬头，看向骆语薇，此刻对方的眼神里含着讥诮。

“怎么，你也有事？”

“没事。路过。”骆语薇道，“不巧却看到了一出好戏。”

面对男人，路棠何曾有过这样的神态。周媚的话只是让她隐隐有了一个猜测，刚才的那一幕却印证了她心里的猜测。周媚所说的“他”，就是樾井传媒的总编木均祁，谁不知道樾井传媒是木均祁一手创立的。路棠，你可真是好本事。

“执行总编的位置，会是我们两个中的一个。”骆语薇的眼睛看向路棠，带着攻击性的锋芒。

“然后？”

“那个人会是我，而不是你。”没等路棠开口，她继续道：“路公子男女通吃好本事。在青时把女人们收得服服帖帖，如今又有樾井传媒的男人不远万里追过来。可惜我们的大老板是个女的，她也不会吃你这一套。”

“所以，她吃你这一套？”路棠反问道，“未必吧。要坐那个位置，我们都还差了点火候。那就各凭本事，去取那一昧真火。别拿工作之外的事说事，我的私人生活更轮不到你来管。”

“呵。”骆语薇冷笑了两声，“说的比唱的还好听，你能真赢得大大方方？”

“你能，我就能。”

不欢而散，也是意料之中的结果。

Chapter 10

雾阳的小九九

江筱回到家的时候，房间里没有开灯，只有月光幽幽地照进来，愈加显得昏暗。要不是在车库里看见了路棠的车，她肯定以为这家伙还没回来。路棠只有心情非常不好的时候，才会任由屋内这样漆黑一片。

江筱没有开灯，一路摸黑走过玄关。客厅里的沙发上，一个身影乖巧地缩在那里，天然的光线淡淡地映照在她略显疲惫的面孔上。江筱蹲下身，摸了摸她的脑袋，“亲爱的小姑娘，晚上好。”

沙发上的人看了她一眼，睫毛微颤，声音有些委屈，“筱筱，要抱抱。”

江筱起身坐在沙发上，温柔地抱住了她。

“今晚我碰见他了。”

这样的语气，这样的神态，还有这么糟糕的心情，只能说明一点，他是那个曾经让路小棠受了伤的人。

“嗯。”江筱再次摸了摸她的脑袋。

“骆语薇说，执行总编的位置会是她的。”

这两句话听起来毫无关联，却一定是有什么联系，路棠才会这么说。

果然，江筱听见一个闷闷的声音说道，“最让我不开心的，就是这两件事。”

谁能想到，外人面前才干过人又俊美自信的路公子，也会有这样一番模样。因为反差，看起来格外的软萌，让人心软得一塌糊涂。虽然这样的时候也不多见就是了。

“不过，”路棠坐了起来，似乎慢慢调整好了心情，“我会证明给她看，她所认为的并不正确。”

不管是木均祁、执行总编的位置，还是她的为人与能力。当对方和自己的水平处在差不多的线上，也许会有嫉妒的情绪，可如果是远胜，嫉妒也就没有必要了。无论如何，三昧真火的方向，她已经确定了。徐匪，必须要拿下。

“好。我相信，我家路小棠，一定可以的。”江筱的声音很温柔，也很认真。她知道，那个积极到有些嚣张的路棠已经恢复了。

两个女孩儿之间的私语随着静谧的月光渐渐消散。

雾阳看到微信的时候有点讶异。昨晚一直到离开的时候，路棠的脸色都不是很好。尽管她如今的业绩很惊艳，是业内有口皆碑的金牌策划，但当年路棠离开老东家的真相究竟是什么，一直无人知晓。被认为可信度最高的一个说法是她无意间泄露了公司的商业机密，让樾井传媒蒙受了一笔不小的损失，所以才会被驱逐。他和路棠合作多年，对她的性格还是有几分了解的。路棠看起来对一些小事并不在意，一旦涉及工作却又很谨慎，否则她在青时也不会有今天的位置。所谓的无意间泄密，其实一点都不可信，不过他也没想过探寻真相究竟是什么。但经过昨晚，着实让他开始有点好奇了。

昨晚那么难看的脸色，今天已经想到从他这里找说服阿匪的突破口，她的恢复能力不错。既然如此，不趁机敲诈几顿大餐太辜负自己的胃了。何况最大的乐趣还不在于美食，从这位精明的经纪人身上拔毛的有趣程度，可以与逗向来冷感的某人媲美了。

换了衣服，雾阳一路慢悠悠地走着，晃进了自家经纪人定的餐厅。

微岛料理——S市最负盛名的日式料理之一。禅意，美学，媲美取材地的新鲜食材，让它以数十倍于一般日式料理的价格依旧引得人趋之若鹜，这里的桌位很不好订。

他心里有了计较，不过走进预订的包厢时，只是一声轻叹，外加一点点小委屈的情绪，“你这次是下了血本啊，当初挖我进青时的时候，好像都没这么大方。”

路棠忍住没有抛一个白眼过去。的确，当年他写的网络博客偶然间被她看见，仔细看了几篇之后，凭借之前积累下的对文字的敏锐嗅觉，她当即决定挖他进青时。谈的过程中也请他吃了几次饭，最奢华的一次可能还要算两个人在一家装修朴素的小饭店吃的那餐。不过，过去能和现在比吗?

路棠装作没有读到他语气里的委屈，反正那也不会是真的，“当初我也是刚进青时不久，没什么财力。今天不就带你来吃微岛料理了。”

“容我想想，我怎么记得，挺久之前你就已经颇具财力了呢。”言下之意是你早就应该请我来吃了。

路棠看着他认真疑惑着的眼神，缓缓平复了下想要开揍的冲动，毒舌也先忍一忍。今天有求于他，小不忍则乱大谋。“这个么，主要是为了挑一个黄道吉日。”路棠说得很认真。

看着面前人“好生气哦可还是要保持微笑”的憋屈模样，雾阳心情大好，转过头看了会儿庭院里的景色，平复了下过于欢乐的情绪才转过来道：“我信了你才有鬼。今天这么大方，是有事需要我帮忙? 跟阿匪有关吧。”

聪明。路棠给了他一个赞赏的眼神，“上次的饭局没能说服徐匪，最后还冒出个骆语薇，实不相瞒，我感到很挫败。不过，我并不打算放弃。”顿了顿，她说道，“我需要你的帮忙。”

雾阳挑了挑眉，“看来这顿饭，吃起来还挺不容易的。”

“其实，要说容易也容易，尤其对于你来说。”

“哦。说来听听，我先看看任务的艰巨程度。说不定一顿饭还不够。”

路棠在心里冲他翻了个白眼，也不绕弯子，直接道，“我想知道，他平时大概的兴趣爱好和忌讳，我猜他应该会有一些忌讳。如果你能帮我，几顿饭都OK。”

几次接触下来，直觉告诉她，徐匪是经历过什么事情，才会是现在这样对生人生物平淡冷漠的模样。而这样的经历很可能会让他的生活中存在一些不能靠近的禁区。另外，如果能够掌握他的喜好，相比现在仅靠自己“盲人摸象”，也好太多了。

路棠想过请一位私家侦探来查，不过一来她不清楚徐匪的底细，如果处理得不妥当，反而会变得棘手，毕竟没人希望自己的隐私被探查与利用；二来第一次和徐匪见面的时候，雾阳暗示她可以从做菜和猫咪入手，说明雾阳并不反对她从徐匪的兴趣入手，这一条路有走通的可能性。

虽然大多数时候，路棠看起来不像个女人，但女人的细心和敏感此刻显得很清晰。聪明的女人往往有更敏锐的直觉，也知道最佳的应对策略。是不是也是因为这样，他才放任了她对阿匪的接近。

看雾阳出神的模样，路棠伸手在他眼睛面前轻轻挥了挥，“想什么呢？这么出神。”

“没什么。”雾阳回过神来，“你刚刚说，想知道阿匪的兴趣跟忌讳？”

路棠点了点头。

“我跟阿匪认识挺久了，兴趣跟忌讳的确知道一些。不过日久的相处之中，已经慢慢习以为常了，一时之间还真的说不上来。而且，”他停顿了两秒，“这个问题毕竟涉及了个人隐私的部分。我需要再考虑一下。”

路棠也知道他不会轻易答应，“你别忘了就行。”想了想又补充道：“考虑的时间也不要拖得太长。”这家伙有多能拖，她最有体会，每次催他稿子就是一次艰难的斗法。

小巧精致的料理一碟碟依次呈上来，两个不同级别的吃货注意力都被吸引了，放下公事认真品尝起美食来，顺带扯一扯日本的料理文化。

徐匪正在试一道法式浓汤改良做法后的味道，门铃声突然响起。他走过去打开门，某个原本应该在帝都的人出现在了眼前。

“这个时间，你怎么在这里？”

门口的人一脸坦然，“看到你朋友圈发的新菜品了，特地过来做小白鼠。”

他的确有用朋友圈记录所做菜品与猫咪趣事的习惯，一个原因是，他的好友总数两只手就数得过来，其中对他的新动态关注得如此密切的，可能只有眼前这一位。为了第一时间来做小白鼠。

不过，“你来晚了，我已经试过味道。”他有洁癖，不会和人共食一道菜。上次路棠宴请他和雾阳，选择的餐厅也是个人菜品独立装盘的。

狠心的阿匪。雾阳用眼神表达着对他的无声谴责，肚子“咕”的一声，刚好配合了他的演出。

“……”徐匪计算了一下厨房里的剩余食材，“我去下碗面吧。”

面前人顿时收回了谴责的目光，“阿匪，我就知道你不会对我这么残酷。”

徐匪把面下锅，问道，“说吧，怎么回事？”

雾阳虽然惫懒爱玩，孰轻孰重还是分得清的。为了尝他新做的菜而爽约帝都知名制片公司，不是他会做的事。

没料到身后迟迟没有传来声音。徐匪转过头去。

“对方想潜规则我。”原本安静坐着的人声音有些委屈。

徐匪一愣，继而笑意一点点染上眼眸。

雾阳的皮相不错，被行业内外不少人打过歪主意。虽然知道凭他的个性不会真的被人占便宜。不过，此刻看到他这副模样，不得不承认更加让人觉得软萌可欺。难怪要被人盯上。

“切～想笑就笑吧。身处这个圈子，不是每个人都像我经纪人那样的。”

“哪样，”提起路棠，徐匪的神情平淡，“人心隔肚皮，你能看到她真正的心吗？”

“听起来，你对她很没有好感。”一般人对于徐匪而言都是可有可无，更少有放什么情绪在哪个人身上的情况，自家经纪人似乎有点不一样。“我倒觉得，从某些方面来说，她像是你的一个对立面。”

从容貌到性情，的确很对立。她本来就是个挺分裂的人，人前洒脱明快，人后跟雾阳斗起嘴来却分毫不相让，还经常用那双乌黑的眼睛露出猫咪才会用的表情。

很没有好感吗？

“也许，她对名利的看重，让我觉得排斥。”徐匪把面端上餐桌。

汤汁鲜嫩，清香四溢。

“也许，并不只为了名利。策划选题原本就是她的工作。职业不分高低贵贱。她这样也是敬业的表现。可能抛开这件事不谈，你会觉得她其实是个不错的人。”

徐匪抬头看了他一眼，“看得出来，你对她很有好感。”

雾阳没有回答，笑着低下头去吃面。

良久，直到他的面快吃完，徐匪开口道，“日久见人心。相比你，我的判断未必正确。不过现在没什么好感。”

低头吃面的雾阳微微一笑。那么，我来给你们制造机会如何？两个对立面的相遇与纠缠，想必很有趣。也会是不错的故事素材。

最重要的是，向来意志坚定的你，会不会因为她而改变呢？

Chapter 11

天降神转折

路棠再一次感到车窗外的浮云也可爱了起来。这要归功于雾阳同学。

离他们在微岛料理吃完饭不到一周，他就答应了帮忙，并且奇迹般地再一次没有拖延症发作，很快把她要的资料传了过来——电子版。尽管只是寥寥数语，对于现在的路棠来说，不啻于指路明灯。

路棠觉得似乎顿悟了什么，追问了一句，“其实，你才是货真价实的吃货吧？”

雾阳很快回复她，“恭喜，你真相了。以后多请我吃饭吧。遇见值得的美食，我的灵感会被激发的，按时交稿不在话下。”

路棠的目光落在了“值得”两个字上，正在翻表情包，就看到他的下一条信息紧接着跃入了视线，“如果你真的决定用这种方式催稿，请务必参考我曾经推荐给你的那份餐厅指南”。

曾经推荐给她的餐厅指南？路棠回想了一下，某张人均上千的奢侈餐厅指南终于从一个记忆的旮旮角落里被翻了出来。她果断从各类憨态可掬的表情中退出，发了三个高冷的微笑脸过去。

另一边，雾阳看着手机里的回复，心里涌上点点奇特的情绪。

严格来说，这是一场冒险。他或许不应该这么做，不过心里缠绕已久的某种情绪还是让他这么做了。人的一生会有很多次投资。不只是金钱，时间、精力、情感的消耗都是在投资。风险也是一种投资品，还是一种有价值可交易的商品。他已经投资了自己最重要的财产之一，现在就看结果了。

回到公寓，路棠和江筱聊起徐匪。

不愧是心理专业出身兼当了好几年迷妹的人，江筱对徐匪的了解程度，着实出乎路棠的预料。准确度也很高，几乎可以赶上雾阳了。

“筱筱，你对他口味偏好的了解好像更甚于我，我很吃醋。”

江筱白了她一眼，“但是亲爱的，我做菜都是按你口味来的。”

“所以我这么喜欢你，有你在身边，让人觉得很幸运。”某个厚脸皮的家伙马上忘了自己前一句说过的话，双眼认真地放电。

江筱的脸一点一点红了起来，直到接近满脸通红，终于羞恼地瞪了某“登徒子”一眼，“魂淡路小棠，知道自己长得那么好看还十天半个月地就要撩别人一次，你是非得把我掰弯是吧……滚滚滚滚滚滚。有空带荷包蛋下楼去遛遛，当初那么英俊，现在都胖成什么样儿了。”

正欢脱地埋头啃骨头的荷包蛋闻言哼唧了两声表示不满，它怎么又躺枪？

江筱说着赶路棠起身，一直把一人一狗彻底“轰出了家门”才算了事。这段时间路棠和江筱的工作都进入了忙碌期，除了日常投喂，荷包蛋也很久未得其他“宠幸”了，更别提被带下楼来散步，基本都在它的小摇篮里窝着，至多偶尔跑去厕所解决一下狗狗的“生理需求”，或者在房间里撒开脚丫子跑跑。

眼看着它朝着愈加圆滚滚的方向发展，路棠想到荷包蛋曾经拥有的矫健身姿，感到有些痛心疾首。现在她虽然连拉带抱地把它从楼上拖了下来，不过这家伙显然是习惯了懒猪般的吃睡生活，怎么都不肯挪动“尊蹄”，赖在原地一圈圈地打着转儿挣扎。

路棠捏了捏它毛茸茸的小短腿，果然已经变得很厚实了。看着小家伙憨态可掬却固执不前的模样，她不由好笑，开始恐吓它，“我说荷包蛋，你要有身为一只柯基的尊严。咱们可不能做一枚虚胖的短腿。这是个看脸还看身材的世界，你不锻炼出性感的小身材，以后会找不到好看的小短腿嫁你哦。”

似乎听懂了她的意思，荷包蛋一双乌溜溜的小眼睛转了好几转，哼唧了两声，终于迈出了第一个短小的步伐。虽然真的很短小，不过好歹迈出了这第一步。路棠揉了揉它的脑袋，站起身带着它慢慢走。

夜色温柔，连周边的植物也带给人一种轻柔舒缓的气息。路棠感受着微风徐徐拂过面孔的触感，只觉得心情变得轻盈起来，前几日累积的躁郁之气一扫而光。其实，幸福真的很简单。

她的轻快情绪透过微微晃动的绳子感染了荷包蛋，小家伙瞄了眼自家主子的笑脸，撒开脚丫子奔跑起来。晚夏的温度宜人，反正已经走了一段时间，路棠干脆跟着自家短腿慢跑起来。

运动舒张人的四肢，很容易让人的心情愉悦。在经过一个眼熟的身影时，笑着慢跑的路棠一开始并没有反应过来。直到跑出一段距离，她一把拉住了荷包蛋的绳子，把它抱了起来，回过头去走近刚刚那个身影。

那个人背对着她，一头墨色的短发，戴着一副白色的耳机，手里还拎着一个袋子。借着月光，路棠辨认出那是小区超市才会有的购物袋。他似乎没有发现她的靠近，依旧盯着小水池中的白莲——发呆。

这个颀长挺拔的身形，还有那股自带凉意的熟悉气息，都让她感觉到非常熟悉。除了这段时间她心心念念要攻略的人，不作二想。徐美人，可巧了。总不会有人特地跑到某个小区的超市买东西，除非他原本就住在这个小区。

发着呆的人回了神，转了过来。不过还没等路棠看清他的脸，他立马先后退了几大步，速度之快，步伐跨度之大，令人咋舌。

路棠不由反思了一下自己现在的模样，眼看他快跌进池塘里，连忙伸手拉住他。

那个人稳住了身形之后，立马挥手打掉了路棠原本揪着他的手，打量了周边的地形之后，又向左走了好几步。总而言之，言而总之，他和路棠保持了一个相当远的距离。

哟呵，这么嫌弃她？知不知道姐姐是他的救命恩人。虽然这人戴着黑色的口罩，透过那双熟悉的眼睛，路棠还是肯定了自己的想法，眼前这人就是徐匪。不过，他看起来为什么这么不待见她了？

“嘿，好巧。”路棠笑眯眯地跟他打招呼，抱着荷包蛋想要走近他。

“你别过来。”徐匪的语气有几分严肃，以往只是平淡。

好像，他还有点紧张？“嗯，怎么啦？我是路棠啊，呵呵。”这奇怪的对白……她有种试图接近黄花大闺女的纨绔少爷的错觉。好吧，也许就容貌而言，他们两个的确符合这一设定。

“抱歉，我对狗毛过敏。”徐匪冷静下来，“先走了。”

转身走了没几步，衣服被人拉住了。他不得不讶异于这个女人走过来的速度，压下心里因为那只狗翻涌起来的不适，他的声音更加清冷，“路小姐，我……”

“我现在没有抱着狗，它离你有一定距离，放心。”路棠说道。首先要安抚他的情绪，再徐徐图之，“不过，你也住在这个小区吗？在几号？我很想看一下那两只小猫咪啊。”

开玩笑，她连徐匪的联系方式都没有，不通过雾阳根本联系不到他。今天他自己送上门来，可能还这么神奇地就住在附近，如果不能问到实际的住址，她是绝对不会放手的。否则，简直对不起今晚这么好的运气。

看见那双明亮眼睛里流转过的小情绪，徐匪明白了她的真正意图。这个女人只能速战速决，干脆直接用手掰开了她抓着他衣服的那只手。不过，他显然低估了这个女人的难缠程度。尽管长了一张比一般男人更加英俊大气的面孔，这个人本质上是个女人，还是个狡猾又难缠的女人。看到他的动作也不反抗，只不过他掰开一处，她的手立马就抓住了他T恤的另一处，这简直如市井无赖一般。几番缠斗下来，徐匪隐隐觉得太阳穴开始跳动得厉害起来了。

他今天只穿了一件T恤，自然不可能脱了衣服裸着上半身回去，“路小姐，作为一个女人，你的行为是否太过不知廉耻。”

担心过敏加上血气上涌的双重刺激，“不知廉耻”这四个字他显然用得重了，也确实刺到了路棠，不过，她的手依旧没有松开，“徐匪，你想不想知道真的不知廉耻，是什么样子的？”

他并不想知道。

“我原本只是想知道你住的单元，不过现在，带我去你家吧。或者，”她顿了顿，很认真地笑了，“我们就这样僵持着。”

清冷的身影僵了一下，“路小姐，我对狗毛过敏。这件事你可以向雾阳求证。所以，很抱歉。”

“我可以不带我家的狗。”

“虽然这个小区的治安不错，如果把它单独留在这里，很容易被人抱走。”他看得出来，这只狗在路棠心里有一定位置。

“这个么，我可以让我的室友来接它。”

“带我去吧，嗯？”

徐匪压下由于清奇的对话画风带来的不适感，“路棠，我记得你说过，不管是青时文化还是你，都是带着十足的诚意希望跟我合作。”

路棠眉目一挑，“对。不过我没有在跟你谈合作的事啊，我只是想去你家看看猫咪。”

这个女人有太多个面，巧言善辩，且居心叵测，他不得不防。“你很喜欢它们？”

这是要给她机会了，路棠笑道，“非常喜欢！”

“喜欢不是用这样的方式表达的。”徐匪说道。

徐美人的嘴皮子功夫不容小觑。不过，她今晚的原则是咬定青山不放松，“徐匪，也许你感受不到我的诚意。不过，今晚你说什么我都不会放手的。”

他们的对话已经朝着越来越奇怪的方向偏离。徐匪转过头，那只柯基犬孤零零地站在他们的不远处，身后的女人眼睛一眨不眨地看着他，俊朗的眉目间染着一抹看不出真实情绪的笑意。谁也没有再说话，只有微风轻轻拂过两人。

良久，路棠开口了，“徐匪，你真的要跟我在这里站一夜？”

“不然呢？”自动制冷的淡淡语调。

最后，双方各退了一步，徐匪答应让路棠去自己家看小猫，不过不是今天。鉴于双方都对彼此的人品表示怀疑，他们邀请了雾阳同学作为本次事件及参观之旅的第三方见证人。

徐匪确定对这个女人真的没有好感。曾经也许有过不知道是好感还是别的什么感觉，现在已经通通转化成了一个肯定的想法，这样滑不溜秋，甩都甩不掉的麻烦女人，他一定要保持距离。

Chapter 12

首探徐宅

“你是认真的？”从台湾匆忙赶回来的雾阳此刻仍觉得有些不可思议。

他的人气一贯旺盛，归功于路棠独辟蹊径的策划创意，这部《无野》脱离了以往的故事风格写就，一上市就受到了热捧。销量与评价都太好，有几家台湾的出版社也发来了出版邀约。

大陆和港台的图书出版在某种程度上有一定的隔绝，图书需要特定的版权才可以在港台出版。收到邀约，路棠综合各方面的考量选择了一家声誉和实力都不错的出版社合作，同时定下了他在台湾的签售会。

签售会结束不久，他正准备多逗留几天去九份看看，就接到了路棠那通莫名其妙的电话。作为半路被卷进事件的第三方见证人，事件双方的当事人他都很熟悉，不过这件事本身……还是让他觉得太诡异了点。因此，尽管对于九份如画的景致心向往之，他还是思忖片刻就订了最早的航班回S市。

“嗯。”徐匪的回答一如往常的简洁。

雾阳把从台湾带回来的一些小吃放进冰箱，转身看正认真给两只小猫咪洗着澡的男人。阿匪很排斥陌生的气息进入自己家里，怎么会轻而易举地被路棠说服了？

“我抛弃了九份的美景匆忙回来，你就一个‘嗯’字打发我。诶，人不如猫。”

徐匪瞥了他一眼，只不知道是真委屈还是装的。自从上次发现他很吃这一套，雾阳就经常开始在他面前扮可怜。他细细梳理着一黑一白两只小猫咪的毛发，“你的确比不上它们。”

看看这冷漠残酷的模样。“啧，但见新人笑，哪闻旧人哭啊。你有了新的小伙伴果然对我更冷漠了。我还想着另外找个时间，跟你一起去九份呢。”雾阳说着真的好奇起来，“上次你们两个见面的时候，明明还是一副很不熟的模样，怎么我去台湾一趟，回来你们已经到互相登门拜访的地步了。瞒着我‘明修栈道，暗度陈仓’呢？”

徐匪用柔软的棉布帮那只黑色的小猫咪擦干身上的水珠，纠正他，“首先，她并不是我新的小伙伴，其次，我并不打算去她家拜访，最后，她的登门，我是被迫答应。”

“被迫的？”

徐匪低头帮那只白色的小猫咪擦干水珠，没有注意到雾阳眼中一闪而逝的波动，寥寥几句简述了事情的经过。

雾阳不禁感叹，“这的确是路棠能做出来的事。”

“所以那种情境下，你觉得我还有更好的选择？”

“那倒是没有。不过总觉得对于让人来你家做客这一点，你应该是宁死不屈的类型才对。哈哈哈…….”

他转身坐上沙发，一条带着小猫咪体香的半干棉布被准确无误地丢到了脸上，他的笑声戛然而止。

约定的路棠来徐匪家见两只小猫咪的日子很快到来。

跟着雾阳从她家来到徐匪所在的单元，她才发现原来他们所住的的确是同一个小区，只不过刚好在中心建筑的两面。这个小区以中心建筑为基准，被分成了两个建筑群，各自有独立的超市、小花园、泳池等设施。

徐匪是个相对比较宅的人，除了运动与定期的采购，很少出门，所以尽管路棠常常下来遛狗，两人从没有碰到过。这次会恰好遇上也是意外。

不得不说，善良的人总是得上天眷顾。路棠心里默默得意。

等真的走进徐匪的家，她愣住了。

太干净太舒服了。房子整体的设计蕴含了浓厚的北欧风情，白色与原木为基调，没有过多冗杂的装饰和花纹，简约而贴近自然。

路棠很喜欢北欧的家装风格。当初搬到这个小区的时候，她曾经和江筱商量过家装风格的选择，不过考虑到价格与后期护理的问题，她们还是选择了最物美价廉的一种。生活所迫。不过今天乍一眼看到最心爱的北欧风情，顿觉实乃她的小心脏之所不能负荷。

她看着徐匪那张平静淡然甚至愈发趋于严肃的美人脸，心情很复杂。他还是人吗？颜值高就算了，毕竟人家的职业是网红，毕竟她也经常刷脸办事，外加蹭点吃的蹭点喝的。不过他这么十项全能做什么？还样样都这么戳她的萌点。逗猫逗得她都春心荡漾了起来，学识上完虐她，现在连家装都要打造出她一直求而不得的风格？还护理得那么好。非人哉，这是技术型大神啊。

仔细想想她那天晚上的行为，可能有点过于激动了。虽然目的达成，不过说不定已经惹恼了这位大神，实在是失策。正确的路径应该是利用雾阳提供的资料慢慢套近乎，巧妙接近，那么关系好了之后还可以顺带请教一下他家装及后期护理的艺术。冲动是魔鬼。现在虽然成功地进入了他家，大概近期都要被关在黑名单里了。

徐匪看到她的眼睛乌溜溜地转，心情也很复杂。怕她又在打什么歪主意，便带着她去两只猫咪的寝居。转移了注意力，应该就没空想歪主意了。

“你说，这是它们的卧室？”屋子里传来女人因为惊讶而略显尖锐的声音。

雾阳闻声从沙发上探起了头，看到声源所在的房间后又笑着窝了回去。

路棠看着眼前的房间，着实震惊了。谁能告诉她，这就是土豪养宠物的方式？这么丰富的游戏与锻炼设施，简直可以与抚育一个小孩子相媲美了。甚至有过之而无不及！她顿时理解了为什么徐匪养的那两只小猫咪会那么乖巧那么有灵气，同时深刻领悟了一句成语——“孟母三迁”。

路棠试着想象了一下他以后教育起自己的孩子来会是什么模样，顿时觉得超出了她的认知所能承受的范围。那应该是刚出生就要被要求德智体美劳全面发展的——天才宝宝。路棠不禁在心底先为他们掬了一把同情泪。

徐匪不知道片刻间她的想法已经转过了九曲十八弯，从门口的小柜子里拿出了两双米白色的棉质拖鞋，一双自己换上，一双递给她。

路棠乖乖换上，跟着他走进去。

正常人养猫都是乐于做猫咪的“奴才”，俗称猫奴，任傲娇的主子虐我千百遍，我待主子如初恋。这也是路棠一直对猫咪不感冒的原因，养宠物当然是为了跟自己的宠物彼此相爱啊，养个主子来伺候这种事，还是算了吧。不过眼前这位显然很反套路。从当初看他发的视频，路棠就觉得，不管他逗猫时的风情有多么让人春心荡漾，两只小喵咪心中，他是主子。现在见到两只小可爱飞快地跑过来跃入他的怀中这一幕，她更加觉得自己的洞察力相当敏锐。

徐匪后退了一小步减小它们扑过来的冲击力，先后接住了两只小猫咪，不过还是被撞得有些踉跄。他的脸上却始终带着淡淡的笑意。

路棠抬起头看他。真是个奇怪的人，明明对人很冷淡，面对猫咪却那么温情，整个人都像是浸润在阳光里，那么可亲，那么温柔。看着这个样子的他，路棠可耻地发现，自己都有种扑进他怀里的冲动。

她察觉到了自己的这种想法顿时觉得很不好意思，好歹也孤身闯荡这么久了，竟然因为人家释放的一点点温柔就荡漾了，还想着跟小动物“争宠”，真是越活越回去了。不过也幸亏这两只都是小猫，所以画面看起来温情而和谐，如果换成两只肥硕的大猫……

“扑哧。”那画面太“美”了。

“你在想什么？”

“什么？”耳畔传来的淡淡嗓音吓了她一跳。

徐匪弯下腰，把两只小猫放到地板上，“说对我家的猫咪神往已久非要见上一面的人，怎么见到了却一直在发呆。开心傻了？”

“我……”还没完全从刚才那瞬的温柔可亲版徐匪中回过神来，看着他一本正经地说出这么一长串话，好像真的是在对“你是不是真的傻了”感到困惑的模样，路棠一口气上也不是，下也不是，憋得脸都红了起来。

总算为那晚的困窘扳回一成的徐匪，此刻心情倒是慢慢好了起来，“走吧。”

嗯？这么快。路棠下意识地拉住了正要转身出去之人的衣角，“我连它们的模样都没看清呢。再说，作为真诚地喜欢了它们这么久的小粉丝，好歹你也给我讲讲我偶像们的生平英雄事迹吧。”

徐匪在感觉到衣角被拉住的时候眉毛就皱了起来，脸色僵硬，关于那晚无论如何都摆脱不了的那只拉着他衣服的手的记忆瞬间涌入了脑海，“你是拉我衣服拉上瘾了？”

听出他语气里真的有点生气了的意思，她连忙松开了手，“呃，不好意思，纯属下意识反应。”

徐匪看了她一眼。

路棠眨了眨双眼。

这个女人。“跟我过来吧。”

说着带她来到两只小猫咪的面前，蹲下身抱起那只通体白色的小猫，轻轻摸着它的脑袋。小猫咪明显很享受主人的怀抱跟抚摸，眼睛都微微眯了起来。“它叫小白。”

路棠已经蹲了下来，正看着小猫咪感同身受地跟它一同开心着，冷不防被这句话惊得一脸懵逼。这是不是太随意了点儿？她伸出一根手指，指了指不远处那只镜头里总是给人英伦小绅士之感，现在却飞快刨着一个皮球玩得正欢脱的“小偶像”，“那它？”

徐匪言简意赅，“小黑。”

小白？小黑？路棠很想说，大神你就算嫌费神想起个简单点儿的名字，也不能这么叫吧！起个可爱点的英文名什么的也好啊。毕竟两只小家伙，可是有粉丝的猫！她……忍。她家不住在大海边，没必要管那么宽。不过忍了又忍，路棠还是没有忍住作为一枚粉丝的真实心声，“我说，它们也是有偶像包袱的。这两个名字是不是……”她正在纠结该用哪个词既不会让他觉得反感又能准确表达自己的意思。

“是吗？不过它们的偶像是我。”

对方已经一句话秒杀了她。它们的偶像是我。它们的偶像是我。它们的偶像是我……这七个字在她的脑海中反复循环播放。

这个人怎么能一脸坦然地说出这么不要脸的话呢？虽然乍一听，她竟然无力反驳。行行行，你是主子还是偶像，取什么名字你说了算。不过这句话听起来怎么就这么欠呢？再说，这样一来，她不就变成他粉丝的粉丝了……路棠决定停止思考这个容易让人走火入魔的问题。

Chapter 13

来自军师的策略

“这家餐厅的味道确实不错。”江筱切下一小块牛排放入口中，鲜嫩的味道在口中一点点蔓延。

“青时老饕的名号你以为是白叫的吗。”路棠一脸嘚瑟。

“给个梯子就敢往上爬，说的就是你。”江筱对她的臭屁不以为然，倒是对她在徐匪家的所见所闻十分好奇，“你上次去我男神家观光，收获如何？”

“这个嘛，”路棠神秘莫测地一笑，“我收获了你男神不为人知的一面。”

“不为人知的一面？怎么样的？”事关自己男神，饶是素来冷静的江筱，此刻也有点小激动。

路棠却收住了话茬，开始卖起了关子。

江筱不打算吃她这套，推了推眼镜，“说，否则大刑伺候。”

“想知道吗，来贿赂我。你可以考虑用美食诱惑。”见对面人一副我就知道的表情，她坏坏地一笑，“也可以色诱。你知道我对你的美色已经垂涎很久了。”

“滚滚滚滚滚。”果不其然换来了对面江筱的一阵脸红和毫无威慑力的瞪眼。

“好了，不逗你了。他确实挺神的。”

以为她要发表什么高明见解的江筱闻言笑了，“这我早就跟你说过，是你一直不信。男神之所以是男神，当然不只是因为颜。举个最简单的例子，他的微博更新频率不会让人觉得过于频繁而产生厌倦感，也不至于频率过低而存在缺失感，上一条与下一条之间的缓冲时间把控得很好，上一条留给大脑的刺激和下一条带来的新鲜感完美衔接。”

路棠有点惊讶，“原来发微博的频率技术含量这么高。果然心理专业出身的分析比较深刻。”被江筱这么一说，她想起几件小事，粗看真的觉得是可以忽略的小事，不过现在仔细一想，处理到位与否的确会带来完全不同的观感。难道徐匪也学过心理学？

“怎么样，有没有被我家男神的魅力折服？”江筱与有荣焉。

“这……如果他不是那么固执，也许我真的会折服。”

“是指他没有答应你合作的事吧。不过，你确定那不是坚定？”

固执与坚定，一个贬义一个褒义，不过用在一个人对待某件事的态度上，其实并没有很大差别。好吧，她不跟迷妹计较。

“筱筱，你也知道我真的很想做好这个选题。看在我们这么多年的好朋友分儿上，运用你心理学的技巧帮帮我呗。”路棠眼波流转，开始向她放电。

“你少来，我才不会帮着你对付我男神。”

“不是对付。是让更多人了解到他的美好与才华，还有他对猫咪的温情。”路棠循循善诱，“就算没有跟青时合作，他那么一块上佳的肥肉摆在那里，总会有策划人或者编辑找上门，说不定会遇见比我还执着的小妖精。

到时候你男神可就羊入虎口了，啧啧，肯定不停地被骚扰。”

“不要用肥肉这么油腻的词形容我家男神。还上佳的肥肉。”

看她有松动的痕迹，路棠再接再厉，“如果他跟我合作，一来二去，我跟他混熟了，你不是也可以多很多近距离接触他的机会？”

“你先停一下，让我想想。”江筱姑娘陷入了为正义坚决维护男神选择，还是为了男神暂时放弃自己正义原则的痛苦抉择之中。

路棠瞅了瞅她的神情，压低声线，用充满蛊惑味道的声音加了最后一味猛料，“哦，还有，如果你愿意提供专业性的帮助，我可以分享给你一份有关徐匪的绝密资料。他不为人知的一面哦，资料可信度高达99%。”这句话成了压死骆驼的最后一根稻草。

“资料拿来。”呜呜呜，男神不是我不爱你了，实在是路小棠太狡猾了。

成功把徐匪的忠实小粉丝拉入自己阵营，路棠很开心，很得意，不过面上不能表现得太明显。她从放在一侧的手袋里拿出一个牛皮纸袋，递给了对面已经无心美食，正在进行自我谴责的人。

“浑蛋路小棠，你早就准备好了是吧。说什么为了感谢我而带我来试吃这家餐厅也是个幌子。”江筱终于反应了过来。

“我家筱筱真是慧眼如炬。”见被江筱识破，路棠干脆大大方方地承认了。

江筱打开牛皮纸袋，嫌弃地看了她一眼。

路棠笑着低下头去切牛排。

江筱随手翻了几页路棠给的“绝密资料”，开始不淡定起来。资料里的确描述了徐匪很多不为人知的方面，比如，他怕缠怕到了一定境界，他喜欢做菜喜欢到了一定境界……原本清冷姝丽地站在高处的男人，平白多了几分人间的烟火气息，却更加生动可亲。

不过，她把没翻完的资料放回袋子里，“这份资料，你从哪里来的？”

“怎么了？”

“这份资料里提到的不少信息，可以在徐匪身上得到验证，参考价值很高。不过，这也说明资料的提供者对他很了解。这样的人，如果是敌非友，是一件很可怕的事。”

路棠倒是一开始没想到这一层。不过，雾阳应该不会做什么不利于徐匪的事。

“资料的提供者对徐匪的确很了解。不过你不用担心，他是友非敌。”

“你确定？”江筱仍有些不放心，“人性很复杂，有时候朋友和敌人之间的角色转换只在一念之间。”

正常来说，即便是在未来，雾阳应该也不会做伤害徐匪的事。这一点没什么科学依据，只是她的一种莫名其妙的直觉。不过，以后的事，谁也不敢下定论。

“未来，原本就包含着不确定性。”

江筱无奈地点了点头。

“所以，你觉得该从什么地方入手？”

江筱道，“其实你的思路是对的。”

“嗯？”

“不管是我的直观感受，还是这份资料中的信息，综合来看，徐匪对名利的在乎远不及他对朋友的重视。所以你从这个选题能带给他的利益入手说服的效果必然远不如以亲近朋友的身份请他帮忙来得有效。”

看到路棠点了点头，她继续道：“但同时，他是个很理性的人。理性的人不容易受到情感波动的影响，只是朋友的请求未必能影响他原有的判断。所以，先成为关系不错的朋友，再利用机会制造他对你的亏欠感，可以作为一个参考路径。”

“筱筱，我第N+1次觉得，工作状态的你，真的太有魅力了。”

从专业状态中脱离出来的江筱，“不过，上次你强行让人家请你去做客，现在要成为‘关系不错的朋友’，难度系数不低啊。”

“这个嘛。”路棠看了一眼老板娘手里抱着的贵宾，奸诈地笑了起来。

各式造型的旧木桌椅，暗红色砖墙上淡淡的烟熏，简约的装饰与小吊灯，营造出了一个仿佛时空交错的别致空间。

路棠收回打量的目光，从吧台服务员手中接过冰酒。父亲就是在酒吧遇见了他的出轨对象，所以她对酒吧一向没什么好感，除了有事或找人，很少会进酒吧。这是她搬进这个小区一年多以来第一次踏进这家酒吧，酒吧有着跟小区一样的名字——惊池。

没想到环境还不错，也并不喧闹，三两个人一堆，用不高不低的声音说笑着。难怪徐匪并不排斥这里。没错，她今晚是来守株待兔的，徐匪就是那只兔子。

雾阳同学在三天前收到法国笔友的邀请，开开心心地收拾行李准备去法国和笔友一起探访秋天的酒乡小镇顺便蹭吃蹭住一段时间时，被名义上带着好吃的来看望他实际上两手空空只为了催稿的经纪人大人逮住了。为自己即将出门浪而心情大好，以至于一时不察着了路棠道的雾阳扼腕之余，只能使尽浑身解数对催稿人大大各种软磨硬泡。奈何他家经纪人这次非常铁面无情，声称不交稿子绝对不会放他出门。痛定思痛，想到在法国深情期盼着自己的小伙伴，雾阳不得已出卖了原本打算掖着的自家小伙伴——徐匪的又一活动规律：每周三晚上会去惊池酒吧。

路棠一愣，雾阳同学便趁机溜走了。

该交稿子的那一个没逮住，她只好来这里蹲守另一个。不过也正好，她正愁没合适的理由和他“恰巧”遇见。事实证明，雾阳虽然很爱搬出各种理由耍赖不交稿子，提供的有关徐匪的情报倒是一直都十分准确。

晚上八点整，戴着白色口罩，穿着一件黑色衬衫的徐匪出现了，手里拎着一只轻巧的电脑包。路棠目测了一下，估计里面装的是他的MacBook。

路棠坐在了一个不起眼的角落里，徐匪没有看见她，走到吧台点了一杯酒，然后走到了一张空桌前坐下。

路棠所在的位置在他斜后方，刚好可以清晰地看见他在做什么而不用担心会被发现，便放下酒，专心看他打算做什么。江筱建议她下一次做出行动之前，先仔细观察一下他，以便采取更加准确也更加适合的接近方案，她觉得不无道理。

徐匪从电脑包里拿出MacBook，放在桌上，打开，摘下口罩，然后开始发呆。

发呆？猝不及防的一击。一向很宅的人每周三晚上特地出门来惊池，就是为了找个地儿发呆？路棠坐直了身体，以便看得更清楚一些，然后发现他好像……真的是在发呆。她不由愣了。那她是现在出去，还是静静看他发呆？如果现在出去，以徐匪的智商，也许就能想到他出现在酒吧之后她也马上出现的微妙违和感，那她今晚刻意营造的“巧遇”气氛不就毁于一旦了。不如等一会儿再过去。

打定主意，路棠坐在原位上继续安静地看他。看着看着，她不由入了迷。不得不说，这个男人的容貌是得了上天的恩赐。寥寥可数的几次碰面，他都是穿着黑色或素色的衣服，色调清寂，也许是为了压制过于美丽的容貌，却依旧很好看。黑色啊，看起来真禁欲，可是偏偏面容这么秀丽，这不是更加让人想犯罪了吗。只不过他自带了冰冰凉的生人勿近气场，一时之间倒也没有人上前搭讪。

路棠从失神中冷静下来，不禁感叹她最近受江迷妹的影响太深了，以至于对着一个美丽的女孩子一般的男人都发起了花痴。不过话说，自己是不是很有盯梢的潜质。

半个小时过去了。徐匪除了偶尔转动一下脑袋，真的一直在发呆，间歇性变换方向地发呆。

不等了。路棠拿起酒站起来，仿若不经意地路过他走向吧台，当然特意走了他目光所及的那条路。徐匪肯定会看见她，那么出于礼貌他会打声招呼，最终结果就是，巧遇成功。

不过，徐美人只是拿起酒杯静静喝了一口，然后把头转向了另一侧。

你大爷的。算了。山不来就我，我去就山便是。

徐匪正眼角余光看着邻桌那对轻声说话的母女若有所思，冷不防肩膀被人拍了一下。

“徐匪？真巧！”清脆熟悉的女声。

是很巧。他转过头，仿佛今晚第一次见到她般，“路小姐，晚上好。”

“哎，约我的人放了我鸽子，”路棠十分无奈地一笑，“不介意我坐这儿吧。”

徐匪唇角微微抿直，介意了你就会不坐吗？并不会，只会找其他路径坐下来。他还是不要给自己徒增麻烦。“不介意。”

路棠笑着坐在了他对面的沙发上。

邻桌的姑娘闻声转过头来看了他们一眼，不由被两人皆十分出众的容貌惊艳到了。不过，总觉得似乎哪里有点奇怪。那个穿着白色T恤，十分英俊的男生，声音听起来怎么像个女的？她下意识地把视线调转到另一个人身上。在明亮的灯光下，可以看清那是十分精致漂亮的五官，颈项的部分肌肤裸露在外，有一层淡淡的如玉一般的光泽。加上刚刚那个让她惊讶的女生？姑娘一时之间倒有点迷惑起来，这个长得十分好看的人，到底是个男的还是女的？

“没想到又跟你在酒吧碰到了。”英俊的女人脸上带着清凌的笑意。

长相十分好看的那个人收回落在酒杯上的视线，抬眸看了她一眼，却没有说话。

“徐匪，你真的很宅啊，同住一个小区都难得跟你碰见。”她大幅提升了自己的遛狗频率，又特地经常绕着他那片建筑群走，却一次也没碰到过他。自家的狗倒是被遛得瘦了不少。

“不过，路小姐好像很清楚我的出行规律。”

邻桌的姑娘把头转了回去，磁性而低沉的声音，是个男人，好极品的男人。可惜有了那样一个登对的女人珠玉在前。

路棠被他话里的意思一惊，面上强行从容地笑，“哈，你是说今晚吗？或许，是我们太有缘了。”

他就知道。

“不过说真的，其实我们也认识挺久了，你不用总是一口一个路小姐，感觉莫名生疏了。”

事实上，如果可以，他希望和她保持在生疏的距离。这个女人带给自己生活的意外太多了。超出自己掌控的变化太多，不是一件好事。

“上次我们在酒吧碰见，就聊得很开心嘛，直呼名字，很随意很舒服。”

上次，浮现在徐匪脑海的是那双暧昧的桃花眼。他利用她驱走了那个人，自然要有所补偿。不过他难得一现的窘态，似乎总是那么巧的有面前这个女人的一份参与。徐匪眼底微澜一闪而逝，路棠还没来得及捕捉那是什么情绪，他叫住了经过的侍者，“你好，这里要一份果盘。”

“好的，请您稍等。”

“这里的果盘很好吃吗？”她记得他的嘴巴很刁。

“我觉得你可能会口渴。”

路棠疑惑地看着他。这算是体贴还是？她的眼光不经意间扫到了自己的冰酒，有酒的人怎么会需要水果来解渴，这人是在暗示她话太多了吧？不过，那么一本正经很为你考虑的样子，她都有点怀疑是不是自己太以小人之心度君子之腹了。

徐匪，你可以的。

Chapter 14

加个微信好友吧？

徐匪合上电脑，冷静地看着这个帅得一塌糊涂还笑得一脸灿烂的女人再一次在自己对面坐下。自从某一个周三的晚上在这里遇见她，接下来的几周他都“被迫”有了一位固定桌友。

他少有外出的活动，有的规律都很固定。比如，每周三晚上来小区酒吧。知道他这个习惯的人并不多，很明显是正在法国小镇乐不思蜀的某位青年出卖了他。怎么跟那位青年算总账这事先放一边，眼下的问题是怎么解决面前这个人所带来的后遗症。

这个女人想跟他坐在一桌的心志非常坚定，明言暗示也好，全程无视也好，她似乎总能找到让自己开心地坐在他这桌的理由，有时候是持续全程的自言自语，有时候是自带的一本书。她的最终目的显而易见，却从未直言提及。这家酒吧毕竟不是他开的，他也不可能真的强行去驱赶一个女孩子。尽管她的外表看起来一点都不像个女孩子。无可奈何，他干脆不再管她。

放任自流的后果就是他们两个成了惊池的一处观光景点。他不可能一直戴着口罩，路棠则根本没有想过遮掩自己的容貌。两个人风格迥异却又同样出众的容貌一聚合，顿时成了闪亮的发光体，一传十，十传百，吸引了小区里不少单身女士的目光，或许，还有单身男士的。

他每周出现在酒吧的时间都很固定，连带着蹲守他的路棠出现得也很固定。有心人总结了规律，于是每周三晚上，原本只能说并不冷清的酒吧变得人员爆满。人一多，他原本想做的事就有些不方便做了。

“在想什么？”清凌的声音把他从思索中拉了回来。

“在考虑是否应该跟老板要点红利。”

“哈，老板人那么好，还是直接让他请我们喝酒吧。要最贵的！”对面的人喝了几个小姑娘递过来的酒，已经有了几分醉意。

他也笑了。

“喂，如果是在考虑以后换一个地方喝酒，记得告诉我啊。”她倒是很直接。

不过这女人的厚脸皮也好，叽叽喳喳喋喋不休也好，他已经能淡然处之了。所以说，习惯是个很可怕的东西，不动声色间水滴石穿。

徐匪拿起酒杯轻抿了一口。

“其实，偶尔出出风头，感觉还不错啊。你说对吧，哈哈。”

“嗯。”

骆语薇觉得很疑惑，不知道从什么时候开始，每周三一下班，路棠就不见了踪影。虽然她以前就不怎么参加应酬，不过现在连同事间的私下聚会，只要是排在周三晚上，她也不会参加。现在算是她或者路棠被提升为执行总编之前的考核期，同事间的私下聚会是一个相当不错的拉拢人心的机会，路棠却放弃了。有什么更重要的事需要持续这么多周？反常则为妖。思及此，骆语薇看了眼时间，已经快下班了，走进卫生间给执行总编发了条微信，

“总编，我肠胃有点不舒服，腹泻挺严重的，现在还在卫生间。等等你们先走吧，我这边解决了就过来。”

执行总编的微信很快回了过来，“没事吧？实在不舒服记得找个人陪你去医院。我们这边不急。”

“好。我就是担心，待会儿碰上周总，他对项目细节方面的问题会比较多，下面的人可能回答得不清楚，我这边又不知道什么时候能好。”发完这条微信，骆语薇神色平静地看着手机屏幕，执行总编果然发过来了她想看到的话。

“我记得，这个项目是你和路棠一起做的？”

“对。要不您让她先过去顶一下，我这边好了就过来。”

“行。”

骆语薇看着那个“行”字若有所思。

路棠正在收拾东西准备下班，老大的声音飘了过来。“小路，语薇现在有点事情，今晚的应酬你先跟我过去。”

什么？骆语薇那女人又在搞什么鬼。“主编，今天周三。”她试图挣扎。

“周三怎么了？别扮可怜。难得让你去顶个包，没什么正当理由不能请假。”

“不是，你知道我酒量很差的，到时候不能帮你挡酒不说，还得麻烦你照看我。”

“你助理Jenny的酒量不错，你们一起过去。你负责解决周总的问题，Jenny帮你挡酒。”

Jenny无辜地看了路棠一眼。

路棠顿时语塞。还是周总那个挑剔鬼……都怪自己溜得太慢了。

惊池酒吧。

老板把一碟嫩黄色的班戟放到徐匪桌上，笑眯眯地问道，“今天她没来？”

“谁？”

“那个小姑娘，她不是一直在追你吗？”

“你哪里看出来的？她没有在追我。”来酒吧的不少人一直以为她是个男人，老板的眼光倒是很毒辣。

“那个小姑娘长得比小伙子还俊，我看你们挺搭的。”完全无视了他刚刚的话。

墙上的时钟已经指向九点半，按他以往的习惯，再过半个小时，他就要回去了。

老板还在一脸八卦，周围的观光群众尽管少了些，也有人在寻找她的身影。

她呢？应该是放弃了吧。毕竟只是一个选题而已，一个选题失败，可以策划新的选题。面对他这样看不到一点合作希望的，早点放弃才是明智之举。

“嗨，不好意思，临下班被老大抓去应酬，来晚了。”有些轻微的气喘，十分熟悉的女声，此刻听来分外悦耳。

徐匪抬起头，看着面前因为匆忙赶来而面上起了薄汗的女人，“我没有在等你。”

路棠内心暗笑。徐匪原来是个傲娇，嘴上说没在等，唇角微扬个什么劲儿呢，别以为弧度小她就没看见。

“哇哦？”周围的人群也仿佛见证了什么爱情奇迹一般一齐开始起哄。很好，不愧她这段时间这么苦心经营又推掉了那么多聚会。

老板用“还说她没有在追你”的眼光笑着看徐匪，问路棠道：“一杯亚历山大？”

“嗯，谢谢老板！”

老板摆了摆手离去，路棠拉开椅子坐下，贱贱一笑道："今天我来晚了，你是不是也有点不习惯啊。"

"你想多了。"依旧淡淡的声音。

"切！枉我一路飞奔过来，还在担心你是不是被观光客包围了……"话音未落，她惊讶地打量了周围一圈，"怎么今天人这么少？因为我没来吗？"

"你真的想多了。"

"那是为什么？今天的人数……大概只有以往的三分之二。"

"酒吧限流了。"不等她继续问，徐匪淡声补充道："压缩客流量，提升客户体验。"

什么鬼？一本正经的胡说八道。

"你跟老板提的？"

徐匪没有说话，默认了。

"他竟然会同意，放着上门的钱不赚。"路棠很疑惑，"你怎么跟老板说的？"

徐匪抬了抬眉，"商业机密。"

路棠一愣，抛出了今晚的第二个"切"，"看不出来，你还玩儿神秘。"

徐匪闻言，慢慢地笑了，面容上的冷峭之气渐散。

路棠不知道这句话有什么好笑的，不过看见他此刻的笑容，发现经过她这几周厚脸皮的拼桌，他对她好像真的没有那么排斥了，不禁再一次感叹雾阳资料的准确性。徐匪这个人果然是需要费工夫缠跟磨的。既然他现在的心情不错，那么某项行动就可以开始了。

"徐匪，你有微信吧？"这年头没有微信的人才奇怪吧，特别是他这个年纪的。

徐匪点了点头。

"我加你好友吧！"

"不用了。"他拒绝得干脆利落。

“你不用，我用啊。”真是不配合，路棠站起来坐到了他旁边，反正这张沙发很大，“认识了这么久，我都没有你的微信，这说不过去啊。好歹我们也算酒友了。”

“我不怎么用微信。”她靠得离他很近，女人身上独有的淡淡香味悄悄钻入他的鼻腔，徐匪不动声色地远离了她几分。

“即便不怎么用，偶尔也会看对吧。比如今天，我微信上跟你说一声，你就不会担心了。”他离自己这么远干什么？再坐过去一点。

“担心什么？”

“呃……”她一时语塞。这个人究竟知不知道情商为何物？这么不留情面。

关于为什么必须加微信好友一点，当然是因为雾阳给她的资料中透露，徐匪的朋友圈会不定时更新他本人新尝试的菜色，有新菜品上线的时候就可以去他家申请做小白鼠——试吃。徐匪通常都会做两份，而且他需要来自主观感觉之外的客观评价。对于一枚吃货来说，这么好的福利怎么可以错过！况且还可以顺便拉进一下她和徐匪的关系。

当然，目前的问题是关键人物不肯配合她。路棠瞥了眼四周，现在没有多少人在看他们这里，想了想，决定使出撒手锏。

看见身侧人的眼神一变，徐匪直觉不对，以极快的速度起身，衣服却被抓住了。他今天穿的是棉质的T恤，未免衣服被拉长或者引起注意，他又慢慢坐了回去。“路棠。”

“嗯？”她无辜地眨了眨眼睛，紧紧地抓着他的衣角不放。

“松手。”

“让我加你微信。”加了她就放。

徐匪的面上镀了一层寒霜。可惜他面前的女人胆子太大，脸皮也太厚，又问了一句，“嗯？”寒霜开始结冰。

“加一下好友嘛，这么小气？”她仿佛看不见那层冰。

“你先松手。”

“我松手了你就加我好友？”

眼看周遭的人群目光逐渐朝他们这边看过来了，徐匪伸手掰开她拉着衣服的手，力道很大，动作很快。因为上次他就是顾虑太多结果一直挣脱不开她的纠缠。一个男人和一个女人的力量差异还是很悬殊的，那只纠缠在T恤上的魔爪很快被掰开了。下一秒，还没等他起身，一双手搂住了他的腰，那股淡淡的清香瞬间充盈了周身。

徐匪僵在了原地。

旁边已经有人吹起了口哨。

灯光下，路棠的头低下去了两秒，迅速调整了情绪，把脸上刚起的淡淡红晕撤下，抬起头冲他一脸大方地笑道：“真是，不就一个微信好友，你至于吗？”

这句话，应该他来问她才对吧。此时他们的脸相距不过三厘米，借着光线，他能清晰地看到她脸上短短的绒毛。她的手还搂着他的腰，隔着薄薄的布料传过来温热的气息，源源不断。

“你……”一时之间，他进退维谷。

“咳……徐匪，你看我像个女的吗？”没等他回答，她已经自己接上了，“明显不像咯，对吧。所以你把我当成个男的就行。关键是，加微信好友。”

此时仍没有忘记加微信好友这件事，也许他真的应该赞她一句“心大”。

“喂，给点反应好吗？我可不想用这个姿势跟你继续僵持下去。”

听到她这句带了些微不好意思语气的话，他的心情莫名好了几分。不过，他不可能真回她一句：我不介意继续僵持。

面子上装得很有几分气势，她始终是个女孩。围观群众不少，继续让她这样抱着，就真的扯不清了。“你松开，我加你。”

路棠“OK”一声，迅速松开了手，点开手机微信，找到二维码，点开递到他面前。

清香的味道渐渐散去，仿佛刚才的一抱只是他的错觉。徐匪定了定神，点进微信，加了她，起身道："我先走了，你也早点回去吧。"说完，便转身走了。

围观的群众见没什么热闹可看，也都说笑着散去了。

独留路棠一人，静静地看着微信里的"新的朋友"添加信息。她觉得自己几乎要热泪盈眶了，这是真的吗？徐匪堪称是她接触过的选题合作者中最棘手的一位，不说到今天他还没真正答应合作，连加微信好友，一件再简单不过的事，都是一场磨人的较量。想到刚才那个无赖的拥抱，她的脸颊有几分发热。

不过他终于同意加自己了，路棠很想仰天大笑三分钟。按她以往的经验，越难啃的骨头，味道越鲜美。在以专业角度看人这一点上，她从没有失手过。也许，他会是超越雾阳的存在。那么，这点小小的"无赖式"牺牲算什么？不熟的人只是看热闹，熟的人嘛，大概谁也不会真正把今晚的闹剧放在心里。

她的指尖触及那个小小的绿色图标，接受！

Chapter 15

胆子要大，脸皮要厚

第二天吃早餐的时候，路棠把攻略徐匪的最新战况汇报给了自家军师大人——江筱姑娘。

江筱起初很冷静地听着，听她说到“幸亏我眼疾手快地抓住了他的衣服”的时候，原本淡定切着面包的刀稍微歪了一下，但是并没有打断她，直到听到她说“于是我脑子一抽抱住了他”的时候，她彻底不淡定了。“啊啊啊，路棠你个死小孩居然强行抱了我的男神！哪只手抱的，我要砍了它！”说着握着刀站了起来。

路棠飞快地站了起来，往后退了几大步，跟她保持了一定距离。“江筱同学，请注意你的身份。你是一名专业的心理咨询师，情绪管理必须到位啊。”

“哼！路小棠你竟然敢趁机占我男神便宜。我都没抱过。”说着她向前走了几步，一副真要跟她算账的样子。

“喂喂喂，请注意你手里的凶器！”想了想路棠又补充道：“还有，你已经是有男朋友的人了。徐匪被我抱了一下你就这么激动……啧，你家那位占有欲可是很强的。”

听到这一句，江筱显然也想到了什么，脸上迅速起了一层红晕。

“你想到什么少儿不宜的事了？脸这么红。”路棠打趣道。

“死小孩，你挑事是吧。”江筱对她亮了亮手里的刀。

“不敢不敢，我敬爱的筱筱大人。”

“我看没什么是你不敢的。”江筱放下手里的刀，坐下，正色道：“路小棠，就算你的长相很帅气，比一般的男孩子都要帅气，下次也不要做这样的事。身为女人，要顾及自己的名声。”

“好啦，”路棠走过去抱住她的胳膊，“我知道你其实是在担心我，不过现在总归要到了他的微信，也算向前近了一大步了。”

“这话我劝了你这么多年，你从来都没有真正放在心上，任由别人误以为你是个拉拉。你就没想过，担着这样的虚名，将来有真正喜欢你的人也要望而却步了？”

路棠抱着她的胳膊，嘻嘻一笑，“真正喜欢我的人怎么会望而却步呢？”

何况她原本就没打算再去爱一个人。连喜欢，于她而言，都是没什么触动的字眼，更何况是爱呢。既然不打算再去寻找所谓的爱情，倒不如趁着年轻，努力积累她小王国的财富。如果有足够的经济能力与事业，怎么样日子都不会太难过的。

江筱无言以对，拍拍她的手道：“我说不过你，但除了一遍遍说，也没什么更好的办法。你自己把握好度吧。今晚汤峻约了我吃饭，晚上你记得自己煮点东西吃。”

“嗯，你放心去约会吧。”

傍晚，行车道上，路棠一边等红灯一边浏览微信朋友圈，准确地说，是在看徐匪的朋友圈相册。

她一边看一边心在滴血，她错过了多少好吃的啊。撒了奶白芝士的三文鱼蘑菇意面，泛着一层淡金色的澄香云吞面，色泽诱人的西冷牛排……靠之。徐匪以前其实是新东方烹饪学院毕业的吧，简直学贯了中西美食。或者另一种可能是，徐匪其实是个拍照技术极为高超的摄影师，可以把每一道菜都拍得“金光闪闪”。当然，以雾阳嘴巴的挑剔程度却对他做的菜赞不绝口，誓当每一道菜小白鼠的行为来看，前者的可能性更大一些。看着那些照片，她几乎可以想象，那块煎得色泽动人的西冷牛排入口后汁水溢满口腔的滑嫩触感了。她真的不想承认，自己其实已经快流口水了。

为什么之前她没有发现惊云小区里藏着这样一位盖世大厨，这对于一枚吃货来说，简直是一种耻辱。更别提这位大厨还很愿意请人做他的小白鼠……想想就觉得心很痛。原本她还打算随意找家餐厅打包一份晚饭，现在吗？去蹭饭没商量。

惊池小区七栋五单元。

虽然朋友圈还没来得及更新，不过徐匪的确又尝试了一道新菜色：洋葱培根意面。上次他在一家餐厅吃到了这道菜，印象中味道还不错，只不过那家餐厅把芝士的量放得过多了，口味有些偏甜。这次他减少了芝士的分量，也许……

“叮咚？”突然响起的门铃声打断了他的思路。

除了热爱蹭饭的雾阳，很少有人会在接近饭点的时候来他家。这时候，会是谁？放下刚刚拿起的叉子，他走过去看了一眼猫眼。门口是一张带着莹然笑意的帅脸，这个女人他其实并不想开门。

门还是开了。

“嗨，徐匪。”

徐匪的眉目微敛，“你怎么会来这里？”

“今天我的室友不在，”面前的人开始挤出可怜兮兮的表情，“你能不能收留我一顿饭？”

很好，会在饭点出现，果然又是一个蹭饭的。“不能。”

这种事要扼杀在摇篮里，以蹭他家的饭为长期爱好的，有雾阳一个已经够了。他不想还没结婚就开始养两个小孩，而且这两个小孩的胃口还都不小。

路棠没想到他拒绝得这么快，马上反应过来，伸手挡住了他正要关上的门，“徐匪，好歹我们酒友一场，你不能这么无情。”

“这个理由，昨天你已经用过了。”

“你看，一个人吃饭，哪怕食物再美味，多孤单呀。两个人就热闹很多。”

他不为所动，“你没有一个人吃过饭吗？”

“徐匪同志，朋友来到你家，你饭都不请人吃一顿吗？”她的语调可怜兮兮中隐含着控诉之意。

徐匪默了默，果然人的脸皮厚则天下无敌，正要把门关上以绝后患，瞥见了餐桌上的两碟意面。罢了。他把合到一半的门彻底打开，放她进来，“记得换鞋。”

“得令！”成功蹭到饭的路棠此刻心情非常美妙。

哎呀，原本以为今晚要一个人对着电视吃外卖了，没想到徐匪大神的饭还是很好蹭的嘛。真是人生处处有惊喜啊。她决定今后要努力争当小白鼠，多蹭饭，蹭更多的饭，把错过的好吃的一餐餐都蹭回来。

“今天刚好试做了一道菜，所以有你的口粮。如果想后期继续蹭饭，”徐匪转过头来看她，路棠的眼睛欢快地眨着，“免谈。”

亏她这么用力地放电，这个人真是一点都不懂得吃货的心。不过，她要蹭的饭，也是少有失败的呢。而且，来他家与加微信好友这两件事，他一开始的态度也是拒不合作，这么看来，说服他出书也是指日可待的。想到这，她的眼睛又欢快地眨了起来，开开心心地跟着他进去。

“洋葱培根意面，今天的晚餐。”在厨房洗完手，徐匪已经摆好了餐具，指了指桌上那碟颜色生动的意面，“吃完给我评价。”

橙黄色的意式细面条上是煎成淡红色的培根，上面零星撒了细碎的洋葱，混合了芝士香气的馥郁慢慢悠悠飘进鼻腔，路棠用力吸了一口，只觉得幸福得要冒泡泡，带着有点傻气的笑开心地吃了起来。

以往见她总是精明干练的模样，偶尔还有点小奸诈，倒是第一次看见她这个模样，徐匪忍不住微微一笑。见她盘中的意面以肉眼可见的速度飞快见底，他愣了一秒，接着问道，“怎么样？”

“嗯，面条的味道跟口感都刚刚好。”见他似乎有点不信，她补充道：“之前我在一家餐厅吃饭，他们也是这样的做法。不过，感觉芝士放多了吧，有点甜。虽然，筱筱……就是我的室友，她觉得还好。可能我的嘴巴比较挑。”

“哪家餐厅？”

“西西里旧梦吧，好像是这个名字，我记不大清了。”路棠只顾着吃，没有注意到徐匪慢条斯理卷着意面的手一顿。

西西里旧梦，也是他去过的那家。莫名地，他的心情轻扬了几分。

古语言，有朋自远方来，不亦乐乎。不过徐匪没想到，这位远朋的厚脸皮程度已经超越了雾阳。

吃完饭，他收拾好餐具从厨房出来，路棠还在。

他去猫咪寝房逗了一会儿小黑和小白，路棠跟在一边看着。其中有几次想趁他不注意接近小猫咪，被他眼疾手快地挡住了。

从猫咪寝房出来，徐匪看了一眼墙上的时钟，指针已经接近九点，他已经有洗漱就寝之意，这位来蹭饭的客人似乎依旧没有告辞的意思。

“你打算什么时候回去？”

她没有回答这个问题，却笑着问他："徐匪，你什么时候能让我摸一下我的偶像们啊？"

"免谈。"

"哦，"她似乎也不在意，没有跟他继续争，只是干脆地坐到了沙发上，开始翻看茶几上的一本杂志，看得十分认真。

徐匪敛眉看了她一会儿，"路棠。"

"啊？"她从杂志中抬起头。

"已经不早了，你该回去了。"

"这样，嗯，"她赞同地点了点头，"那你什么时候能让我摸一下我的偶像们啊？"

"不让你摸你就不回去吗？"

"对啊。所以你让我摸一下吧，粉丝对偶像都是很狂热的，你要理解一颗迷妹的心啊。"她完全没有被拆穿的尴尬，十分坦然。

徐匪第一次面对一个女人，很想活动一下筋骨。"不要让我动手。"

"你要干吗？"路棠迅速站起了身，退后两步，"对一个女孩子动手动脚，不是君子所为。"

"没记错的话，昨晚有人说，把她当成个男的就好。"什么叫乾坤大挪移？他就是。

"但是，你知道我就是个女孩子。"幸亏她脸皮够厚。

徐匪走近了一步，她立马退开一步。

这样的女孩子，他还真是没有见过，耐心告罄，"你现在回去，以后还有见它们的机会。"

言下之意，如果现在不识趣一点，以后他就不会再给她开门了。

路棠瘪了瘪嘴。

徐匪一愣，面前这人已经飞快跳到了另一侧，一把抓住了猫咪寝房的门。的确是用跳的。一个二十七岁的女人，在一个并不是相交多年的男人家里，跳着躲避也不肯回家。徐匪的眼睛眯起，这个女人的思维已经不能用正常的逻辑来解读。

看见他的表情，路棠紧紧抓住了房门不放，不过到底还是有些心虚，放柔了声音说道："让我摸一下嘛，别这么小气啦。你看你把它们养得这么可爱，让我摸一下之后肯定更可爱。"

他不觉得小黑和小白的可爱与她的不良接近之间有什么必然的联系。

"徐匪，你干吗那么介意。我没有恶意，真的只是因为喜欢它们。"

她还在不依不饶，他却被她的这句话触中了心神。他的朋友不多，会上门来拜访的更不多，不过来的人，无一例外都很喜欢两只小猫咪的乖巧与可爱，偶尔也会提出摸一摸，抱一抱之类的请求。他把小黑与小白从刚出生那小小的两只一点点养到现在的模样，投入了很多的感情，不过只要不是太过分会伤害到它们的动作，他也不会阻拦。为什么轮到她，他这么抗拒？就像她说的，她其实并没有恶意。

"好，摸一下你就回去。"

路棠惊诧于他突然的态度转变，不过她知道徐匪是个言而有信的人，因此看着他走过来，下意识就乖乖放开了门把手，站直了身体。

徐匪把门打开，又打开了晚灯开关，两个人再次换棉布鞋走进了猫咪寝房。

两只小猫咪显然也没有在乖乖睡觉，不过它们大概没想到今晚主人会再一次进来看它们，仿佛是被抓到了做坏事，安静地蹲在原地，只留两双绿宝石一般的眼睛幽幽发亮。

路棠被它们的可爱模样逗笑了，简直想小跑过去把它们一把抱在怀里。不过她这么做的话，可能会吓到小猫咪不说，猫咪的主人就真的要动手把她扔出去了。所以她跟两只小猫咪一样，乖乖地站在了原地，等着身旁那人的下一步指令。

徐匪瞥了她一眼，冲着小黑与小白招了招手，两只小猫咪顿时蹦跶着跑了过来，途中还“喵喵～”地叫了几声。快跑到徐匪跟前时，小黑直接跳进了徐匪的怀里，小白见被它抢了先，似乎有点不高兴了，“喵～”地叫了一声，在他脚边蹭了几蹭。

收到徐匪的眼神示意，路棠笑着蹲下身去，摸了摸小白的头，“小可爱，没来得及超过那个坏家伙跳进爸爸怀里对不对，没关系，姐姐来跟你玩呐。”

主人把它的皮毛打理得非常干净，滑溜溜的，手感很好，她摸了小白的头一下，又摸了摸它脖子上的软毛，忍不住又摸了摸它的头，简直爱不释手。小白被她温柔的抚摸逗弄得很舒服，也不再黏着徐匪，两只小爪子向前，慵情地伸了个懒腰，趴在地上任她摸。

最后的最后，实在看不下去了的徐匪动了手，把一大一小从地上拎了起来，小的放进小床，大的丢出门外。

当然，离开之前，路棠成功摸到了疑似惧于她对小白的上下其手而一直躲在徐姓爸爸怀里的小黑同志。

Chapter 16

徐匪，对不起了

有生之年，狭路相逢。王菲的《流年》中广为传唱的一句歌词，此刻用在她的身上倒是极为恰当。

路棠抬起眼皮看面前的人，“樾井传媒离青时文化不近，开车过来也要一个多小时。木总这么有兴致，特地过来跟我一起喝咖啡？”

“不欢迎吗？”木均祁看着窗外来去的行人，英挺的眉抬起，“你喜欢在惊池喝着咖啡发呆的习惯倒是一直没变。”

“习惯了。”不过看起来这并不是个好习惯。与过去有关的，她早就应该改掉，否则也不会偷个闲出来喝杯咖啡还会被守株待兔。

“我听说，你还在做‘喵宅阿匪’的选题。”

路棠眼中有细微的冷光闪过，“不知道木总是哪里来的消息。”

“那个博主，樾井也接洽过，不是个简单的人物。”他拿起桌上的纸杯咖啡，喝了一口。咖啡的味道没变，时间和地点却都已经变了，物是人非。

“木总的意思，”她觉得有些好笑，“是劝我放弃？”

木均祁放下了咖啡，声音清润，“我知道你的性格是越难的任务越想去尝试挑战，越挫越勇。不过这个人不是你想的这么简单，他的背景很复杂。这也决定了他不会答应和出版公司合作。当断则断，空耗在一件没有结果的事上是在浪费时间。”

路棠笑着看他，“看来你已经调查过他了。”

他没有回答，不过也是默认。

“所以，论复杂，论心思深沉，谁又比得上你木均祁呢？”

他的脸色一变。

“木均祁，不要用一个人的出身判断一个人，这句话是你教我的吧？那么你刚刚所言，是否与当初你教我的话自相矛盾了？”她似乎想到了什么，笑了笑，“不过你一向口不对心，哪句是真哪句是假一向只有你自己知道。”

“路棠。”

“我从来不觉得一个人的背景复杂与否会影响他的才华输出。今天遇见你之前，我是这么想的，现在这个想法没有任何改变。至于这个选题我究竟要不要做，那就不关木总的事了。假如木总想对我的工作提出什么意见，我很欢迎，不过采纳与否，那就是我的事了。”

他沉默了良久，声音多了一抹低哑，不再清润，“青时带给你的改变……不少。”

“这世间唯一不变的就是变化，不是吗？三年未见，现在的你，我也已经不了解。不过，当初我都没能真正了解你，更何况是现在。”她举了举手里的咖啡杯，“咖啡我喝完了，感谢招待，先走了。”

木均祁没有阻拦，静静地看着她离开。

路棠觉得，自己跟骆语薇这么不对盘可能真的是天意。比如先后两次和木均祁的重逢，竟然都是以碰上骆语薇收尾。

“怎么，见到我很不高兴？”骆语薇抬起眼睛看她。

路棠闲闲回应，“见到我，你很高兴吗？”

“还挺高兴的。原来路公子对男人，喜欢用欲擒故纵，学到了。”

路棠冷笑了一声。她就没见过这样的女人。

“你爱偷听我不管，不过嘴巴放干净一点。既然智商不够，就不要随便开腔。”

骆语薇笑了，“说得这么冠冕堂皇，你能否认他曾经是你男人吗？哦，也许现在也是。男女通吃可真是好本事，男人女人可以轮流靠。既然如此，还这么辛苦地跟我抢执行总编的位置做什么？你总要给人留条活路不是。”

路棠沉默了很久，就在骆语薇以为她是被自己堵得说不出话来的时候，那张英俊的脸突然抬起头看她，“知不知道你现在很丑？活路是自己给自己的。你是，我也是。不是靠贬损别人。”

没等骆语薇反驳，路棠转身离开。

骆语薇站在原地，捏紧了拳头。

惊池小区，夜凉如水。

路棠狠狠捏着手里的抱枕。这个臭女人骆语薇，她真是没见过这样的女人。原来跟她说话就皮笑肉不笑的，现在说话简直句句顶到人的心肺。这个智障竟然说她靠男人，还男人女人轮流靠。信不信，她真的靠给她看。

骆语薇不明白，公司里的人也不明白，她是真的很喜欢图书策划人这份职业，也是真的想做出能带给读者感动与力量的图书作品。就像木均祁一样，甚至超过他。她希望有一日，即便是在行内人的心中，她和木均祁是比肩而立的具有影响力的优秀策划人，而不是茶余饭后可以闲谈的绯闻男女。至于执行总编的位置，既然有这个机会，为什么不试一试？她自认能力和付出都不输别人。骆语薇太爱计较，又跟她不对盘了这么多年，即便她真的有心相让，人家又是否会承这份情？有时候，退一步的确是海阔天空，但有的时候却非得争一争，尽力走过了那道狭路，才能看见真正的天光明澈。即便失败了，她总归没有留下遗憾。所以徐匪这个项目，她必须要拿下，而且必须要做好。

不过，她倒是没想过，离开樾井传媒三年后，会再一次听到木均祁的意见。即便他们已经是现在这样的关系，他好像始终认为她应该听他的话。不甘心和生气是一方面，他在这一行的经验的确比自己深厚。回来之后，木均祁说的话，她又反复思索了好几遍。但她不打算放弃。现在放弃等于认输，向所有人。

周三晚上六点，路棠提前给徐匪发了微信，告诉他今晚自己有事，就不过去了，然后把自家“荷包蛋”从它的小床里拎出来，带到了一家宠物店。

“麻烦给它洗一个澡，再做一下全身消毒。”

“好的。”

“荷包蛋”扭着小身子不明所以，被店里的工作人员一把抱住，带去洗澡了。

路棠看了眼手表，在这里洗完澡消毒完再过去酒吧，应该刚好赶上徐匪回家的时间。徐美人，原谅我要放大招了。

选题的策划与执行都有预定的计划期，她能等，市场也等不了。而且徐美人那么多才多艺，谁知道他会不会哪天就转行不做网红了，到了那个时候，这个选题在市场上的影响就达不到预期效果了。所以，必须放大招。

她跟徐匪聊过他对狗毛过敏的具体症状，又去咨询了几位专攻这个方面的医生朋友，基本可以确定，他的过敏很大程度上是由自己的心理作用引起的。即便产生过敏反应，慢慢也会自己复原。不过为了以免万一，她还是先带“荷包蛋”来消一遍毒。

等下就靠它来突袭离开酒吧回家路上的徐匪了。雾阳人在法国，徐匪身边没有其他特别亲近的朋友，“荷包蛋”突袭成功之后，就是自己表现的机会了。只是徐美人难免要吃点苦头。想到这里，她的良心对她表达了小小的抗议。对不起了，徐匪。

这个选题，我是一定要拿下的。

晚上九点。一个颀长的身影从惊池酒吧信步而出。

夏末的风缓缓地吹在徐匪的脸上，带来一丝熨帖的凉意。春秋多蚊虫，夏暑太过酷热，冬寒则迫人。所以一年四季中，他最喜欢的时候反而不是固定的某个季节，而是两季的相交之处，譬如现在。

“汪～汪汪～”背后突然传来的犬吠声成功地打断了他的冥想，也让他瞬间僵在了原地。

其实路棠带着“荷包蛋”，在路边已经埋伏了有一会儿了，还在怀疑是不是时间没掐好，来得太早了，就看见了那个熟悉的身影。

徐美人似乎想到了什么有趣的事情，眉间一抹笑意正在徐徐晕染开。人发自内心的笑容是最美的，更别提徐美人的容貌本身就十分动人。此刻，溶溶月色下，他微露的笑意恰如白昙在暗夜徐徐绽放之景，因纯粹无垢而更加美得让人心惊。

饶是路棠见多了容貌上佳的人，一时也有些看呆，正想着难得他今天心情这么好，她的计划干脆改日再实施吧。身边的“荷包蛋”却趁着她一个不注意跑了出去。路棠手里原本拉着的绳子也被它带得滑出了手心。糟糕。

徐匪在快步离开和先回头确定狗叫的位置之间犹豫了一秒，回过了头，他需要看一眼那条狗离自己的距离，再确定撤退路线。但就在他转过头的瞬间，一条长相异常熟悉的柯基犬飞快扑向了他。他快速后退了两步，还是被它的绒毛蹭到了脸颊。

“咳咳。”

“徐匪！”

"汪~"

没能成功着陆在徐匪怀里的"荷包蛋"呈抛物线状自由落体掉在了地上，不过这个时候它的主人并没有心思管它，瞪了它一眼之后越过它朝着那个痛苦咳嗽着的人跑了过去。徐匪现在的状况看起来很糟糕，一向白皙如玉的面孔此时泛着不正常的薄红，似乎还隐隐冒出了几颗小疙瘩，用手抵着鼻子，十分费力地咳嗽着。这是路棠第一次见到他过敏后的模样，她没有类似的过敏经历，不能判断他现在的感觉究竟怎么样，心却不由自主提了起来。这是她第一次见徐匪这么狼狈的样子，后悔的情绪如海浪般一层层拍打过心脏。

徐匪待人一直冷淡，话少，对她的靠近诸般抗拒，更加不愿意合作。但诚然他从没有做过也许会伤害到她的事。甚至那次她趁着江筱和汤峻约会，借口蹭他家的饭，他最后还是收留了她。她却为了达到自己的目的，明知他对狗毛过敏，还以此设计他。之前她在心里安慰自己，他是因为心理作用才会过敏，没关系，只是稍微吃点苦头。但这样就能忽视自己的行为其实已经造成伤害了吗？"不择手段"四个字在路棠的脑海中不断放大……

"咳……咳咳……你怎么会在这？"徐匪从刚才的强烈反应中稍微恢复了一点，讶异地看向她。

"我……事情结束了还早，就下来遛遛'荷包蛋'……"

他注意到了她因为纠结而在衣垂一侧慢慢捏紧的双手。不过听到这个熟悉的昵称，终于明白为什么会觉得那只飞扑过来的柯基犬这么眼熟，也是因为当时犹疑了一下，他才会闪避不及，被它扑了个正着。

"不好意思，它跑得太快了，我一时没拉住。我也没想到它这么喜欢你……"看他仍十分不舒服的样子，她的声音越说越小。事实上，"荷包蛋"会对他这么热情，完全是她这几天刻意训练的结果。

"咳咳……咳……没关系……咳……"他摆了摆手，嗓子的瘙痒让他不停地咳嗽，不过他不会跟一条狗计较。

正准备离开的时候，他的手臂被人拉住了。“你家里有常备药一类的吗？没有的话，我陪你去药店买一点吧。”

徐匪疑惑地回过头看了她一眼，像是在奇怪她为什么会这么好心。

被厚重的愧疚感压身的某人完全不敢直视他的眼睛，避开了他的目光，说道：“我看你的过敏挺严重的，有必要的话，我陪你去一趟医院也行。”

嗓子依旧在发痒，他还能感觉到脸上冒出的小红点带着的淡淡热气，身体十分难受，他却忍住了冲上喉咙的咳嗽，看着她一时没有说话。孤身在S市，他的家里一直备着抗过敏药。

“走吧，我陪你去医院。‘荷包蛋’是我带出来的，怎么说我都有责任。”看他没有反应，路棠干脆拉着他的手臂直接往前走，做好了被他一把甩开的心理准备，却没想到他任由她拖着自己走。

咦？路棠忍住抬头看他表情的冲动，心里开始忍不住暗暗猜测：他没有一点反抗的动作，难道是被自己逼着做不愿意的事多了，已经习惯了？

身旁安静了有一会儿的人突然开口了。“咳咳……不用去医院，去药店就可以了。咳……”

“嗯……嗯？你确定吗？”

“咳咳……咳……我确定。”

“好吧。”

她一直在心里检讨自己今晚拿别人的心理障碍设计接近的行为实在太过不应该，没有发现自己原本只是拖着他手臂的动作在不知不觉中变成了双手抱着他的胳膊，也没有注意到被她抱着胳膊的人嘴唇慢慢扬起了一道清浅的弧线。

从药店回到徐匪家。路棠把抗过敏药和温水递给徐匪，嘱咐道：“这个药记得每天晚上吃一次。”

徐匪看了她一眼，皱了皱眉接过水把药吞下。若有若无的药味弥留在口腔，一如他现在的心情，似无味又似有味。有些东西似乎正在脱离他的控制，不过他突然有点不想管了。

“这是药膏，早晚各一次，擦脸上起的红点。痒的话尽量忍着，不要用手去挠。”

“嗯。”其实刚刚在药店，医师已经把这些话嘱咐过一遍了。

“医师说，这几天你最好也不要接触油烟。所以……接下来的几天，我来负责你的三餐吧。”

徐匪抬起了头。

“干吗这么看着我？我的上班时间没有严格的规定，给你准备一下三餐还是可以的。而且，你的过敏应该差不多一个礼拜就能恢复如初了。”

天知道她话一说出口之后，就已经后悔了，徐匪的嘴巴不可谓不挑剔，就她那点可怜的小厨艺，江筱都非常嫌弃的好不好。不过一半是真心歉疚，一半是既然他已经过敏了，自己还是要抓住机会。她眨着一双眼睛看徐匪，答应吧答应吧答应吧。

“嗯。”

他真的答应了，而且是没有一点异议地答应了。路棠一脸懵逼地看着他，徐匪今晚，真是听话得有点可怕。

Chapter 17

一点点靠近

江筱不可能每天都有时间准备三餐，哪怕对象是自己的男神。因此在她的谴责顺带指导下，路棠同学好好提升了一把自己的厨艺，以便在江筱有事的时候负责三餐准备工作。所以，一周的时间，徐匪吃到的饭菜味道差别相当大。不过基本还是控制在“味道还可以”的水平线之上，所以他也没有计较很多，路棠带过来什么，他就吃什么。

抛开带来的三餐水平忽高忽低之外，总体而言，路棠对徐匪的照顾还算精心，他的过敏症状逐渐消退，两人的关系也在徐匪的有意无意纵容下日进千里。

总体而言，这一次有预谋的蓄意袭击行动，虽然过程有些曲折，执行者还临场退缩了一把，结果倒是很符合预期。主要是跟徐美人的关系亲近了很多啊，路棠美滋滋地想着。福利也多多。

江筱晚饭不回家的时候，她便带上一两瓶好酒跑去徐匪家，和两只小猫咪一起等着徐姓爸爸的美食投喂。另外，还有一个莫名其妙让她有点开心的是，在她几乎每天都能和徐匪见到面的那一周，她也并没有在徐匪家见到过骆语薇。

雾阳曾经说过，骆语薇是近年徐匪身边出现的第一个女人，这句话或多或少都流露出了一丝暧昧。跟徐匪走近之后，她也发现徐匪身边的确没有什么女人。那么他和骆语薇究竟是分手了，还是未曾开始，尚处在暧昧期呢？徐匪不是个主动的人，骆语薇则一向都是走矜持温婉路线的，所以这个问题还真不好考究。无论如何，现状让她很高兴。即便他们真的要在一起，也请在她搞定徐匪的项目之后吧。骆语薇都有人了，项目归她很公平。

徐匪不知道路棠的心思，倒是习惯了每周三晚上跟自己一起泡酒吧侃大山的某厚脸皮女子不定期地出现在自己家——蹭饭。算了，他只当在雾阳之外，又多养了个挺能吃的小孩。

路棠本身就很有小动物缘，也许是出现在他家的频率高了，在小黑和小白面前刷足了好感，徐匪看它们面对路棠一点儿也不害羞地“搔首弄姿”的模样，真心觉得某位浪迹法国的青年，在这两只心中可能已经没有什么地位了。不过，对面那位专注地吃着饭的家伙，本质上和小黑小白其实是一类物种吧。

徐匪没有见过吃起东西来比路棠更认真的人。他知道自己的手艺还算不错，很大一部分原因是他自己的嘴巴也很挑。雾阳虽然也经常来蹭饭，不过顶多是吃得一脸满足，她则不同。第一次来蹭饭的时候，她也许还带了一点拘谨，表现勉强可称有一定风度。和他越来越熟之后，她似乎已经完全忘记了自己是个女孩子，或者也许她从未把这一点放在心上过。那副专注到忘我的模样，让他只能惊叹。基本上，那个时候他说什么或者做什么都干扰不了她，而且胃口惊人。她的吃货属性着实堪称个中翘楚，平心而论，他觉得已经超过小黑和小白了。还有么？她也喜欢像它们一样，对他动手动脚，最常干的事情之一就是用爪子抓着他的衣服不放，让他不得不就范。甚至为了加他的微信，主动来抱他。想到那个意外的拥抱，他的俊脸上起了一层淡淡的薄粉。

“徐匪，有一个问题我一直很好奇。”对面一直专注于美食的人突然抬起了头。

“什么问题？”他把头转向了窗外。

路棠疑惑地看着他，“要开窗吗？不过其实我觉得还好，不是很热。”

“咳……我也没有觉得很热。”他把头转了回来，正色道：“你好奇什么？”

“你的脸有点红啊，不是因为热吗？”不过想到自己的问题，路棠也没有在这个问题上过多纠结，“我好奇的是，你为什么喜欢在周三晚上去酒吧，发呆啊？”

徐匪没想到她好奇的是这个，淡声道：“我平时的生活接触到的人不多，酒吧是个不错的观察地点。”

“观察地点？”

“嗯，”看她仍皱着眉头一副不能理解的样子，他拧了拧眉解释道：“与不同的人打交道，耳濡目染是相对轻松的学习方法。”

虽然早就知道他不可能是特地去酒吧发呆的，不过终于在他口中听到真正的原因，路棠还是不由愕然。技术型大神不愧为大神。往常她看到高妙的交际手段也会在心底暗暗赞一声，不过大多也是看过就没有继续放在心上。这样听来，在观察中学习似乎还是件挺有意思的事，以后她也要试试。

看她一副若有所思的模样，徐匪的唇角微扬。

“叮咚～叮咚～叮咚～”

一个普通的早晨，徐匪正在猫咪寝房带着小黑小白做日常锻炼，门铃声突然欢快地响了起来，熟悉的跳跃节奏似乎映射着按铃之人的愉悦心情。不是说今天要晚点到吗？是看到他发在朋友圈的美食图片又按捺不住自己的胃了？他不禁觉得好笑，刚刚抱起小黑，突然想到她似乎跟小白的脾气更相投一些，下意识放下了小黑，抱起小白，走向门口。

徐匪把门打开，却看到了一张意料之外的脸。没错，按铃按得很欢快的人正是刚从法国回来的雾阳同学。

“你回来了？”

看他展露到一半的笑容收了回去变作了惊讶，雾阳脸上的笑意也慢慢收了起来，“喂，我怎么觉得，看你的样子好像有点不高兴见到是我啊？亏我还特地从法国给你带了好酒回来。你在等谁？”

徐匪接过他手里的红酒，“进来吧。”

雾阳挑了挑眉，还对他保密？

“不过，”徐匪突然转过头来，“今天的你，当不成小白鼠了。”

“嗯？为什么？”他刚到家，看到徐匪的动态更新就过来了，行李都还没整理，不可能有人比他还快。

“路棠预定了。”

“啧，被人抢先了啊。那你帮我下碗面吧。”

徐匪虽然看重食材的新鲜度，家里的食材通常都是两天一购，用多少买多少。不过从很早以前他就养成习惯，在家里屯放了足量的面条与面粉以备不时之需。因此他闻言点了点头，放下小白转身去了厨房。

雾阳抱起跑到脚边的小黑，慢慢坐到了沙发上。路棠。看起来他在法国待的这半个月，他们两个的关系发展得很快。他不常刷朋友圈，不过偶尔也会翻看徐匪的相册，早就发现他们已经互相添加了微信好友。他那位贪嘴的经纪人，在每一条新出炉的美食下都点了赞，说不定有大半都进了她的肚子。雾阳早就猜到，以路棠对美食的热爱，真正了解到徐匪的厨艺后一定会找各种机会蹭饭，不过他倒是没想到，徐匪并不排斥她。甚至刚刚给他开门时候的神情，分明是带了几分开怀的。他去法国之前，他们两个的关系还有些水火不容。起码徐匪对路棠的接近是排斥的，不过半个多月的工夫，这么快他已经对某人的上门蹭饭毫不介意，甚至为此愉快。中间也许发生了什么他不知道的事。

自家经纪人果然会带给人很多惊喜。他们之间的故事究竟会如何发展，他很期待。也不枉，自己这一番费心安排了。雾阳拿起果盘里的梨子，用力啃了一口，香甜的汁水四溢开来。

路棠结束部门例会的时候，已经将近7点，饥肠辘辘，开了车匆忙赶到徐匪家的时候，被突然出现的某位青年一惊。

“你回来了？”

雾阳笑道：“怎么你跟阿匪这么有默契，连见到我的第一面问的问题都是一样的。”

明知道他是在开玩笑，路棠还是莫名其妙不好意思了一下，瞥了眼抱着小白慢悠悠走出来的人，嗯，这人倒是什么表情都没有。

带着某种类似恼怒的心情，她拎起手袋甩向还在一脸“我真的很好奇”的人，怒道：“臭小子，上次趁我不注意开溜，去法国浪了半个多月才回来，稿子写完了吗？”

雾阳一个侧身躲开，转过头来朝她无辜地眨了眨眼，以极小的幅度摇了摇头。

“哼，”她就知道，以为摇头摇得不明显她就看不见了吗，又是一手袋甩过去，“没写完还敢出现在我面前，你死定了。”

雾阳飞快退离门边，躲到徐匪身后，“阿匪，救命！这女人这么恶毒，不交稿就要打死我。她的那份晚餐让我来吃吧，不能让你的劳动果实进入如此恶毒之人的胃啊。”

“什么，恶毒？本公子今天就让你见识一下什么叫真正的恶毒。”路棠很快换了鞋子走进来，捏紧手袋，一副凶神恶煞之相。

眼看自己家即将陷入一团混战，徐匪终于出声了，“你们先去外面打一架再进来，晚餐我和小黑小白会解决的。”

两个年纪已经不小的幼稚鬼顿时冷静了下来，饭菜的香味已经慢慢悠悠飘了过来，打一架这种事情，当然要吃完再说。

路棠放下了手袋，雾阳收起了“山中无徐匪，他来称大王”的表情，两个人乖乖洗了手去吃饭。

雾阳回来之后没多久，在路棠半是威逼半是利诱下几乎“住在”了青时楼下的咖啡馆——路棠派了人专门盯着他，保证每日的创作时长，一日三餐包解决，日常洗漱嘛？自己回家解决。

其实对于在咖啡馆进行创作，雾阳还是乐于接受的，路棠也是深知他这一点才找了这家咖啡馆，只不过他前面浪得太肆意了点，现在就要面对一件让人深感痛苦的事了：创作，每日不间断的创作。

因此，雾阳更愿意称呼这个地方为小黑屋，尽管它看起来一点都不黑。这个深谙人道主义毁灭精神的小黑屋据说还是路棠那个恶毒女人专门为他找的，真是用心良苦。

在路棠的监督下，他不可避免地过上了辛苦赶稿的生活。偶尔他的经纪人也会难得心善一下，放他去徐匪家跟小黑小白一起玩玩，顺带蹭一顿饭，日子不可谓不悲惨。即便是那难得的放风——逗猫，蹭饭之行，他的经纪人也要一起同行，美其名曰，探访老友。嗯，认识不过几个月的——“老”友。

雾阳一面构思细纲，一面在心里变换各种词汇对他的经纪人进行人身攻击，不经意间瞥了一眼文档里的纲要，突然发现自己好像被某个女人坑了一把。他的上一部作品《无野》出版之后，原定的下一部作品完全截稿应该是明年年初，而他现在正在梳理的细纲，已经在整部作品的三分之二部分，也就是说，路棠现在每天要求他完成的量，已经远远超出了他们原定计划中，他本应当完成的部分了。

这是怎么回事？雾阳放下鼠标，拨通了路棠的电话。“路棠，我想我们应该聊聊《赤言》的创作进度问题。”

“嗯？你发现了啊。”对方一点都没有被拆穿的不好意思，“是这样，徐匪的选题估计跟不上计划进度，你也知道，青时对我们是有业绩要求的，我也很为难。所以思来想去，鉴于你是他最真诚的朋友，我相信你也肯定愿意为了朋友小小地牺牲一下，所以调整了一下各个项目的计划期，把《赤言》提前了。加油哦，雾阳小可爱。”她语速极快地表达完自己的意思，干脆利落地挂了电话。

小小地牺牲一下？这个黑心又黑肝的经纪人！雾阳稳稳地内伤了。

“怎么想到请我吃饭？”徐匪慢慢翻着面前的菜单，问道。

路棠喝了一口柠檬水，笑眯眯地道：“你有没有听过一句话——‘投我以木瓜，报之以琼琚’？”

“嗯。”自然是听过，下一句是，匪报也，永以为好也。不过他不觉得对面的女人适合这一句，也许无事献殷勤，非奸即盗，更适合她。

“总是蹭你做的好吃的，我也应该适时回报一下嘛。”这当然是一部分的原因，不过更重要的原因，是为了那部难产已久的作品，名字她早就想好了，就叫——《铲屎官养猫日记》。多么生动，多么贴切。之前没有再提是怕引起徐匪的反感，阻碍自己接近他。现在他们的关系有所改善，也是时候探探他的口风了。

徐匪自然知道她所说的不是真正的原因。

“小黑和小白最近过得还好吧？”

“挺好的。”

“说起来，挺久没看到你微博发新的广告了。你的广告真的都拍得很好，让人看了念念不忘，绝对是技术帝！”

徐匪微微一笑，没有接话，抬眉继续看手里的菜单。

“其实你这么聪明，只要你愿意，”见他此刻的心情不错，路棠正准备把话题往出书的事上引，“真的做什么事都很得心应手啊，比如……”

“路棠。”他突然开口打断了她。

“嗯？”

“没记错的话，你说过，当时没看好‘荷包蛋’害我过敏，一直觉得过意不去。即便后来照顾了我几天，对吧？”

这话是没错，她有点犹豫地点了点头，不明白他为什么突然提起这个。

“刚好，”见她点头，徐匪说道：“我需要你帮我一个忙。你也可以看作将功赎罪。”

将功赎罪？不会吧，不要告诉她赎罪的方式就是不要再提合作的事。那她可能会做出连自己都想不到的可怕举动。毕竟她苦心经营了这么久，就是为了促成跟他的合作。

“我收到了一个猫粮产品的广告邀约，对方是一家加工厂，在H市，给品牌猫狗粮作加工工作。现在他们打算做自己的品牌，这次希望小黑代言的，就是加工厂自己贴牌的猫粮。我需要亲自去那边看一下，车间卫生与用料的把控，书面的描述并不可靠。离开的这两天，想请你帮忙照顾一下小白和小黑。”

路棠松了一口气，还好不是她担心的那个问题。小白和小黑么，早就是她的心头好了，照顾两天当然不在话下。不说她自己养了这么久的淘气鬼——荷包蛋，就是徐匪对两只小猫咪的喂食护理工作，她也见过不少次，还小小地参与了几次。小家伙别提多可爱了。江筱也一定很开心。于是她十分开心地点了点头，“没问题，等你回来一定见到更加白胖的小白和小黑。”

徐匪笑了，“好，我们点菜吧。”

路棠招手唤餐厅里的服务生过来。

沉浸在即将接两位小家伙回家的兴奋心情中，直到两人分别，路棠也没想起来要探口风的事。徐美人很会运用时机转移人的注意力，两个字概括——奸诈。

徐匪第二天一大早就动身去了H市，在他离开之前，路棠去他家把两只小猫咪用它们“御用”的小篮子接回了家。

江筱得知小白和小黑被路棠接回了家，连和同事的shopping也顾不上了，一下班就回家看两只小可爱。

“啊，视频之外的它们，感觉更可爱啊。”江筱拉着小黑的小爪子，一脸的感叹。

路棠怀里抱着雪白的小白同志，感觉到它温驯地靠在自己怀里，一只小爪子紧紧地抓着她的衣服，顿时有了一种被依赖的成就感，面对江筱的感叹十分的嘚瑟，“那是自然，也不看看是谁养的。”

江筱闻言顿时白了她一眼，“又不是你养的。我男神那么神，养出来的猫咪当然是逆天的小可爱，你得意个什么劲儿。”看路小棠的样子，简直像是她一手养出了两只这么活泼灵动的小猫咪。

被江筱一句话打回原形的路棠，“虽然，不是我一手养大的，但我也有参与它们的成长嘛，比如现在。”想了想她又厚脸皮道：“说不定，我也给了它们一定的精神熏陶。呐，你看小白就继承了我的活泼可爱。”

“不要脸。”江筱已经懒得吐槽她，专心逗小黑。

小黑被抬抬脚又捏捏肉，看起来有点不高兴，表情匮乏的模样，看起来像极了生气时的徐匪。

路棠不禁打了一个寒战。不过，怎么徐爸爸刚走，她就有点想念跟他一起撸猫的时光了。

青时大楼附近的咖啡馆，成功赶完本日稿子的雾阳同学，伸了个懒腰正准备去徐匪家蹭饭，没想到徐匪电话接通之后，那边传来了一片熙熙攘攘的声音。现在已经将近五点，徐匪一向很少在晚餐时间出门，他不由讶异，“你现在在哪儿，怎么听起来这么闹？”

“确实很闹，”徐匪看了眼周边的环境，“我在H市。”

加工厂的老板听说他对做菜很有兴趣，特地请他来吃这家当地据说很有名的小吃店，小吃的味道确实不错，就是周围的环境喧闹了一些。

"H市，接新的广告了？"雾阳前段时间听他提起过，有一家外地的猫狗粮加工厂希望跟他合作。

"嗯。"

好吧，看来今晚只能出去觅食了，他正要挂掉电话，突然想到一个问题。徐匪人去了H市，小黑和小白怎么办？那两只小猫咪从小被他精心照顾着长大，一点都不好伺候，还在主人的言传身教下养成了看起来高贵冷艳实际上也的确生人勿近的坏毛病。以往徐匪有事出门，两只小家伙都是寄放在他这里的。想到这里，他问道："那小黑小白我今晚去领过来，备用钥匙还放在老地方吧？要不是我提起，你是不是都要忘了。"

雾阳正打算借机嘲笑他几句，却听到那人的声音清淡传来。"不用了，我已经拜托给路棠了。"

路棠？这好像是第二次，他选择了路棠，而不是自己。"你果然是有了新欢，就忘了旧爱。我要吃醋了。"雾阳开玩笑道。

"喝醋对人体有益。"徐匪四两拨千斤，"没事我先挂了。"

"挂吧挂吧。你个没良心的。"说完，他先掐断了电话。

徐匪看着手机上的"通话结束"，心里一阵好笑，这个幼稚鬼。

另一边，雾阳看着桌上的手机微微走神。小黑和小白，从它们刚生下来的时候，徐匪从原主人的手里接过来，一直养到现在，他就像照料自己的孩子一般，精心呵护着它们，看着它们一点点长大。雾阳一直觉得，某种程度上，徐匪是把两只小猫看成了那个女人生命的延续。如今他愿意把它们交给路棠照顾，想必已经在对她逐渐打开心防了。一切都在按照他想象的样子发展着，他的心里竟然有点不是滋味。

雾阳慢慢地笑了起来。

Chapter 18

熏风染我意

“我们厂一直是给皇微这样的大品牌做代加工的，质量肯定有保证。这几款产品都不错，不论你挑哪一个，质量我都敢打包票。”加工厂的老板领着徐匪在车间转悠着。

“嗯。”徐匪扫过生产线上忙碌着的工人，淡声应道。

老板瞥了他一眼，这个人长得比小姑娘都好看，看起来也挺年轻的，在想些什么却让人看不透，话也少。昨天吃完饭，他突然提出想参观一下车间，自己竟然三言两语就被他说服了。之前小王跟自己提，说要请一个网络上的人来给厂子自己贴牌的新产品打广告，他还觉得不怎么可信，网络上的东西，人们玩得是比较多，打广告哪有那么好使。不过现在见了真人，他倒是有点相信了。这不，连自己都被他忽悠去了。

“老板，我听说你们厂也代加工一部分狗粮？”徐匪拿起样品架上的一盒猫粮，侧头看老板。

老板被他的脸看得一晃神，摆摆手道："那没多少的，小批量。还是因为我女儿喜欢养狗，才开始做的。我想着与其让她到外面花钱买，不如厂子里开条线自己做一下，给狗吃的还比给猫吃的粗糙一些，用料没那么精细。"

徐匪点了点头把那罐猫粮放了回去，老板倒是开始打开了话匣子，"说起来，我女儿养狗的过程也是一波三折。"

"哦？"

"她小的时候，被一只长毛狗扑倒过，唉，也是我们没注意。从那以后她沾上狗毛就过敏，又咳嗽又起疹子，什么大狗小狗一律不能靠近。"

听起来和他的状况差不多。

"不过后来你猜怎么着，她的过敏突然好了。"老板自己也觉得惊奇，"我们问她，才知道她喜欢上了一个小伙子，那小伙子呢，又特别喜欢自己的狗。她为了那小伙子，也不管自己过敏，非要去抱那只狗。说来也奇怪，慢慢地她居然不过敏了。"

听完老板女儿的故事，徐匪若有所思。前不久，有个人也跟自己谈到这个话题。那个女人认为他的过敏不是物理性的，而是一种应激性的精神反应，说白了是一种心理作用，还言之凿凿她咨询过专业人士。他并没有相信，连带着那个女人试图带着那条狗接近自己，美其名曰训练他对不良精神反应的抗性也被他拒之门外。不过现在联合老板女儿的经历，他似乎应该认真考虑一下某人的建议。

双手双脚被人死死按住，只能任由散发着奇怪的让人恶心气味的长毛一次又一次地扫过自己的脖颈，脸颊，那片黄黑色的影子不停地在自己眼前晃动，身体发冷，恶心地想作呕，太脏了，太脏了……更让人无法忍受的还有那条带着刺鼻气味的湿漉漉的长舌，他看着那一团灼热的东西慢慢地舔过自己的脸，然后是脖子，一次，又一次。他只能眼睁睁地看着，切肤地感受着……

从梦里醒过来，徐匪的衣服已经沾上了黏腻的汗水，有部分紧紧粘在了皮肤上，明明这是在温度适宜的空调房里，明明他只穿了一件薄薄的T恤，恶心的感觉依旧源源不断地从喉咙口冲出来，嗓子开始一阵阵的瘙痒，痛苦的滋味席卷而来……大约没几秒，那些恶心的疹子也要一个个冒出来了。

他从打开着的行李箱里抓起换洗衣服，走进了洗浴间，不多时，呕吐伴随咳嗽的声音从里面传了出来，接着是冲水的声音。

徐匪看着缓缓肩膀上流淌下的水珠，眼睛里滑过夹杂着冰冷的空洞。

当年，对着那个九岁的骄傲少年执行这一场酷刑的人，在一旁大声拍着手哄笑着的那群人，是他名义上的兄弟姐妹。明明关系不远不近，从来也没有过多交集，只因为他的漂亮与聪明，惹得他的堂兄有些嫉妒了，就仗着在孩子群中的威信策划了这一场恶作剧。闹剧结束，所有的孩子笑着拍手走人，只留下那个少年看着阳光一点点落下。那天回家之后他就开始呕吐，把所有吃的东西都吐了出来，直到吐不出任何东西，作呕的冲动依旧在嗓子里盘旋，又痒又痛，被那条狗舔过的地方也开始冒出一个又一个的小红点，很痒，一抓就带来一阵阵刺痛。就是从那个时候开始，他再也不能靠近任何的狗，甚至是接触到狗的毛发。因为那种浑身难受、恶心的感觉会逐渐蔓延到全身，伴随着一颗又一颗的红疹。

那段影像，早就被他锁进了记忆的死角，没想到今天会再一次重温它。或许对于他们而言，那只是一个恶作剧，但对于他而言，那是他第一次触碰到人性的黑暗。从此不会轻易相信，开始有意收敛自己真实的想法，因为天真与透明容易付出代价。他不会怪别人，只会改变自己。就像外公从小教育的那样。

路棠很讶异地发现，从H市回来之后，徐匪似乎不再排斥自己带着“荷包蛋”靠近他了，甚至，他有时候好像是在制造机会增加与“荷包蛋”的接触。比如，晚上她带着狗狗去散步的时候，他经常也会出现，接着一人一狗散步之旅就会变成一狗两人行。

虽然路棠一直希望通过增加他与狗狗的接触来慢慢治好他的应激性过敏反应，不过他的态度从来都是很不配合的。现在他突然转变了态度，让她感觉很诡异。而最诡异的是，徐匪似乎真的在一点一点减小他与“荷包蛋”之间的物理距离。遛狗二人行，最开始他通常都会和自己以及“荷包蛋”保持一段并不近的距离，甚至看起来他们更像是走着同一条路的两个陌生人。但现在他离“荷包蛋”的距离已经只有十几厘米了。路棠能明显感觉到，他在努力克服身体的不适，日趋靠近“荷包蛋”。

之前她跟徐匪提及他过敏的真正机理时，他明明是一副并不相信也不想采纳她的建议的模样。到底是什么原因，让他的态度有了一个一百八十度的反转？终于某日一起遛狗的时候，路棠忍不住悠悠道：“某人最近，改变很大嘛。”

“什么？”

“似乎开始认真考虑我的建议了？”她眼神示意了下脚边欢快地摇着尾巴的“荷包蛋”。

“嗯。”他听懂了，瞥了一眼“荷包蛋”，接着不知是想到了什么，原本寡淡的面孔变换了几丝她看不懂的情绪后，竟扬起了淡淡的笑意，“有道理的话，为何不听。”

这个解释，她是服的。当初她苦口婆心地劝，说得口干舌燥也没见他有分毫动摇，去了H市一趟就从之前的抵死不配合变成了现在的模样。怎么现在就觉得她说的有道理了呢？等等，H市……

“我说，”路棠侧头看了他一眼，迟疑了两秒还是不怕死地开口道：“你在H市不会又被扑了吧？”

“什么被扑？”

“那个……”路棠的神色不自然了起来，“就是，被狗扑。”

面对狗狗这种享有多年“人类的好朋友”盛名的物种，眼前这位心理素质似乎并不好，防御力与抵抗力都十分弱渣。上次他只是被“荷包蛋”那么轻轻蹭了一下，反应就那么严重，如果这次他孤身在H市不小心被一条大黄狗一类的品种扑倒并且“亲近”了一番，啧，那个画面太美她有点不敢想。果然啊，磨难使人开智。

终于明白她那一副幸灾乐祸几乎就要流露出来又生生掐了回去的表情是何意的徐匪，“没有。”

他的语气有点冷，不过路棠没控制住自己的好奇心，“那你怎么突然想通了？”

徐匪没有接着回答她的问题，反而指了指“荷包蛋”，“为什么想用它治好我的过敏？”

“嗯？那是因为……”没想到他不答反问，路棠一时有点措手不及，犹疑了几秒开口道：“因为……”

“因为什么？”

“因为……我家的‘荷包蛋’挺喜欢你和小白小黑的。总是被你嫌弃，会打击到它的自尊心，而且影响它与小白小黑的正常友好邦交。”

这个女人睁眼说瞎话的本事真是日进千里。

“而且，当时看到你过敏的模样，觉得太辛苦了。”路棠踢了踢脚下的石子，不高不低的声音从他的耳畔传来，竟像夹带了几丝夜风的温柔，“刚好有一次跟老同学聊起，应激性心理反应引起的过敏，你的症状很符合他的描述，他说可以通过刻意的训练改善。之前你被‘荷包蛋’蹭得过敏，我也在场，如果你的反应还是比较激烈，我大概也知道怎么处理。”

“是吗？谢了。”依旧是极简单的回答，不过他的语气难得的温柔，仿佛被她传染了。

路棠侧头看了他一眼，不由自主地笑了。“不客气啊。”他这是真的认可自己这个朋友了吧。

不过真正的原因，她其实没有告诉徐匪。真正的原因是那夜她看到的徐匪，因为严重的过敏反应而卸去了那张坚稳外壳的他。

那一夜，她受到的心理冲击很强烈。美丽的事物总是很让人心折，美丽而脆弱的事物更会激起人心底的欲望，恻隐的怜惜，甚至是一些不该有的情绪和欲望。徐匪无疑是美的，即便是他维持着一张冷淡的面孔，依旧美得十分吸引人，更何况那夜。他美得娇媚而纯真，不似凡人。人身上的韵味其实很难刻画出来，不论是文字，还是工笔细描。不过这样一个人的确让人很想拥有，很想彻底地拥有。

所以她好像有些明白，为什么不论在视频中，还是现实里，徐匪一直都是那副冷淡而完美的模样。上天赐了他太过美好的皮相，即便他不作为，只要是可亲的，就很容易让那些觊觎之心将欲望转化为行动。他用自己的才智和冷心冷性筑起了一道坚韧的壁垒，把很多东西都隔绝在了外面，让人即便有欲望，也要先掂量一下要为此耗费的心力。

这样的徐匪，让她有点心疼。所以如果可以，还是让他努力克服那种不良的心理作用吧，这个世界上的狗那么多，他不可能刚好都及时避开。

Chapter 19

请配合我表演

虽然没有明言，不过两人的确在应激性心理反应的“试验治疗”这件事上达成了微妙而一致的默契，这个过程却真的有些惨烈。路棠第一次见到了徐匪真正残酷的一面，对他自己。

一开始，他就试着把“荷包蛋”整只抱在了怀里，持续了将近一分钟。他咳嗽得非常厉害，像是要把肺都咳出来，同时小而密集的红疹一阵阵地在脸上、脖颈上和各处裸露着的肌肤上冒出来，可以说整个人面目全非。

路棠其实有点慌神，他这个模样比那次被“荷包蛋”扑倒严重太多了。那些遍布全身的红疹看起来也让人瘆得慌。她说不出心里到底是什么滋味。

“要不还是算了？我把药拿给你。”路棠转身从一旁的柜子里拿出医药包，有些慌乱地翻找抗过敏药。

如果早知道会是这么痛苦的过程，她不会想着让他尝试。而且为了克服这个心理障碍，药剂的量需要减少，症状的缓解时长全看个人的身体素质。

他究竟需要多长的时间来缓解这样的痛苦，谁也不知道。更不要说，这一次之后还有再一次的尝试，一次又一次，哪里吃得消。

“咳……是不是吓到你了？”徐匪拉住她翻找着东西的手，又很快放开，面上竟然还带着笑，“我没关系的。咳咳……你早点回去吧，让那只狗留下就可以了……咳咳。”

“说什么呢。我怎么可能丢下这个样子的你一个人。”路棠鼻子莫名一酸，转过头来看他，“你都不怕，我怕什么。”

“别逞强。”

路棠瞪了他一眼，“逞强的是你。”

徐匪没有再说话，凝聚心神和自己的意志对抗。

路棠也不再说话，只是尽可能压制住心里对那些小疙瘩的恐惧，轻轻拍他的背作为安抚。她希望这一切结束的那一天，尽快到来。

一切仿佛不可思议。徐匪从一开始的只要感受到荷包蛋的靠近就会嗓子持续严重的瘙痒，同时伴随着小而密集的红疹在脸上与脖颈上一颗颗冒出来，到即便他和那条柯基犬离得很近嗓子也只是微微发痒，红疹慢慢不再出现。再到即使被荷包蛋同志蹭了，也只是觉得身体有些轻微的不舒服。

直到最后，他已经可以容忍那条腿很短的柯基犬在怀里活蹦乱跳，蹭来蹭去。

这整个过程很像是一场梦，一场让人疲惫不堪的噩梦。幸而梦醒之后，会是阳光灿烂的一个又一个晴日。

看着在徐匪怀里兴高采烈蹭来蹭去的荷包蛋，路棠忍不住笑了，“它跟我们一样高兴。”徐匪揉了揉荷包蛋的脑袋，慢慢地笑了。

“徐匪，”路棠忍不住问道，“为什么一开始，你就要去抱荷包蛋？”

明明那样的接触方式带来的痛苦最强烈，他就不怕自己撑不下去吗？

“因为一个人最强的敌人就是自己，罩门在哪里，自己最清楚，其实一攻即破，就看敢不敢出手了。”因为面对的人是自己。

雾阳觉得，这段时间任由路棠把自己“关”在那家咖啡馆实在是一件很不明智的事，因为往往等他从小黑屋里奋斗一段时间后出来一看，一些让他措手不及的事就发生了。

这天他照例来徐匪家蹭饭，主厨的手艺依旧，对他的口味照顾也一如往昔。不过，今天他为什么会看见路棠家那条短腿大摇大摆地在这里晃悠。那条狗向来都是被这里的主人直接拒之门外的。

从雾阳认识徐匪，有一个认知就没有改变过。徐匪讨厌所有的狗，不管是多么可爱灵动的狗，也不管狗主人跟自己关系如何。因为他对狗的气息严重过敏，一旦靠近，不死也得脱一层皮。可是现在，那条名为荷包蛋的短腿柯基竟然昂首挺胸、欢脱地在向来连狗毛都不会出现一根的徐家客厅里跑来跑去，看起来还似乎对客厅的地形与布局十分熟悉？见鬼了。

接下来的一幕，他真的肯定，自己是见鬼了。从厨房施施然出来的徐匪，在路过那条短腿时，十分随意也十分自然地弯腰揉了揉它的脑袋，随后没事人一样直起身十分淡定地走了过来。如果这个揉脑袋的动作由另外的任何人做出，他都会觉得再正常不过，但刚刚那个动作的发出者是徐匪，是自己认识了十几年也从来没碰过狗的徐匪。

“啪嗒！”他手里握着的筷子在一个晃神下跌到了地上。

正信步走过来的徐匪，以风卷残云之势飞速解决了盘中美味而刚刚放下筷子的路棠，同时惊诧地看向了他。

“徐匪，”他弯下腰捞起筷子，咳嗽了两声，指了指路棠正色道：“我是不是被这恶毒的女人关着疯狂码字太久，以至于出现幻觉了？你刚刚摸了那条狗？竟然没有一副难受到要死要活的模样？”

徐匪还没回答他，坐在他左面的女人已经飞快地出手，一掌拍掉了他虚虚指向自己的手，带了几分恶声恶气道：“说谁恶毒呢？我这是在帮你巩固自己的专业能力。他不过敏，那是因为对象是我们家荷包蛋好吗？你见过比荷包蛋更加活泼可爱又单纯的小短腿吗？”

仿佛感觉到路棠是在为自己说话，荷包蛋配合地哼唧了两声。

呵，这一人一狗的话要能信，母猪也能上树。这么瞎的话也只有路棠这个女人敢说得一副真有其事的模样。不论世事如何变迁，他家经纪人十年如一日坚定卖蠢的行径都不会有分毫改变。

“路公子，容我提醒你一句，那位短腿，从阿匪第一眼见到它到现在，除了看起来又肥了一点，并没有进行任何整容手术的痕迹。请问以前怎么不见他那么待见那位腿很短的家伙？”

“什么，整容手术？雾阳你现在是……”

“以前，我没注意到。”感觉到两个幼稚鬼即将发起一场新的幼稚大战，徐匪及时开口打断了他们。

他的音量并不高，但胜在冷静有力，成功截断了“敌对双方”之间剑拔弩张的气氛。

路棠瞅了一眼徐匪的面孔，跟雾阳摆了摆手道：“算了，看在徐匪的面子上，我不跟你计较。”

雾阳一时没有反应过来，等意识到徐匪刚刚说的究竟是什么意思，他从桌子底下捞上来不久的筷子再度跌了回去。“啪嗒”一声，十分清脆。

徐匪微微皱起的眉，雾阳不是没有看到，这人有严重的洁癖，地板上沾了油污，可能跟别人把油污直接沾他脸上的感觉差不多。不过现在他顾不上考虑徐匪的心情，带着一分迟疑，一分不敢相信，问道：“不要告诉我，你刚刚的意思是指以前你没有注意到那条短腿的活泼可爱又单纯？”

“不然呢。”徐匪式回复，言简意赅，语调平淡。

论一本正经说瞎话的本事，还是他家阿匪更胜一筹。雾阳看了一眼路棠又看了一眼徐匪，自家经纪人那么瞎的话，他觉得自己可能真的要信了。

“对啊，不然呢。”路棠没想到徐匪会帮着自己一起坑雾阳，心情当真是十分愉快，顺势狐假虎威，一副得意扬扬的小人嘴脸看向雾阳。

什么时候，这两人成了同一条战线。“咳咳，”雾阳收起了略带夸张的一副明显被惊吓过度的表情，玩味地笑了笑，“我说两位，我怎么觉得，你们之间好像发生了点什么，我不知道的——有趣的事啊？”他刻意咬重了“有趣”两个字。

哟呵，挑衅呀。对于咬文嚼字模式的雾阳，路棠一向是用自己的厚脸皮来进行反击。她眨了眨眼睛，开启一本正经的胡说八道模式。“你经纪人我，一直都这么才高八斗风趣幽默，你又不是不知道。跟我待在一起的时候，分分秒秒都在发生很有趣的事，你指哪一件？”

徐匪闻言笑了，饶有兴致地看向雾阳。

“人不要脸，天下无敌。”雾阳看着她那张帅脸，真诚地一笑，转头对徐匪进行谆谆教导，“阿匪，你不要被她带坏了。”

“嗯，你说得很有道理。”徐匪看了一眼帅脸微僵的路棠，仿佛真的觉得很有道理似的，认真地点了点头。

自从帮助徐匪克服了他的应激性心理反应，两人愈加熟悉起来，路棠已经逐渐见到了徐某人越来越多的面。不过还是没想到他竟然可以变脸如此之快，明明上一秒还在跟自己一起坑雾阳，下一秒居然就倒戈了？这棵墙头草！她觉得自己的脸一定更僵了。

雾阳见此，笑得十分欢畅。什么叫打脸呢？嗯，这就是了。

路棠没想到，自己生平第一次被壁咚，壁咚自己的人，竟然是个女人。

“我说，你这是要换风格了，连我都敢壁咚？”

骆语薇深吸了一口气，她还不是被面前这人逼的。她跟路棠说话，路棠没有反应，她叫路棠的名字，路棠也不停，眼看就要这么从自己面前经过，她只好直接伸手拦人，哪知道这女人真的顶着那张纨绔公子哥的脸，这么跟自己说话。路棠的身高原本就高于她，再加上那张脸，那调笑的语气，十成十的公子哥儿模样。第一次跟路棠离得这么近，不仅没能在气势上压过对方，反而真让骆语薇有了种被调戏的感觉。这女人到底还是不是个女人？

看着骆语薇脸上隐隐浮现的羞恼之意，路棠有点意外，“你这是，在脸红？”

青时的妹子她调戏过不少，不过骆语薇竟然也会对着自己的脸，有反应?

骆语薇瞪了路棠一眼，收回手，恢复状态，“叫你没反应，不就是等着人壁咚吗？”

这就是她刚才为什么直接无视了骆语薇，这女人说出来的话就是让人动肝火的。

见她又要走，骆语薇直接问道，“你跟阿匪的关系很好？”

这话问的。路棠心里莫名一阵不舒服。“你这是以什么身份问我这个问题？”

“你觉得呢？”骆语薇说道。

得，在这个女人嘴里听到的话就没一句让她感觉愉快的，既然如此。“哦，我们也就每周一起喝一两次酒，没事呢，我去他家串串门，逗逗猫，顺带再蹭个饭。怎么了？”

看着骆语薇的脸由白变青，再由青变紫，路棠冲着她更加真诚地一笑，“作答完毕，我先走了。”

不说她现在不确定骆语薇究竟是不是徐匪的女朋友，就算是，也是人家好奇先问她的，自己只是诚恳地如实回答。骆语薇要是真跟徐匪闹起来，可不关她的事。做人要真诚嘛，少点套路，多点爱心。不过她也知道，此刻骆语薇一定看着自己的后背，恨不得用眼光把自己射成个筛子。那两道视线着实很炙热啊。

Chapter 20

路公子被亲了

这世间最难琢磨的大概是人心，因为人的改变总是发生得不动声色。

“雾阳同学，你很懂得享受生活嘛。”路棠扫了一眼周围的环境，巨大的水晶吊顶灯向下旋转着照耀出迷幻的灯光，一如从打碟机上流淌出的音乐，初时节奏轻而慢，逐渐加入迷幻的滋味，直到最后快节奏暴击着人的血液，让人不由自主就沉浸在这样的环境中，随着鼓点一点一点释放自己。

不远处灯光忽闪忽灭的舞池里，打扮入时的年轻男女们酣畅舞动着身体，释放着暗夜里最原始的荷尔蒙，最魅惑的热情。

看得出来，这家酒吧的环境跟气氛都很好。只不过她对酒吧不感冒，尤其是这样气氛容易让人放松心神的，更加排斥。这是一个容易让人犯错的地方。倒是没想到一向被读者标榜为拥有邻家哥哥般治愈系笑容的三好文艺青年——雾阳同学好这一口。

早前威逼利诱他进那家咖啡馆赶稿时，她答应雾阳，等他把这个月交给他的任务完成，由她做东，地点他挑，吃饭喝酒唱K等都随意，一定让他尽情地释放心中的苦闷。今天他果然就挑了一个很能释放自我的地方，还把徐匪拉了过来，用雾阳自己的话说，宰她是难得的娱乐活动，一个人宰太没劲，多一个人会比较有意思。

很好，她觉得自己上辈子一定是个宰相，肚子里才能撑着一直这么爱兴风作浪的船，只不过有点后悔没及时拍下雾阳那副笑眯眯的奸诈小人嘴脸。就应该给他的读者粉丝们看看，治愈系笑容？呸。

“路大经纪人，你空有了一副好皮囊却不懂得纵情享受，真是太可惜了。”

路棠白了他一眼，“雾阳同学，你知不知道你刚才说话的语气特别像某些居心不良的黄赌毒传播者。反正我是不能理解灯红酒绿的夜生活为什么这么受S市的年轻男女们推崇，有这时间不如多看几部鬼片。”

听到她说前一句的时候，雾阳的嘴角还抽了抽，等听到后一句，看她的眼神已经带上了十分的怜悯，“瞧你那点出息。让阿匪给你普及一下夜店文化吧，有的人是聪明反被聪明误，有的人是活生生无知死的。”

这是在公众场合。路棠握了握拳，忍住了对他抡包相向的冲动，挂起一抹笑容看徐匪，“品格优良如徐美人，请不吝赐教。”

徐匪淡淡开口道：“夜店让人释放了被日常生活压抑的欲望，精神上觉得放松，心理上也觉得解脱。只要不触犯法律，或者说不被逮到，在这里无论发生什么都是合理的。这也是它成了城市文化一部分的理由，这里的环境为人的自我宣泄提供了可能。反叛其实很迷人，不是吗？”

这人，怎么能用这么禁欲的表情说着“反叛其实很迷人，不是吗？”这样的话。这不对吧？知不知道你披着一张美人脸说这样的话很危险。不过被他这么一说，路棠心里原有的不适感倒是减轻了不少。徐美人的嘴皮子，果然是厉害的。

路棠正在思考是不是应该向他讨教一下经验，冷不防一只手搭上了自己的肩膀。她下意识抬头，是一张气质很阳光也很熟悉的面孔。自己手下签约多年的暖萌言情小天后——历雅的哥哥，历弦。

这对历家兄妹很让她有些头疼。两个放在人群中明明都很出挑的人，却莫名其妙都对她有过于强烈的好感。真的不是她装十三，的确是过于强烈了。妹妹还好说一些，年轻的小姑娘总是容易被自己那张徒有其表的帅脸给骗到，乐颠颠地扑上来，历雅不是第一个，也不会是最后一个。

可是这位历弦是怎么回事？他的长相偏向于阳光，事业上也小有成就，是一位高配版的“高富帅”，怎么在感情这件事上，他这么想不开。路棠认真地考虑过之后，拒绝了他。接着从青时文化的前台小姐到他的妹妹历雅，都告诉他，这个看起来很英俊的女人喜欢的貌似也是女人。然而这位高富帅始终没有放下对她的好感。无奈之下，路棠对他只好能躲则躲。也许躲了几次之后，伤到了历弦，他倒没有再约她出去。没想到会在这里碰上他，路棠一个心惊，只觉得自己下次除了惊池，去酒吧之前一定要看一眼黄历。

路棠的这些心理变化，历弦并不知道，他只觉得意外而惊喜。也许喜欢一个人真的没什么理由，只是冥冥之中的一种注定，他已近而立之年，按说早该过了冲动年少的时候，却对眼前这个人始终无法放弃。

“你不是一向不喜欢踏足酒吧的吗，今天怎么会来‘解妙’？”历弦看着她的眼神很温柔，语调轻快，透露出几分好心情。

路棠站起身来，笑了，“刚好约了朋友一起过来坐坐。”说着给他介绍坐着的徐匪和雾阳。只不过她看向历弦的眼神干净而明朗，并没有任何多余的情意。

“路棠，我很高兴，今晚是你出现在这里。”他突然露出了一个有些意味深长的笑容。

听到这句话，路棠突然有种不好的预感。

历弦的下一句话验证了她的猜测，“今晚跟几个高中的朋友聚了聚，真心话大冒险，我抽中了。”

请不要这个样子。这是路棠内心的真实独白，不过面上还是不显，带了几分调侃之意笑道："嗯，如果是大冒险，"说着扫了一眼周围的人，"今晚美女很多，你小子艳福不浅哦。"

"呵。"他低头笑了，"是不浅，我的运气好像一直不错。"

说着他拉过路棠，在她的脸颊上轻轻落下了一吻。附近的人注意到这一幕，开始起哄。

路棠的脸已经黑了。他刚刚的动作太快也太突然，她完全没有反应过来，猝不及防就被亲了一口，徐匪和雾阳还在一旁看着。

"抱歉，我去下洗手间。"她把扣在自己手臂上的手拉了下来，语气带上了几分疏离，转身走了出去。

历弦脸上的笑容顿时一僵。

"哈哈，"看完了整场戏的雾阳笑了起来，"没想到我们一向以调戏黄花大闺女为己任的路公子，也有被男人轻薄的一日。真是天理昭昭，报应不爽，阿匪，你说是不是？"

身旁的人没有接他的话，神情有几分莫测。雾阳压下心底的惊诧，拍了拍他的肩道："想什么呢？看热闹归看热闹，你可别入了戏。"

徐匪似是回过了神，淡淡道："那个男人，你认识吗？"

路棠从卫生间回来的时候，历弦已经不在了，应该是等了一会儿没有等到她，回自己朋友那边了。不过眼前这两位，你们之间的气氛为什么这么诡异？

察觉到她的目光，徐匪抬起了头，看她。其实严格来说，这是路棠第一次和他对视这么久，徐匪的目光通常都是捕获了需要的信息之后就会离开，所以现在这是为什么？徐美人的眼神真的不是常人所能承受的。明亮，深邃，好像包含了千重意味，把人的心神都卷进了那片琥珀色中，但她眨了眨眼再看，又十分澄澈，好像刚刚只是错觉。

在这样的环境下，这样迷离的灯光与音乐下，带了几丝慵懒风情，一点似笑不笑情绪的徐美人，这样一双变幻莫测的眼睛，实在太像个能蛊惑人心的妖精了。这已经超出了她那颗小小心脏所能承受的范围。

幸而，徐大神可能是有点累了，跟她对视了几秒之后，慢慢靠在了沙发上，开始闭目养神。虽然，自从进了“解妙”，除了喝了几口酒，随意扯淡了几句，他们好像没有做什么耗费体力的事。

雾阳也很奇怪，来的时候打着“好好嗨一场”旗号的人是他，地点也是他挑的，现在怎么一副遇到什么可怕事件的凝重表情。

“刚刚我去卫生间之后，发生什么事了吗？”她忍不住开口问道。

徐匪的眼睛又睁开了，不过向她放射了一道强度不小还略有些灼热的目光之后，又不紧不慢地闭上了。

嗯？这是什么情况，总觉得是哪里出了问题。路棠把求助的目光投向雾阳，发现这位的心思似乎比徐美人的更为缥缈，神情十分严肃，好像在思考着什么重要的问题，思考之余，他还不时若有所思地看徐美人一眼。这两人究竟搞什么鬼？难道……很久之前有过的一个猜测慢慢从心底浮了上来，是感情问题？

“他在追求你？”徐匪突然的开口把她吓了一跳。

他不是一个会对陌生人感兴趣的人，所以他这是转移她的注意力，让她不再好奇刚才他和雾阳之间究竟发生了什么？其实，她的好奇心也没有这么强烈，朋友之间总有些故事不适合说。她懂的。现在比较重要的是，他们不要继续沉浸在那个古怪的氛围里，他们是来放松的，她可是掏了钱的。

所以路棠干脆道：“哦，他是我手下一个作者的哥哥，刚刚……”刚刚的场景，她应该用什么措辞来形容比较好？

雾阳同学仍沉浸在自己的严肃世界里不可自拔，徐匪倒是饶有兴致地挑了挑眉，一副“我很有兴趣，请你继续说”的神情。

路棠咬牙再咬牙。好吧，其实也没什么不能说的，反正她自认坦荡且无愧，而且在她心里，确实已经把徐匪当成了真心相交的朋友。以徐美人的学识与情商，说不定还能给出自己可靠的建议。

“那个人，其实人挺不错的。可惜，”路棠有些自嘲地笑了笑，“他的眼神不是很好。他不相信我喜欢女人，或者说即便我喜欢女人，他还是想跟我在一起试试。所以，刚刚尴尬了一把。”

她注意到，徐匪在听到她说喜欢女人的时候，表情有一瞬间的古怪，大约是之前没想到，有点猝不及防。不过以徐美人的心胸，应该不会介意她是个拉拉。主要是能让他在意的人或事，实在太稀缺。

果然接下来，徐匪并没有提及那一点，只淡声道：“你刚才的反应能力，太差了。”

路棠一愣，继而很想一拍大腿，知己。徐匪跟她的想法十分一致，她也觉得自己刚刚竟然被偷袭成功实在是逊爆了。这样的情况如果再出现个几次，她青时路公子的倜傥名声还要不要了，人人都要以为她被掰直了好吗。

“既然对他没兴趣，保持距离是最佳的做法。”这个意见，很中肯。

路棠顿时觉得今晚的徐匪特别可亲，简直跟自己想的一毛一样。他应该是真的已经认可了自己这个朋友，所以才愿意动用那颗智慧的大脑来帮她分析这种理不清剪还乱的棘手感情事。

她正在对徐匪的仗义表示十分的感动时，他开口道：“如果有必要，切断联系也未尝不可。”他的重音放在了“切断”两个字上。要断，就要断得干净。

路棠也清楚这一点。不过历雅与青时的合约还没到期，又在自己手下工作，未免造成太过尴尬的局面，对于历弦，她不得不保留一点儿余地。

“当断不断，反受其乱。比如今晚。”徐匪继续说道。

路棠陷入了纠结。一方面，要真的切断，其实并不容易，另一方面，徐美人的意见，她下意识就觉得应该认真考虑，其实也是真有道理的。

雾阳全程都陷在自己的那个小世界里，十分安静。此刻他终于从那个世界脱离了出来，抬头意味深长地看了徐匪一眼，有什么话想说。不过徐匪表达完自己的意见，已经又闭上了眼睛，陷入了沉睡一般。

路棠不由为雾阳掬了一把同情泪，接着慢慢陷入了沉思。

一时之间，他们所在的这一处角落十分安静，与周遭的喧闹沸腾有些格格不入。

从“解妙”出来，雾阳开车送徐匪和路棠回惊池，路棠住的单元离入口更近，因此先下了车。

时间逐渐接近凌晨，夜色浓厚深重，清亮未现，周围已经起了一层薄薄的雾气，路况不好，雾阳慢慢降下了车速，一边开车，一边有一搭没一搭地和徐匪聊天，驱逐困顿。

“挺久没去‘解妙’，连DJ切出来的歌听着都有些不适应了。”

徐匪但笑不语，这家伙最近被路棠拘在咖啡馆闷声赶稿，该是憋坏了，“清心寡欲，有益身心健康。”

“你当别人都是你呢，性冷淡。”雾阳笑道，想到今晚在“解妙”所见，他笑得有些意味深长，“你对我们家经纪人的私生活倒是挺关心的，还帮着出谋划策拒绝男人。”

“怎么，你吃醋了？”

“阿匪，你这样真的不好。”

“真的不好”的人轻声笑了起来。

雾阳早知道他的真实想法没这么好套，不过他看起来是真的有点累了，眉眼间的疲乏已经若隐若现，只是神色依旧冷静。但这样的时候，也是一个人的心神松懈，对周围环境警惕减弱的时刻。

“阿匪，中肯的评价一下，我家那位经纪人，怎么样？”

“唔，不错，”他拧了拧眉让自己清醒一些，“是个值得相交的人。”

“哦～那她提出的那个选题，你考虑得怎么样？”

选题。徐匪沉默了一会儿。第一次收到路棠邮件时的情境，恍如昨日，不过，“不考虑。”

“真不愧是我家阿匪。路棠如果听到，说不定也要冲你抡起包。”

那个场景很好想象，淡淡的笑意一点一点在徐匪脸上晕染开。

瞥见他的笑容，雾阳也笑了，“说起来，路棠虽然长了一张俊俏的小生面孔，桃花倒是一直都很旺盛。除了历弦之外，哦对，历弦就是今晚大胆轻薄了我们路公子的那位，除了他，还有不少条件不错的男人在等着我们路公子浪子回头。”

“是吗？倒是没发现你有狗仔潜质。”

“好的狗仔也需要天赋，”雾阳继续八卦，“昨天在青时还听见Jenny——她的助理抱怨，有个男人比历弦还要难缠上几分。不过，我倒觉得这样的人，反而胜算比历弦大。”

徐匪没有说话，安静地闭着眼仿佛睡着了。

“毕竟，一个喜欢女人的女人，”雾阳说：“如果不够强势，或者不够快，根本没机会走进她心里。到了。”

徐匪睁开眼，面容冷静，淡淡的冷峭在眼底划过，“我先上去了，回去路上小心。”

“好，拜拜。”看着那道离开的清冷背影，雾阳脸上的笑容逐渐收了起来。

Chapter 21

真的不是嫉妒你

一个人对另一个人感情的变化，往往要等到投入足够多的精力去观察时才会发现。接着蛛丝马迹之间，就会发现更多的东西其实早就在悄然之间改变了。

《赤言》的绝大部分文稿完成，鉴于雾阳同学超额完成了本月任务，表现良好，路棠爽快地给他放了一个小长假。既然从心目中的“小黑屋”里出来了，他当然要去徐大厨家蹭饭。

其实雾阳隐约感觉到，那一晚对徐匪若有若无的试探，他已经有所察觉。他有些后悔，因为也许徐匪原本没有那个意思，自己的试探却起到了推波助澜的作用。更糟糕一点，或许他是在一步步把徐匪推向了那种可能性。关心则乱，现在那种原本概率很低的可能性，已经变得十分有可能了。否则，谁能给他解释一下，为什么徐匪原本只是不经意间落在路棠身上的目光，现在变成了有意无意地就会看她?

当然，只会撩妹，感情方面的神经几乎粗成电线杆的路棠对此基本毫无所察。路棠怀里抱着温驯得蜷缩成一个球的小白同志，一手捋着它背上光滑柔软的皮毛，一手拿着徐美人给她推荐的哲学科普读物——《哲学家们都干了些什么》，认认真真看着，同时不得不感叹，徐美人伺候猫咪的功力实在是一流，小白身上的毛，她真的百摸不厌。

哦，对，如果他愿意，伺候人的功力也绝对是一流的。比如她此刻所坐的位置，从窗边照射进来的阳光刚好足够照亮手中的书，留给人一丝暖洋洋的触觉，却并不强烈，不至于刺眼。你以为这很容易吗？不，那都是经过徐美人精心设计了家具的摆放角度和布局的。还有面前的茶几上搁着那杯果汁，用材新鲜、天然，口感清醇，缓慢地沁入了人的肺腑，温柔而熨帖。再比如她臀下柔软却不至于深陷的布艺沙发，路棠一直很想从他嘴里打听出来究竟是哪里买的。

自从被徐匪安利在这个位置看过一次书后，她觉得以前待过的那些环境还算不错的书吧，水吧，咖啡厅一类，都成了九霄云外的浮云。更何况在这里还可以撸猫赏美人。所以作为朋友，她一定要在他找到女朋友，或者现任女朋友强势入驻这方宝地之前，尽可能地多来享受几次，好好地物尽其用。

不过，徐家这样的地方不多，刚好两个。一个徐美人专用，另一个就需要抢了。论武力值，解开“绅士风度”的封印之前，雾阳不是路棠的对手。他家经纪人的脸皮，比以厚脸皮出名的刘备还要厚上好几个台阶，仗着地理位置的优势近水楼台先得月不说，还充分发挥了她吃饭速度快得逆天的特殊技能，愣是没让他抢到过一次位置。

“我说，路公子，你这客人是不是当得太随心所欲了点。”他实在是看不下去了。

“怎么了？”路棠抬起头，随后肯定地指出，“你在嫉妒我。”

“嫉妒，路公子……”

他的话还没完全说完，从厨房收拾完餐具出来的徐匪打断了他，给出了结论，“阿阳，不要小气。”

小气？雾阳觉得脑中的一根弦“啪”的一声断了。什么叫只见新人笑，不闻旧人哭，这就是。

“你不是认真的吧？”他抬头看向徐匪，这分明已经有点护短的意思了，可他和路棠，论情分的深厚，他自然远胜于路棠。他对路棠护短，出发点和立场是什么？

“你觉得我不是认真的？”徐匪是笑着说的。

“对嘛。客随主便，你看连徐匪都不介意了，”有人帮腔，路棠自然更加不会挪动地方了，“雾阳同学，你要接受来自阿匪的真诚劝告。”

听到从她口中吐出“阿匪”这个称呼，某人笑而不语。

雾阳一脸懵逼地看着他们。

看到徐匪在右面的吊椅上坐下，路棠想起刚刚看书时遇到的一只“拦路虎”，往右边挪动了几厘米虚心向他请教，“徐美人，刚刚我看到一句话，‘罗马宽容政策的后果，是后来的欧洲反而分成了多个民族国家’我不是很理解，你能不能解释一下？”

徐匪笑着看她，难得这么好学，顿了顿，认真给她解释那句话背后的历史渊源。

看他们一派沂水春风的和谐画面。雾阳突然觉得自己成了多余的人，局外人。明明他跟阿匪认识的时间比路棠多了好几年，明明他和路棠认识的时间也比阿匪更早，为什么现在他会有这样的感觉？特别是此刻他看着徐匪和路棠说话的场景，意识到了一个之前并没有放在心上的事实。他们两个的皮囊看起来十分登对，一个明明是个男人，却比女人都美上三分；一个明明是个女人，却比男人还俊了三分。

其实很多时候，雾阳都意识不到路棠的长相有多么特别，他们已经太熟悉，说话做事都习惯了随心随意，有什么说什么，因此路棠于他是很好的合作拍档，也更像是一个模糊了性别，既可以开怀说笑也可以静下心来聊聊心底事的朋友。路棠在熟人面前很容易像个小孩子。其实谁不是在熟悉的人面前会幼稚一些，放纵一些。保持精明优雅的模样是成人世界的默认规则，但如果可以，谁又不想做个肆意又任性的孩子呢。跟他在一起的时候，路棠说话一向直接而放肆，斗起嘴来分毫不相让，有时候雾阳其实很享受和她你一句我一句斗得风生水起的场景。人们总爱互相恭维与赞美来刻画彼此之间的亲近，他却刚好相反，觉得只有能够互相嘲讽的，最好还是直指了要害的，才是真正值得相交的朋友。他偏爱诤友，喜欢敢于直言的人。自然，路棠当朋友是很够格的。但也因为认识太久，太过熟悉，她的外在轮廓反而被他模糊了。看得久了，所以不觉得特别。只有当他把路棠放到一个离自己足够远的位置，他才会真正意识到她容貌的特别，真实而具体。所以他终于看到，她的眼眸狭长明亮，笑起来带了几分干净利落的帅气，让人感觉像有清朗的阳光拂过面颊。

其实不过都是皮囊一具，终有一日会衰老，生出褶皱。但外在的容貌就真的不重要吗？他的眼睛里看到的，徐匪和路棠就像是两个天然的对映体。看着他们在轻暖的光线下，面容越发动人，雾阳伸手拿起桌上的果汁喝了一口。这杯果汁的味道究竟如何，他没有品出来。

Chapter 22

初阳，还是迷雾

“雾阳哥哥，我特别喜欢你，今天是翘了课来参加签售会的。请你一定，一定要继续写下去，你和你的文字是我一直前进着的动力。”面前的女孩穿着高中校服，扎着一个马尾辫，脸庞青涩稚嫩，眼睛里的认真却让人无法忽视。签一个名字的时间很短，眼见即将轮到下一个人，她又认真地补充了一句，“你真的，是一个特别干净美好的人。”

他笑了，抬起头告诉女孩，“谢谢你的支持，不过以后不要为了我而逃课了。”

女孩看着他清澈的笑容，脸慢慢红了起来，拿起书依依不舍地离开。

他低下头，继续给下一个人签名。

这就是大多数人眼里的雾阳。一位文字动人，成名已久的青年作家，有着干净治愈的外表，清澈温柔的笑容。

以路棠为首的，与他合作紧密的工作团队知道他还有非常任性孩子气的一面。偶尔他也会有阴晴不定，让人一时看不透心思的时候。

在徐匪以及他的家人眼中，他是一个简单又复杂的人。大多数时候想法纯粹，像个孩子，极少的时候沉默，吊诡，让人无法靠近。

只有他自己知道，他其实是个怪胎。

雾阳本名周子阳。父母的心愿很简单，只是希望自己的儿子，日后生命中总有沁人的阳光相伴，健康顺遂地度过这一生。

只不过事与愿违。说来其实很有点喜剧色彩，中学的时候，一场意外，他接触到了雷电。源自大自然的雷电，带着浑厚的能量，在他的身体里流转了一遭，然后离开。尽管时间短暂，他的确是与这源自自然的超物质力量有了一个最亲密的接触。用通俗一点的话来说，他被雷小小地劈了一下。

这场雷劫没有造成任何皮肉伤，却让他的生活开始发生一个诡异而疯狂的变化。他开始可以读到人心里的声音——通过一个简单的动作，掌心相贴。掌心相贴的那一刻，对方脑海里的所有声音都会进入他的神识。他所见到的世界从此一分为二，变成了两个。一个人们努力维持着世界的美好，另一个溢满了他们的欲望、真实和丑陋。那些不可与人言说的阴暗念头，一次又一次，仿佛要将他吞噬。

最初他对这个世界的认知尚不完全，只以为自己在做着噩梦，一场又一场，光怪陆离，很疲倦，可是想停，却停不下来。后来终于懂了，他却宁愿这真的只是梦，是可以苏醒过来的噩梦。曾经他跟朋友讨论过，如果能拥有超能力，那会是一件多么有趣的事情。现在真的拥有了，他只觉得荒诞和痛苦。一旦与人掌心相贴，那些交杂了七情六欲，爱恨嗔痴的念头就会一刻不停地涌入他的脑海，多且凌杂，让他的头很痛很痛，仿佛下一秒它就会炸裂。

于是，正常人做起来很随意很自然的牵手，于他而言变成了一种可望而不可即的奢望。有将近一年多的时间，他下意识地排斥任何人的靠近，因为每个人看起来都很不真实。

可是最初的害怕过后，他又莫名地对读人的心思上瘾，忍不住想借着牵手这个动作，窥看旁人真正的内心。有这样的能力在身，谁又能真正拒绝它所带来的另外一个世界呢？他知道了很多这个年纪的自己本不应该知道的东西，知道了人可以在心里讨厌、憎恶一个人，而后笑意盈盈地向那个人表达亲切与喜悦。这是他的父母，他的亲人，他的朋友，所有或远或近的陌生人……知道得越多，只觉得这个世界充满了虚伪与疯狂。

所有的人都有着两张面孔，他的妈妈慈爱地笑着，“我家阿阳怎么总是这么安静呢。”眼睛里流露出的是关切，牵起手后，投射到他脑海里的却是深深浅浅的厌倦，“这孩子好像越来越阴沉了。都是差不多的环境长大，真希望隔壁家的那位活泼的少年会是自己的孩子。”

他开始更加安静。他可以知道所有人的心思，高高在上，仿佛神祇，却也是最可怜的怪胎。有些真相，不知道远比知道幸福。就是因为知道得太多，他的世界慢慢变成了只有一个人的荒漠，晦暗、荒芜，仿佛遍地堆积着腐臭的垃圾。或许偶尔也有美好的念头进入，可是那太稀少，就像一现而过的彩虹，下一秒马上就会被掩埋了踪迹。

有时候，看着一个人在自己面前演戏，他也会觉得挺有趣，就像在看一只猴子卖力表演。这样病态的快感，让他更讨厌自己，也加倍讨厌这个世界。活着似乎没什么意思，不过如果要选择死亡，他又缺了那么一点儿勇气，更觉得不甘。该毁灭的是这个世界。他记得自己第一次读《浮士德》时，曾经想过，如果真的有魔鬼，如果可以交换，他愿意祭献自己的灵魂，因为孤单一人被日复一日灼烧的滋味实在太过痛苦。只不过，遇见魔鬼之前，他先遇到了徐匪。

一场交通事故，他邂逅了这个有点冷漠的美丽少年。他们两个都是那场意外中的幸运儿，只是连人带车一起摔在了一边，有了些许皮肉擦伤。劫后余生，站起来之后，他下意识地伸手拉起那个少年，掌心相贴的瞬间，他才猛然想起自己体质的特殊，却没有甩开。

因为，他听不见那个少年心里的声音。世界五彩，我执纯白。脑海里突然浮现这么一句话。他愣愣地定在原地，少年却借着他的力站了起来，用淡淡的语气说着谢谢，随后拨开了他的手，扶起自行车离开。

为什么，自己读不到那个少年究竟在想什么？他很讶异。讶异之后，却是突如其来的潮水一般，自己也无法理解的喜悦。他感到惊喜，原来在这个世界上还有这样的人存在。鬼使神差地，他没有回家，而是跟在那个少年身后，一路跟着，直到少年发现了自己。

“你跟着我做什么？”

他很想告诉他，在心底最深处，他似乎对他产生了一种很奇妙的情感，很想留在这个人身边，因为这样难得的，特别的安静。不过最终他只是笑着说，“我觉得我们挺有缘的，也算生死之交了，交个朋友吧。”

但彼时的徐匪已经非常抗拒别人的靠近。他在自己与外面的世界之间筑起了一道厚实的墙，墙外的人进不去，墙里的他也出不来。

有人无意，有人却有心。所以他们一次又一次的相遇，一天又一天，他问他相似的问题，被追逐的少年终于不得不习惯了他无赖式的纠缠。他们成了朋友，从中学到大学，再到研究生。转眼已是经年。世事浮沉，他们两个都在变化，昔日尖锐的棱角已被磨去了不少，人一直在变，唯独相伴相随的踏实感从未变过。

他一直觉得，是那个少年把他从魔鬼的手中一点一点拉了回来，让他重新找到了与这个世界和平相处的可能性。他的读心本领在慢慢衰弱，从最开始的只要掌心相贴，到现在只能在对方的意识并不清醒时，才能试着获取他内心真实的想法。也许是因为自己的刻意压制，或许是上天终于仁慈，决定慢慢收回那抹灵通。无论如何，他为此感到庆幸。

但是徐匪，那个那样独一无二的少年，现在似乎喜欢上了一个女人，一个自己介绍给他的女人。他不知道此刻心里究竟是什么滋味。从来没有设想过，在他和徐匪之间会有第三个人进入，这个人和徐匪的关系胜于了自己。

尽管他从没有怀疑，也从未抗拒过，徐匪会找一位足够体贴他，也能在他需要时给予关怀和帮助的女朋友，然后他们结婚。他的阿匪应当拥有一位美好贤惠的妻子。不过即便他的阿匪找了女朋友，结了婚，也依旧应当是自己的那个阿匪。他一直看重的阿匪，一直很看重他的阿匪。那个看起来很冷漠，其实心地非常真诚的少年，应该一直站在他的身后。只要阿匪还在，他就觉得自己还有足够的力量去面对这个光怪陆离的世界，觉得这个世界因此而还有它的可爱之处。

这种感情叫作什么，他不知道，一直以来也不想知道，不过，路棠的出现似乎在刺激着他去正视那份感情，那份已经超过朋友的在意。

一开始，他会把路棠介绍给阿匪，有两个初衷。初衷之一是这样两个从容貌到性格都相互对立的人，很适合作为素材。初衷之二，也是更重要的一点，只是希望他的阿匪能够多一些笑容。路棠是个很不错的人，她身上有一种特质，那种特质让人很难抵抗和她成为朋友，也让人很难不被她感染，不由自主地学着利用好周遭环境的一切资源去善待自己。一旦养成了这样的习性，慢慢幸福起来是十分必然的事。

阿匪和他一样，其实很寂寞，生活中最鲜活的颜色除了他和那两只小猫咪，也许并无其他，连他的生活都比他更丰富一些。既然有这个契机，如果能让阿匪多一位从不亏待自己，活得足够乐呵也懂得把握分寸尺度的朋友，当然是件好事，起码阿匪的笑容可能会多一些。

他几次煞费苦心的安排并没有白费，徐匪足够固执，不过路棠显然比他更加拗，只要给了她机会就会牢牢抓住，像一块牛皮糖一样让人甩都甩不掉。这一点在她当初一路追着非要当他的经纪人时，他就领悟到了。这一次，她同样死皮赖脸地，硬生生地走进了阿匪那个几乎封闭了所有入口的世界。他知道这里面也有自己的功劳，如果不是他作为媒介，阿匪未必会这么容易接受路棠。可是，他现在有点后悔了，那样相视而笑的默契，让他觉得很不舒服。

雾阳低头看了眼手里的Martini，这款常被人誉为鸡尾酒之王的烈酒，他第一次喝到的版本是徐匪调制的。酒如其人，锐利的口感，清澈不能忘的味道，纯粹的香气至今仍留在他的心间，经年难忘。

有些事，他还是要再确认一次。

Chapter 23

真心是什么

“路公子，今晚有没有空赏脸吃饭？”

路棠从一堆的封面样例中抬起头，像看一个神经病一样看着雾阳，“你吃错药了？这么一身泡妞的打扮来约我吃饭？”

雾阳非正式的穿衣风格分成特色鲜明的两种，一种偏近于自然主义，衣服的颜色花纹都非常简单，基本上以衬衫、T恤和牛仔裤为主。用他自己的话说，怎么舒服怎么来，当然整体看起来还是挺干净清新的，这种风格出现的频率也相对高一些。至于另一种，那就是怎么骚气怎么来了，哪怕他今天穿的西装外套严格来说还是属于休闲款的，但从涡旋纹的领带到手里拎着的那只扣饰吸睛的包包，处处都是小心机。

路棠跟他认识这么久，熟知这是他瞄上了哪位妹子，并且准备下手才会有的打扮。不过泡她？开什么国际玩笑。

“你不也是妞吗？”

看着面前这男人笑意盎然的面孔，听着他低沉温柔的语调……路棠的耐心告罄，她重新低下了头比较桌上的那几张封面，“爱哪儿玩哪玩而去，我今天没空陪你扮家家酒。再说就算要办，如果跟我一起，你也只能当新娘。”

“那我今天就屈尊当一回新娘了。”他的话音里带着调侃，语调却有几分不容拒绝。

路棠再次抬起了头，像看一个神经病一样看着他。

“诶，你知道，”雾阳的笑意突然一收，语气带上了两分无奈，三分困扰，“我这个人呢，特别喜欢溜出国去浪，特别是想做的事没有做成的时候，格外需要出去散散心。某个人啊，防这防那地总是防不住我在她眼皮子底下溜走，不过我好像还欠着某个人的稿子……”

某个人微微一笑，放下了手中捏得几乎要变形的封面，“这是你新想出来的拖稿滥招数？好，不管你今天玩什么花样，我都奉陪。不就是当一回新郎吗，我就当今天泡了个不那么可爱的妞，嗯？”

“路棠，”雾阳突然有几分认真地笑了，“你就没想过我是真的喜欢上你了？毕竟你也是个挺可爱的——女人。”

“打住，”路棠白了他一眼，刚刚被他用那样的目光看着，她背上生生起了一阵毛骨悚然的感觉，想了想颇有几分无奈，“历弦就算了，你难道不知道，我喜欢的是女人？”

雾阳继续真诚地对她微笑。

直到在他预定的西餐厅坐下，路棠才明白这个人今天如此反常的原因。

“你说什么？”她刚喝下的一口茶差点喷出来。

雾阳捏着面前的杯子慢慢转着圈，慢条斯理道：“你没听错。我的一个朋友看到我手机里我们的合照，他说对你一见钟情，想追你。”

“开什么玩笑？同志，一见钟情不是这样用的。”

“谁知道呢，毕竟我们路公子美得男女都莫辨了，因为口味特殊而对你一见倾心的男人，也不是没有过先例。”

口味特殊……她可真不喜欢这个听起来竟然莫名贴切的形容词。

雾阳的话里常常是几句真掺着几句假，不可全信，倒也不可不信，所以她估计有人看上自己是真的，不过不会真的眼瞎到来追她。路棠得出判断，心下一定，刚想问问是哪个家伙跟历弦一样审美这么独特，猛然间想起眼前这人的酒肉朋友几乎遍布全球，果断打消了念头。估计是她不认识的，否则他不会连名字都不跟她提及。

她捡了最关心的重点问，“所以，你今天整这么多幺蛾子，是打算做什么？”

雾阳似笑非笑地看着她，一脸意味深长的表情。

这种时候，装个毛线的神秘？路棠深吸了一口气压下涌蹿上来的暴躁，拿出了今天第三次看一个神经病的表情。

“唔，”他噘了噘嘴，语气里颇有几分大无畏的自我牺牲精神，“他人品还不错，所以我决定先来追你试试，看看好不好追，就当帮他探探路。”

路棠相信自己此刻的白眼已经翻出了太阳系。“雾阳小可爱，不说我们一起探讨过那么多泡妞攻略，我对你的套路有多熟。就算我不了解你的套路，你随便去青时拉一个人问问，我可能喜欢上男人？要真能喜欢，我不早就答应历弦了？”她伸出手按上身侧的手袋，真心地一笑，“说实话，我现在已经很想抡包扁你了。”借着要拖稿开溜的由头让她放下手头的工作出来陪他吃饭，竟然真的是来玩过家家的，路棠确信他真心是活得不耐烦了。

“行行行，你别冲动。”雾阳对她做了一个安抚的手势，收回那副欠扁的表情，神色带上了几分认真与严肃，“OK，路棠，不开玩笑。那位朋友，怎么说，某种程度上来说于我有恩，人品可靠也是真的，于情于理，我都希望在这件事上尽可能帮他做出正确的判断和选择。所以我现在认真地问你，你有没有可能考虑和一个男人谈恋爱？”

听到那句“于我有恩”的时候，路棠还狐疑了一下，想着谁能那么大本事，能让雾阳这精明的小浑蛋欠下人情。等她听到那句“考虑和一个男人谈恋爱”，没有一秒的迟疑，路棠下意识就飞快地摇了摇头。“虽然你是在扯淡的可能性比较大，不过假如真有其事，请帮我向你的那位朋友转达，谢谢他的青眼，不过，我不喜欢男人。”

雾阳仔细观察着她说这句话时全程的细微表情，确定她并没有流露任何犹疑或是不确定之后，神色柔和了几分，抿了一口柠檬水笑着问她，“为什么不喜欢男人？你这可是性别歧视。”

路棠嘴角不禁一抽，这对话简直是没办法继续进行下去，这小子什么时候变得这么爱刨根究底她的私生活了？烦躁之下决定以毒攻毒，抛了一个同样真诚的问题给他，“那么不性别歧视的你，为什么不喜欢男人？”

雾阳一愣，笑着岔开了话题，跟她讨论起餐厅里的女服务员们。

路棠此生三大爱好，好吃的排第一，有趣的故事排第三，占了第二位置的就是高颜值的妹子了，阅之赏心，撩之乐心，立刻被转移了注意力。

雾阳看着她因为对这个话题十分感兴趣而神采飞扬的模样，不禁想起第一次见到她时的场景，那个时候她的目光也是这般明亮，里面蕴藏着自信而坚韧的光彩。不管他让她吃了多少次闭门羹，她始终不愿意放弃，坚定到有些执拗地跟着他来来去去地一路劝说。其实那个时候，他根本就不觉得自己为了记录与抒发一些日常情绪而发表在博客上的文字能有多大市场价值，但是最终路棠的执拗让他相信了。他跟着彼时在青时文化还算一无所有的她，踏进了一个此前完全陌生的领域，开始了一段短暂却又十分漫长的打磨时光。最终，“雾阳”这个名字成了读者心中一个特别却不轻的符号，路棠也凭借他逐渐在青时站稳了脚跟。不知不觉间，他们已经认识、合作了这么多年。

其实，路棠的确没有什么值得他怀疑的，他们认识了三年，雾阳见过她在各种场合下被女人搭讪，也见过她主动去撩女人，却没有见她与任何一个男人保持了友情以上的关系。当然，偶尔也会出现极少数偏好她这个长相的男人，不过无一例外都被拒绝了，以最简单明了与直接的方式。历弦已经算是意外中的意外了。

“怎么，还在想你那位朋友？聊妹子都能走神。”路棠伸出一根手指，在桌面上敲了两下。

雾阳扬眉一笑，“我觉得，还是那个栗色头发的妹子比较有质感。”

“啧啧，论一心二用的本事，你认第二，没人敢认第一。”

雾阳笑着收下了她的褒奖，慢慢敛去眼眸中的情绪。

Chapter 24

来自酒吧的召唤

“解妙”酒吧。

时间已经将近10点，舒缓迷离的灯光轻晃着照耀在人的身上，踩着节奏点的音乐从播放器中以并不慢的速度流淌出来，S市的年轻男女们在这里释放着自己一天的压力。人生苦短，不如及时行乐。

不过这样的环境里，却有一个人已经保持着看手机的动作不变将近一个小时了。看到第三个主动搭讪的美女被直接无视，他的同伴终于忍不住上前为美女们抱不平。“我说历大公子，你已经盯着你的手机快一晚上了，有美人搭讪也不理，是不是太不解风情了。特地来‘解妙’，难道是为了来看手机的？那你不如留在家里看。”

历弦闻言，连头也没抬，笑道：“怎么，今天是我拉你出来的吗？”

“当然，是我找你出来的，不过早知道你是来玩手机的，我宁愿一个人过来。”说着，他凑近历弦的手机瞄了一眼，心道这是看什么稀世珍宝呢，值得看这么久。

出乎他的意料，那只手机还维持着锁屏的状态，锁屏的壁纸是一个笑得十分灿烂的……男人？不对。他的面色变得古怪起来，“不要告诉我，因为你的那位初恋嫁作人妇，你被刺激地转了性向。”

“说什么呢，”历弦抬起手给了他的脑袋一掌，“她是女的。”

“我去。”同伴显然受到了惊吓，音量都不由自主提高了，“哥们儿，你口味可真独特。”

历弦没理他。

“不过，看起来你挺喜欢她的嘛。连你初恋都没见你盯着人家照片看这么久过，还用作锁屏，啧啧，这酸臭的恋爱气息。”

“不，我们没有恋爱，事实上，我还在追她。”

“还在追，你已经用人家照片作手机锁屏了，什么情况？”

历弦把事情的来龙去脉简单提了一下，同伴听完顿时眯起了眼，“合着追了这么久，你们最亲密的接触也就是亲了一下脸蛋儿，还是借着那次真心话大冒险的名义。你甚至不能确定她究竟是喜欢男人还是女人？”无视历大公子因为伤疤被再一次揭开而投过来带了几分恼怒的目光，他继续吐槽，“历弦，你可真不愧为我们班的纯情小王子，让我说你蠢呢还是蠢呢？”

历弦手臂一伸一把勾过他的脖子，用了几分力气压紧，“好啊，那你这个情场小浪子来给我出出主意吧。要是想不出好的主意，你今晚就别想活着走出‘解妙’了。”

情场小浪子十分费力地把他的手臂微微掰开了一点，一双桃花眼眯了眯道：“既然你这么看得起我，要说主意，倒也不是没有……”说着，他贴近历弦的耳朵轻声嘀咕了几句。

“这……可行吗？”历弦露出几分怀疑的表情。

“有什么不可行的，既然她是回避型人格，你就要猛一点，不然你们的关系永远都是在原地踏步。你就是思前想后，太多顾虑了……再说，就算惊到了人家，不还有你妹妹从中调和呢嘛。”

历弦被他说的有几分动心，划开了锁屏。

惊池小区。

路棠正跟徐匪一起给两只小猫做锻炼，她发现徐匪为小黑小白安排的诸多“健身教程”中，自己最喜欢的就是跑步机一项。这款设计十分简洁的猫咪跑步机，是美国加州的一位发明者根据小仓鼠们喜爱的运动轮复制而来的。

这款跑步机能不能如它的设计者所言，帮助家猫们有效宣泄它们过剩的精力她不知道，她只知道每次进行这项运动，小黑和小白都是一脸壮士赴义的惨痛表情。不要问她怎么能读懂猫咪的表情，单从两只小猫对房间里的许多器材都是十分喜欢，有事没事就要抓抓蹭蹭，唯独见到这个器材，一定会绕着走的行为就可见一斑。何况每次徐匪抱起它们上器材的时候，它们全程都是用力挥舞着四只小爪子努力表达着自己的抗拒。其中，小黑的抗拒精神尤为显著，如果不是慑于徐爸爸多年的“淫威”，路棠估计它早就造反了。

当然，徐匪作为严父派代表人物，小黑和小白的“偷懒提议”，很直接地被他无视了。“小黑，你要向小白妹妹好好学习，乖乖跑完这一程。维持好身材呢，从来都是要付出代价的。”

路棠看着在跑步机上飞快迈着步伐的小黑，面上耐心友爱的“谆谆劝导”，心里已经幸灾乐祸翻了天。为什么看着小黑同志受苦，她就这么开心呢。小黑如果能听懂自己在说什么，估计要气瘫在跑步机上，想到那个场景，她不由笑得更加开心。不过徐匪真不愧是一位严格的爸爸，平时那么疼爱两只小猫咪，吃的用的一律都是精雕细作，简直是捧在了手心里，让它们做起体育锻炼来也是异常冷静，毫不手软。有几次路棠看着它们一副累到软趴趴的模样都心疼了，他还是丝毫不为所动，坚定地奉行“生命在于运动”这一政策。啧，这样的人，幸亏被他管的对象不是自己。这么想着，路棠不由自主看向了身旁那人。

感觉到她投射在自己身上的视线，徐匪转过头去问，“怎么了？”

路棠刚要说话，搁在桌上的手机突然震动了起来，伴随着一阵在一片静谧中略显刺耳的铃声。除了工作上的事情，很少会有人在这个时间点打电话给她，路棠感觉右眼皮一阵跳动，连忙走过去拿起手机。

“Hello，是青时文化的路棠吗？”电话里传来了一个全然陌生的男声。

……

徐匪看她接完电话之后神情有些异样，刚要开口，路棠已经一把抓起了桌上的风衣，神色带上了几分焦急，“不好意思，有点事情，我先回去了。”

这个时候，急事？

路棠正要跨出猫咪寝房，冷不防手臂被身后的人一把拉住。她讶异地看向他。

徐匪并没有松开手，淡声询问道：“谁的电话？”

路棠犹豫了一下，“历弦。”

他果然挑起了眉头，提醒道：“保持距离？”

“我没忘，”事情来得突然，路棠也有些心烦意乱，语气不由带上了几分烦躁，“今天的情况特殊，他在‘解妙’喝醉了，惹了点小麻烦。”

事实上，如果不是看在历雅跟自己是多年朋友的分儿上，历弦的人品也还算可以，如果不是那么凑巧历雅现在人不在S市，而她又没有历家兄妹其他朋友的联络方式，今天这事儿，她还真不想管。

徐匪读到了她语气中的几分不耐，抿了抿唇，松开了手，转过身去淡淡地看着小黑跑步。她既然已经有了判断，自己又何必多事，真是越活越回去了。

路棠察觉到他似乎有点生气，心里不由有点歉疚，毕竟人家也是为了自己考虑，善意的提醒。不过她现在没有充足的时间来跟他解释，只能等以后再找合适的机会了。想毕，她换了鞋子匆匆离开。

听着她关门离去的声音，徐匪心里莫名地一沉。

Chapter 25

跌宕起伏的一晚

路棠很快来到了“解妙”，电话里那个男人说的那处角落并不难找，她很快见到了历弦。只不过她看到的历弦，是安然无恙的历弦，看起来并没有喝醉酒也没有在闹事。

见到她来，历弦收起了一直盯着的手机，开心地一笑，眼中还有几分惊喜，“路棠，你真的来了。”

“我——靠，玩我呢。”路棠没忍住爆了句粗口，转身就走。

不过她没走成，因为历大公子从后面走过来，一把抱住了她。他的声音带上了一分无奈，还有一丝不甘愿，“路棠，你怎么就这么狠心。怎么就不能给我一次机会呢？”

路棠挣扎了一下，却感觉到抱着自己的人力气也加大了几分。

“历弦，我再跟你说一遍。”她的声音很平静，也很认真，“你很好，硬件条件和软件条件都很好，如果我是个正常女人，一定会对你心动。不过现在的我不喜欢男人，这是事实。我尊重你，也请你尊重我，好吗？”

身后的人没有说话，路棠再次试图挣开他的桎梏，却发现历弦手臂的力气没有减小过分毫。

“如果，我就是不放你走呢。”身后传来有几分低哑的声音，伴随着他又收紧了一些的手臂。

我靠……这都是什么事儿，难不成他还打算霸王硬上弓？如果能预见到这一幕，今晚打死她也不会来“解妙”，果然酒吧这地方就是跟自己八字相冲。她会过来，很大一部分原因建立在对历弦的信任上。尽管他一直都没有放弃过追求她，但因为良好的家教，从没有对她有太过放肆的举动，上次亲了她，还是借着与朋友真心话大冒险的名义。否则即便路棠长得看起来比男人还男人，她今晚也不会过来“解妙”，因为她的本质还是个女人。醉酒的男人，无论如何都有几分危险。今晚的历弦，实在太反常了。

“历弦……”她的话音被生生掐灭了，僵着一动也不敢动，因为身后那个男人已经把头埋在了她的颈窝处，灼热的气息喷洒在皮肤上，带来一阵异样的触感。

“你总说自己是喜欢女人的，我却不相信，我的直觉一向很准。现在我们来验证一下好了。如果你是真的喜欢女人，不能接受男人，那我就放弃。”他的话音里带着几许缠绵悱恻的温柔，“如果是以往，我也许不敢。不过今天，我喝了点酒。也许你看不出来，不过酒精确实壮人胆，今天我也想放肆一回。”他话里的意思已经很明显了。

路棠的眉皱成了一个“川”字，喝醉了酒却不显的男人真是比醉了撒酒疯的男人危险一千倍，原本她是打算把历弦扔上出租车就走的，现在她该怎么办？平时多么不女人也好，男人和女人的生理构造天生就不一样，她的力气敌不过一个男人，何况历弦还是一个有着良好健身习惯的男人。不管她用了多少力气去反抗，身后那人的手臂仍旧在一点点地收紧，原本安静地埋在她颈窝处的脑袋也已经开始有些不安分了。

路棠闭了闭眼，复又睁开，神情一片冷漠，“历弦，现在停止，我们还可能是朋友。不要让我恨你。”

历弦的动作一顿，继而手臂扣紧了她的腰，声音低而哑，“不，也许从今天开始，你会接受我。”

这就是男人，总是那么自以为是。对于有些人来说，并不是身体被占有，就会真正诚服。她的身体被他牢牢抓着，根本分毫不能动弹，路棠的大脑开始飞速运转起来，思考对策。

“这就是你说的情况特殊？”一道冷淡而熟悉的嗓音突兀地响起，打破了在这一片昏暗中悄然进行着的暧昧。

“徐匪！”不管他为什么会出现在这里，现在于她都不啻于天降神兵。

“徐美人，我错了，不应该枉顾你的忠告，”路棠十分诚恳地认了错，感觉到历弦的动作虽然停了下来，但并没有松开她的意思，顾不得尴尬，赶紧向徐匪求救，“帮帮忙啊！”

仿佛对三人现在所处的尴尬场景毫无所察，徐匪淡淡道：“帮什么？”

如果现在面前有堵墙，路棠觉得自己一定直接撞上去。这都叫什么事儿，她甚至不知道徐匪究竟是真没看懂还是尽管看懂了却不能正确判断形势，不能判断自己究竟是被人霸王硬上弓了还是在半推半就中……不过现在这样的情况，让她怎么跟他解释。不说她自己都还没完全理清到底是怎么一回事儿就强行解释，也太尴尬太丢脸了，可如果不解释，看那位冷漠大爷的意思，是插了一句话就打算袖手旁观了。她想起了莎翁的著作《哈姆雷特》中非常有名的一句话：生存，还是毁灭，这是个问题。

“这位朋友，你难道不懂得非礼勿视？”路棠还在天人交战中，身后的历弦已经慢慢抬起了头，把她更深地拢入了自己怀中，静静地与徐匪对视。

看到他的动作，徐匪的眉几不可见地一皱，没有回答他，只看向路棠，又问了一遍：“需要我帮什么忙？如果不需要，我先走了。”

“喂你等等，”看徐匪理了理衣服，一副真的要走的样子，她也顾不得这许多了，妥协道：“他喝醉了，你帮我把他拉开。”

历弦闻言皱起了眉，“路棠……”

“你别说话。”徐匪走了过来，淡淡道：“我看他，根本没有喝醉。”

他伸出的手被一个人拦住了，“怎么？我哥们儿谈个恋爱，还要你个外人来横插一脚。”眼见好友即将一偿夙愿，气氛正好的时候却突然出现了这个莫名其妙的人，还一脸淡定地干扰他们，情场小浪子同学终于坐不住了。

不过等那个莫名其妙的人转过头来，情场小浪子才发现这个人的面孔十分熟悉，仔细想了想，不由“卧槽”一声，“是你？”

徐匪抬眉看了他一眼，记起了此人正是不久前在另一个酒吧试图搭讪——也许说骚扰更加合适的，那位桃花眼青年。

桃花眼青年看了眼他，又看了眼路棠，与记忆中的几张人脸一对比，终于明白为什么自己第一眼看到路棠的照片就觉得莫名的眼熟。他当初就是被眼前这两个人联合起来糊弄了一番，新仇加上旧恨，他扣着徐匪的手又加上了几分力道，笑道：“今天我哥们儿的事，谁也别想搞砸了。”

徐匪手腕一个轻巧的翻转，从他的手中脱了出来，看向历弦，淡声问道：“你真的要枉顾她的意愿，霸王硬上弓？”

“霸王硬上弓”这样带了几分暧昧色彩的词，经由他用这样平淡的语气说出来，十分怪异，路棠觉得自己隐藏在昏暗光线里的脸颊有些微微发热。

历弦并没有回答他。事实上，如果他此刻是清醒的，早就已经松开了手，但在酒精的作用下，他的思维并不清晰，甚至有些混乱，下意识地不想放开怀中的人。而且他隐隐地感觉到，现在一旦松开手，他可能再也无法靠近这个心心念念的人了。因此，他只是紧紧地抱着路棠没有说话。

见状，徐匪的唇线抿成了一条直线，冷峭的气息从眼神中逐渐蔓延出来。

路棠心里“咯噔”一声，这是他生气的前兆，而且似乎他生气的对象中，很可能也包括了自己。徐匪待人总是淡淡的，但很少动怒，而一旦真的生气了，那就非常难哄回来，她有幸目睹过一次。雾阳少年曾经不幸误触了他的逆鳞，那经历悲惨得路棠都不忍心回忆第二次。想到自己花了这么多心血才跟徐美人有现在这样良好融洽的关系，她不禁有些后悔把他卷进了这场是非中。是她低估了酒虫上脑的历大公子的赖皮程度，早知道她宁愿自己跟人拼一场"鱼死网破"，也不想白费了自己这几个月在徐匪身上投入的心血。

"哗"的一声，她还没看清徐匪的动作，人已经从历弦的怀中被一把拉了出来，紧接着跌进了另一个清冷的怀里。不过，下一秒她就被怀抱的主人不动声色地推开了几分。嗯，应该是表示对她的嫌弃。

"呵，"回过神来的桃花眼冷笑了一声，拳已经勾了过来，"就没见过你这么吃饱了撑的，不好好教训教训你还真是不知道分寸。"

徐匪一个侧身避过他的攻势，手一推把路棠推到了一边，很快出手和桃花眼你一拳我一脚攻守起来。桃花眼的身手不错，出招很快，不过徐匪接招回攻的速度也不慢，一时之间倒也难分伯仲，也幸而这片角落早就被包下了，并没有人凑过来看热闹。

路棠回过神来，看到不远处已经清醒一点了的历弦似乎有上去帮桃花眼忙的意思，不由提高音量喊道："历弦！你还想闹什么？"

听到她的声音，历弦一怔，回过头来看她。

"怎么？"路棠的声音终于带上了几分冰冷，同时一步步走近他，"今晚这么羞辱我，还没闹够，非要大家都挂上彩？这就是你所谓的喜欢，口口声声的尊重，霸王硬上弓吗？"最后几个字，她说得一字一顿，咬字十分用力，字字含着冰寒。

"路棠，我……"他的手不由自主搭上了她的肩膀，试图解释。

徐匪分神看了他们一眼，眼底已经是一片冰天雪地，险险避过桃花眼趁机袭过来的腿，带着一片肃杀之意冲着路棠开口道："帮不上忙就先滚回去，别让我后悔动手。”

反应过来的路棠一把打掉了历弦放在自己肩上的手，怒道：“还不让你朋友停手，过家家呢，几岁了！幼稚园还没毕业？”

历弦还没开口，桃花眼被她的话重伤到了，“我靠，幼稚园！”他已经快到三十岁了，最恨别人说自己幼稚。

他一分神，徐匪立刻占了上风，不过徐匪并没有恋战，草草压下他的攻势后转身拉起路棠就走。

历弦怔怔地愣在原地，看着莫名登对的两个人慢慢离开了视线。

“我去，”从地上爬起来的桃花眼拍了拍屁股上几乎不存在的灰尘，恨铁不成钢道：“哥们儿你怎么不追啊？”

回过神来的历弦转头看了他一眼，有些颓然地跌坐在了沙发上。追，还有必要吗？那个笑起来仿佛有阳光拂面的女人，他是真的不甘心。可是能怎么办呢？这一次，是他做错了。

另一边，一跨出“解妙”的大门，一直沉默着的男人就放开了手里一直拽着的人，唇线抿得笔直，往停车场走，脚步不停，眼神也没有丢回来一个给身后的人。

完蛋了，完蛋了，完蛋了……路棠脑海里飞快飘过的都是这三个字，毋庸置疑，现在的情况是徐匪很生气，后果很严重。平时反应十分灵活的大脑此刻像是完全宕机了一样，别说是缓和气氛的俏皮话，连一句干瘪的话她都憋不出来，事实上，她自己也还没完全从今晚这一连串的风波中回过神来。

原本她只是想让徐匪拉自己一把，历弦也是个骄傲的人，不会到那种时候了还不肯松手的，哪知他今晚真的喝多了，竟然有些死皮赖脸不管不顾起来。接着剧情就一路脱离了自己的预计，反设定走完了全程，最后还累得徐匪跟那个桃花眼干了一架，他们才能脱身。虽说徐匪的身手好得出乎她的预料，没被那挑事的混蛋桃花眼伤到，可总归是因为自己，被迫和人打了一架。

从小到大，因为父亲早逝，向来什么事情路棠都习惯了自己解决，日子久了，她习惯了自己搞定一切，最怕的就是欠人人情。人情这东西没有明确的界限，欠了实在很难还清，而耽搁的时间越久，则越难还清。所以之前因为徐匪的事找雾阳帮忙，路棠用最快的速度通过手里的资源，请吃饭，给假期，包旅游等一系列行动基本还清了那笔“债”。结果今天她就欠了徐匪这么大一个人情债，让她心虚地在他面前机灵都抖不起来了，一句幽默风趣的调节气氛之言都讲不出来。

不过现在，她绝对不能放任走在前面的那个人就这样一个人离开。今晚徐匪出于朋友道义来了酒吧，还为她动了手，如果她不把事情圆回来，抚平他心底的毛躁，等他冷静下来想清楚是她把他拖进了浑水里，很可能一个冷笑就把她关进永不往来的黑名单里。这绝对是徐匪能做出来的事。而且怎么说今晚都是他救自己于水火之中，受人恩惠，她都没有脸和理由上门去蹭吃蹭喝蹭猫了，更别提让他答应出书。如果现在历弦在她面前，她一定二话不说，马上弄死那混蛋。不过现在的重点，显然是如何哄回面前这位英雄。

看着徐匪从裤子口袋里拿出车钥匙，对着那辆黑色的宝马就要按下开锁，路棠一个激灵快步走了上去，一把按住了他的手，也制止了他的动作。

徐匪抬头看她，面上没有一点表情。

完蛋。路棠痛定思痛，努力凝神忽略他身上的慑人气场，强行露出了一个……非常谄媚的笑容。“徐匪，我打车过来的。这个点可能叫不到车了，你能不能顺路捎我一段哈？”

如果自己像小白小黑一样有尾巴，此刻也一定摇得非常缓慢，非常可怜兮兮。当务之急，她一定要坐上这辆顺风车。在他一个冷笑把自己关进黑名单之前，时间就是金钱，一定要尽所有办法哄回这尊大佛。节操先放一边了。

“不能。”语调平淡，言简意赅。说完，他面无表情地掰开了路棠死死抓着的手，按下了开锁键。

“徐匪——”我靠，这个没有人道主义关怀精神的混蛋。

走在前面的人没理她，打开车门坐了进去，神色冷淡，扣上安全带，手扣上了方向盘，动作行云流水，一气呵成。

站在车外几乎回不过神来的路棠，在徐匪的车开出去的前一秒，以常人不能想象的速度迅速打开了与徐匪同侧的后车门，坐了进去。人还没坐稳，驾驶座上的人已经打了方向盘，车子飞快地开了出去，路棠被颠得差点从座位上翻下来。

她收回之前给出的徐匪是个还不错的人，值得相交的评价，这人太不懂得怜香惜玉了。虽说比起他，自己可能算不上是“香玉”，不过自己好歹还是个女的，这也太没有绅士风度了。小气鬼，活该一直没找到女朋友。不，也许是有的。他和骆语薇之间的暧昧，她一直下意识忽略了，现在却突然清晰地浮现在了脑海里。男女朋友应该不会是他们这样的吧？可是谁知道呢？

徐匪从来就是个很被动的人，他们已经认识了这么久，他不怎么会管她到他家蹭吃蹭喝，却从来没有去过她家。而骆语薇一直是个矜持的人，同样的被动。

路棠一时出神。

车渐渐开上马路，速度平稳下来，刚刚的一阵颠翻带来的恶心感也好了不少，路棠回过神来，决定不跟他计较，先缓和一下气氛，此刻车里的氛围实在太安静太压抑了。

“徐匪，没看出你身手这么好，刚刚把那桃花眼打的，那是屁滚尿流啊。”

开车的人并没有理她。

“呵呵，”她干笑了两声，“那个，今晚多亏你了，我也没想到历弦那小子一个精虫上脑，竟然会对我一个喜欢女人的人下手，真是细思极恐，多亏了你。”

她说完这句话，车里依旧一片安静，呼吸可闻。徐匪，你大爷的。

“那啥，今天晚上你跟天降神兵一样，真的太帅气了，我要是个……正常女人，一定立马就爱上你了。”

还是不理她。

“改明儿我让人做面锦旗，挂小白小黑房里，让它们看看爸爸的英雄事迹，好好学习学习。”

安静，可怕的安静。

上次她还在心里暗暗嘲笑，雾阳个蠢货竟然敢惹到徐匪大爷，不知道他生起气来能冻死人么，今天就报应到自己身上了。因果循环，报应不爽。

在路棠一路的“自言自语”中，徐匪的车很快到了惊池小区，她有些忐忑不安地下车，再一次向车上的人表达了感谢以及轻声道了别，再一次仿佛被当成了空气。

路棠关了车门，想着自己是不是真的要考虑一下取消徐匪这个选题。

出乎她的预料，徐美人摇下了车窗，已经冷静下来的声音淡淡传来，“既然不愿意就保持距离，不是每一次，你都有今天的运气。”

什么？路棠抬起头看他，眼中冒出了希冀与感动之光。她就知道徐匪是个好人，面冷心软，这种时候了还在为自己考虑，提点她。

“徐匪……”

她感动的话还没说出口，那个让自己感动不已的男人已经摇上了车窗，绝尘而去。

徐匪——你大爷的！

Chapter 26

直面你的心

自从那夜被徐匪搭救，很长一段时间，路棠都没有登徐匪家的门。一部分原因是她手头新签了一位作者，新人很有灵气，但在这个行业仍纯属白纸一张，很多事都要她带着一点点重新学起。但不可否认，最主要的原因是她不确定那位徐姓英雄是不是还在生自己的气。

不过也不能就这样拖着，刚好雾阳同学从台湾地区浪了一小周回来，路棠便委托他帮自己打探一下。

“阿匪不会轻易动怒，你做什么了，这么担心？”

路棠嘴角微微一抽，“你之前不是也惹到过他一次吗。”

“我是不小心犯了他的忌讳。更何况那是我。对女人，这几年几乎没有过。”看着一向胆子很大的路棠心虚成这个样子，他的眼睛一跳，又问了一遍，“你做什么了？”

“呃……其实，事情是这样的……”路棠把事情的经过简单跟他复述了一遍。

雾阳开始神色平静，听到历弦把她骗去酒吧后，还有几分幸灾乐祸，不过听她说到徐匪也出现在了“解妙”之后，神情有了几分微妙，直到，“你说，他在‘解妙’跟人动手了？”雾阳从沙发上站了起来，看着路棠的眼神甚至有一秒锐利而刺人。

路棠心里一惊，不过再仔细一看，他似乎又变回了之前那副表情。她不由心想，也许是徐匪生气这件事给的精神压力太大，以至于对着雾阳都出现了幻觉，揉了揉太阳穴让自己清醒一些，安抚他道：“你别激动。虽然动手了，不过他的身手还行，没有受伤。就是他看起来挺生气的。”

雾阳闻言，仿佛在自言自语般低喃道：“他当然生气……”

他的声音太低，路棠没听清他说了什么，靠近了一些道：“什么？”

“没什么。”雾阳回过神来，“所以，你想让我帮你试探一下，他还有没有在生气？”

“嗯，你也知道，在徐匪这个选题上，我投入了不少精力，现在放弃，沉没成本太大。不过，如果真的没什么希望，我也要早作断腕的准备。”

“好。我现在就去探探他的口风。”说完，他便笑着出了门。

诶？这么急。“多谢了，雾阳小可爱。”路棠冲着他的背影喊了一句。

不远处，雾阳摆了摆手作为回应。口风要探，自己要的素材也取到这里为止吧。那些错位了的情绪，应该结束了。

一个小时后。

惊池小区7幢602号，门铃欢快地一阵跳动，这个一短一长的节奏，是某个厚脸皮女人的特征。徐匪的唇线抿得笔直，走过去打开门。

“怎么，看到是我很失望？”门外站着一位清新如同少年的男人，不是雾阳还有谁。

“没有。”

“没有。”雾阳模仿他的冷淡语气重复了一遍，“我家那位胆子一向很大的经纪人这回被你吓到了，心虚得不敢登门，拜托我来探你的口风。”

徐匪倒着水的手微微一顿，继而慢慢往杯子里继续倒水，“探什么？”

“探你还有没有在生气。”他接过徐匪递过来的水杯，坐到客厅里的黄金位置上，叹道：“好久没坐这个位置了，还真想念。”

徐匪瞥了他一眼，抱起蹭到脚边的小白一下一下抚摸它身上柔软的长毛。

“阿匪，其实我利用了你一把，在把你介绍给路棠这件事上。”雾阳突然开口，声音听起来有几分邈远。

“我知道。”

早在第一次，在那个周二晚上见到路棠出现在惊池酒吧时，他就对雾阳所谓不好拒绝的来自经纪人的请求之说有了怀疑，只不过凭着两人这么多年的情分，也凭自己对他的了解与信任，他没有去深究背后的原因。雾阳不会伤害他。

“你知道啊，不愧是阿匪。”他笑了一声，“你们两个，于我而言都很特别，对你们的脾性，我也算小有了解。所以路棠第一次问我，能不能帮你们牵线见面时，我突然意识到，你们两个会产生交集，本身就是一种奇特的缘分。你们在很多方面都像是对立的两端，不过也正因为如此，就像磁铁的正负两极，很可能互相吸引而产生某些反应。”

徐匪一直淡淡地听着，他就继续说：“我知道路棠喜欢女人，而你大约是不会喜欢人的，倒是不用担心闹出情感纠纷。”说到这里，雾阳笑了笑，“你知道，感情这东西，很容易灼伤一个人，亲情也罢，爱情尤甚，说不定还要牵连身边的朋友，比如我。基于对你们的了解，我相信你们的接触会产生很多可能性，但其中应该不包括爱情，所以放心地安排了那次碰面。甚至对你们之间进一步的接触也稍微使了点力，想着也许可以借用你们之间的发展，作为新素材的源码。可是不知不觉间，我好像也成了故事中人。”

说到这里，他抬头看了眼眉目精致却依旧沉稳的人，慢慢地笑了，“阿匪，你总是这样对什么都不感兴趣的冷淡性子，怎么能追到人家呢。你看，她已经被你吓得不敢上门了。”

徐匪终于抬起了头，目光灼然地看向他，“你在说什么？”

看到他的反应，雾阳的心一点点慢慢沉了下去。“我的经纪人，路棠，你对她很有好感。不，准确来说，那种好感可能已经是程度不浅的喜欢了。这么多年来，从来没有一个女人能够这么接近你的生活。路棠一直以为骆语薇跟你之前有暧昧，怎么可能？”

“喵……”徐匪怀里抱着的小白因为主人放在自己背上的手力度突然加大而叫了一声。

“经过了当年那件事，你怎么会为一个说穿了其实跟你没有多大关系的人而动手，除非那个人已经特殊到让你可以违背对她的诺言。”他把“动手”两个字说得格外清晰，“徐匪，你还记得当年你说过什么吗？”

“我答应过她，不会轻易跟人动手。”他的声音很轻，眼神却慢慢冷静下来，“不过如果那天她在，也不会阻拦我。”

雾阳没有说话。

“至于你说的喜欢……”他没有继续说下去，看着怀里的一片纯白陷入了沉默。

自从那个人离开，喜欢或是爱这种情感，早就被他排除在自己的世界之外。家里姊妹众多，他与家人的关系也一向淡薄，不需要他负担繁衍后代的责任。他也没有打算再找一个人，与她结婚生子。他需要的从来就不多，有两个朋友，有小黑小白，足够了。

但是从什么时候起，那张怀着轻暖笑意的面孔，那个与小白的性子像了有九分的女人，逐渐扎根在了自己心底，留下牢固得无法抹去的轮廓？那个人吃起东西来很认真，耍无赖的时候让人无可奈何，黏着自己的时候，比小白还难甩脱……也许她接近自己只是为了找机会让他答应与青时文化的合作，却在不经意间一步步闯进了他的心里。

那晚因为她在“解妙”跟人动手之后，他的确很生气，气她的粗心大意，一个酒醉的男人，岂是她一个女人可以料理的，何况这个男人还对她有不浅的私心，如果不是他及时赶到，后果她可承担得起？另外，却是在生自己的气，已经劝告过她，朋友之义他已经尽了，她既然还是去了就自己承担后果吧。可是为什么在她出门不久，连细想都来不及，他已经出现在了停车场。这些年来，他少有冲动行事的时候，习惯了先谋而后定，却一次、两次地为她破例。那晚从“解妙”出来之后，他突然发现，身后那个女人，他已经不知道该如何应对，某些情绪隐隐地要破土而出，终是被他压了回去。全程无论她如何讨巧说笑，他始终冷漠以待，却在她下车的时候，在后视镜里看到那张懊恼委屈的面孔后，忍不住启口安慰，却说了没几句就不得不立刻开车离开……他怕再多待一秒，有些东西就真的掌控不住了。

这几天，她一直没有来找自己，他既有几分庆幸她没有出现，又隐隐地有些期待她按响门铃，仿佛再一次见到她，有些东西就能确定了。路棠，路棠，路棠，这两个字缠绕在心间，带来了一阵与温柔十分相似的窒息感。

“阿匪，你已经对她动了感情了。”雾阳突然开口，语气肯定，“但她喜欢女人，即便如此，你也要继续吗？”

徐匪轻轻摸着小白的头，没有说话。

记忆中小白母亲的主人，那个笑起来像有阳光洒落的女孩，分别之前跟自己说：“阿匪，我希望你能找到真正的幸福，属于你的幸福。我所做的一切，只是为了自己的心，你不要内疚。忘记，有时候也是一种成全。”

这世间最让人痛恨的，或许就是弄人的命运。因为它的无心无情，便肆意将人的喜怒哀乐兜转于股掌之间，铸就了几多生离，又刻下了多少死别，全然不顾受劫之人是否能够承受。在她离开这么多年之后，他好像终于找到了那个让自己心动与在意的女人，可这个女人，偏偏也喜欢女人。

Chapter 27

你在，害怕什么

从徐匪家出来，雾阳开车径直去了青时文化大楼，坐电梯到了路棠的办公室所在楼层。但在走到路棠的办公室门口时，看着关闭着的房门，他慢慢停下了脚步。

“雾阳，你找路棠吗？”经过的Jenny冲他打招呼，“她刚刚被人力资源部的人拉去培训新人了，手机还搁在办公室呢，如果急的话我帮你打周姐电话吧。”

周姐是青时文化的培训中心总监，雾阳思索了两秒，微微一笑，“不用了，也不是什么急事。关于《赤言》，我有些新的想法罢了，如果她回来了，帮我跟她说一声，我在第三会议室。”

“好的。”

雾阳目送她离开，转身朝着另一个方向走了过去。

第三会议室，由三个独立的小单间拼接而成，一间是茶水间，供人头脑风暴之后休憩用，一间是会议室，一侧的桌子上还摆放着好几台液晶电脑，也是进行会议的主阵地，另外一间则是解决正常生理需求的洗手间，装修偏性冷淡风。

雾阳很喜欢这里，尤其喜欢独自一人待在这里的感觉，这里足够安静。而且一旦有人进入，很少会再有其他人不识趣地进来，并不宽敞，所以给人一种仿佛被安全地包裹起来的感觉，让他的心境也慢慢安定下来，可以慢慢整理自己的思路，把要思考的问题逐条梳理清楚。

现在，尽管不希望，不过阿匪的确已经对路棠产生了男女之情。这件事在他的预料之外，又像是某种注定。一个活泼生动的女人，一个常年封闭自己柔软真心的男人，他们的纠缠能产生感情的概率其实很高。他盲目的自信，终于带来了现在最不想见到的结果之一。

路棠这个人，他总觉得不是货真价实的女人，作为朋友来交往也许相当不错，可是如果把她作为未来的伴侣来设想，他完全无法接受。所以他一直不理解，为什么诸如历弦等人会这么放不下她，最初他认为那可以用越是得不到的越让人渴求来解释。可是阿匪也对路棠产生了那样的感情。他觉得有些后悔，他不应该用自己的视角去判断阿匪可能做出的选择。每个人的成长经历和性格都存在差异，即便是极其细微的差异，那也注定了两个人不可能真的完全感同身受。只不过当时对他们两个之间可能碰撞出的有趣化学反应的渴望，让他暂时性地忽略了这一点，他的前半段人生过得太过辛苦，后半段虽然还算平和稳定，却太过单调，所以他喜欢猎奇，更喜欢促成自己看来有意思的一切事件。

现在整件事唯一让他觉得庆幸的是，路棠喜欢的一直都是女人，自己以往常常拿这件事来调侃她，现在却不得不为此感到庆幸。幸好，她喜欢的是女人。

不过，虽然他已经跟阿匪强调了这一点，以阿匪的性格也未必会就此放下。他的阿匪极少会在感情上真正接受一个人，而一旦接纳那个人入了自己心里，从来都是很长情的人。所以这件事他还要好好想想，为一切后续的可能性提前做好应对计划。

晚上和接受完培训的几位新职工一起吃完饭，回到青时办公大楼，路棠才得知雾阳早就已经回来了，并且在没有找到她之后进了第三会议室，之后便未曾出来过。

她的心里不由一阵不安。雾阳那小子除了需要整理稿子思路的时候会待在里面，其他时间很少会进去。可今天他主动把自己关了进去……那就意味着出现什么他不好解决的难题了，需要一个安静的空间仔细琢磨。论难题，就今天而言，还有比在酒吧那件事上调和自己和徐匪的关系更棘手的吗？虽然雾阳托Jenny带的话里说的是为了整理《赤言》的新想法，可直觉告诉她，那更像是一个借口，否则他不应该先来找她，而是直接去整理稿子。女人的第六感一向很准确。也许就如她预感的，徐匪这回生的气挺大，连雾阳也无法轻易化解。

想到这里，路棠放下了手里的文件，拿过手机点进了微博，直接刷新徐匪的主页。虽然徐匪是以网红大V的身份驻扎在微博上，不过两人相识这么久，她倒是觉得，在那个流窜着许多乌烟瘴气之言的平台上，他偶尔用简短的文字记录下来的那些片刻，就是他彼时真实心境的写照。也许她能从他的微博动态中，找到一些蛛丝马迹，为自己做出正确的决定指一条明路。

“喵宅阿匪”的头像依旧是那两只一黑一白并排乖乖坐着的小猫咪，不用等她点查看“原创微博”，主页上赫然显示着他最新的一条状态，那条状态就更新在2个小时前。

路棠咬了咬下嘴唇，低头细看。

那条微博只有一句话：早知如此绊人心，何如当初莫相识。

简简单单的十四个字，加一个逗号，再加一个句号，其实拆开来每个字她都认识，但那十四个字组合起来的两句诗，她读了一遍又一遍，只觉得脑袋好像秀逗了，好像怎么读都读不明白。他放这句话在微博上，究竟是什么意思？

“棠哥，”有人从身后拍了拍她的肩膀，笑嘻嘻问道，“这么晚了，你还不回去？”

“回去了，收拾一下就回去。”路棠有些手忙脚乱地收起手机，勉强保持镇定的笑容，“雾阳那小子从会议室里出来了吗？”

“还没出来，不过Jenny帮他订了外卖，已经吃过了。估计他这是灵感突然来了挡都挡不住，今晚就打算在会议室舍生取义好好开一轮夜车了。”

“哈……我猜也是。”

“嘻嘻，棠哥，那我先回去了，明天见。”

“明天见。”

路棠看着那人从办公室离开，在位置上坐着发了好一会儿呆，这才回过神来起身慢慢收拾东西。

她关上灯，从办公室里出来，一步一步走着都觉得像踩在棉花上，很不真实。

徐匪这是在表白？这太不可思议了，她宁愿相信徐匪被盗号了。不过盗号的人会发这样的东西吗？不会，他们更可能发一个钓鱼链接，坐等他的微博好友跟粉丝上钩。

有一个答案在心里呼之欲出，路棠边惯性地往前走，边低头看手机里显示的网页。那两句诗，出自一首诗，李白的《秋风词》：

秋风清，秋月明，

落叶聚还散，寒鸦栖复惊。

相思相见知何日？此时此夜难为情！

入我相思门，知我相思苦，

长相思兮长相忆，短相思兮无穷极，

早知如此绊人心，何如当初莫相识。

诗意极美，其中包含的意味却有几分暧昧，否则彼时徐匪微博下不会出现那些潮水一般叫嚷着的评论，那些饱含着激烈情绪的言论霎时涌入了她的脑海。

“男神，你这是有喜欢的人了吗啊啊啊我拒绝。”

“很好，我唯一的男神兼女神仿佛要公布恋情了，让我们来猜一下对方的性别。”

“卧槽这是谁这是谁，我不服我不服我不服。”

……

他的微博粉丝群里早就已经炸开了锅，所有人都在猜测，他们的男神究竟爱上了谁，为什么会用这样一句话，来表情达意？

谁？还有谁呢？当然是——她的竞争对手——骆语薇。一切的一切，指向性都那么明确，不是吗？

早在之前，两个人在酒吧喝酒时，谈及性取向问题，徐匪很明确地告诉她，他的性取向正常，喜欢的是女人。而现在他的身边有这样可能的人，除了骆语薇，还有谁呢。因为徐匪的身边向来是连女人都没有的，至于为什么会是这样的情绪？大概骆语薇也希望他能和青时文化合作。

朋友与爱人，孰轻孰重，显而易见。自己第一次开口，他直接拒绝了，第二次开口，未曾说完，他转移了话题，情绪都未曾受到分毫影响。而骆语薇终于在初步合作之后，又要迈向跟他最终的合作了吗？也许只是一提，他的情绪波动却已经这么明显，答应只是早晚的事。那么自己呢？很多东西好像在一瞬间远离自己而去了。

她的脚步最终在一个房间门口停下，抬起头，门牌上“第三会议室”五个烫金宋体字在暗夜中仿佛熠熠生辉。

她伸起手，却又落下。现在知道徐匪有没有在生气，还有必要吗？路棠慢慢收回了手，攥紧胳膊上的手袋小小后退了两步，一顿之后淡定地转身往电梯方向走，皮鞋踩在大理石上的声音，一步步清脆而有力。

既然雾阳一直都没有来找她，也许是他也还没整理好究竟应该怎么跟自己说，或者是他真的突然有了灵感，需要先进行灵感的整理。雾阳在创作上，某些时候在某种程度上接近“不疯魔，不成活”的状态，她还是不要打断比较好。至于徐匪今天究竟跟他谈了什么，等他整理好，适当的时候，想必他会来告诉自己。

她十分果断地按下了电梯的下行键，走了进去。

会议室里，隔着薄薄一层房门，雾阳始终低头看着手机，听着那阵清脆的脚步声一步步靠近自己，却在门口停顿了一会儿后，又果断地离开了。这件事似乎比想象的还要麻烦，也更让人不安了。他慢慢闭上了眼。

Chapter 28

猝不及防，太甜了

不论发生了什么，生活照旧要过。

一大早，执行总编把路棠和骆语薇都叫进了自己的办公室。

“你们两个应该知道，我就快退休了，接我这个位子的人，就是你们两个中的一个。”看着两个小丫头谁也不服谁，暗自较着劲儿的模样，执行总编不由想到了当初的自己，年轻，饱满而向上。如今十几年的峥嵘岁月，好像只是弹指一挥间，青时在成长，她却是真的老了。“今天叫你们过来，是因为针对你们两个的第一轮考察结束了。这段时间你们手头的工作都做得不错，具体表现如何，我的心里也都有数。我知道你们对于自己的职业发展有着规划，有目标，肯干，也能干。不过我想告诉你们，不要把竞争对手全然当作自己的敌人。有的时候，竞争者会是一位很好的老师。有的时候，竞争者也是一位亲密无间的合作者。未来不管是你们之中的谁坐了我的位子，同样离不开另外一个人的帮助。”

路棠和骆语薇都没有说话。

“所以，我希望你们在竞争之余，也能通力合作。青时文化不是因为一个人，才成了今天的青时文化，而是因为一群人。作为一名未来的高层领导者，开阔的胸襟是必不可少的考核标准。”执行总编看向骆语薇，发间的银丝在阳光下镀着一层温柔的光泽，“语薇，你是个很不错的孩子。不过，有的时候你还是要学学小路，偶尔没心没肺一点，你会比现在轻松一些，底下人也会轻松一些。”

骆语薇“嗯”的一声，点了点头。

“小路。你呢，有些时候，行为要稍微收敛一点，毕竟你还是个女孩子。作为一个管理者而言，形象也是很重要的一点。”

路棠知道她是在说自己总是在青时撩小姑娘的事，也点了点头。

执行总编满意地笑了，“光点头没用，记到心里去才是真的。好了，都出去吧。”

路棠和骆语薇对视了一眼，起身走了出去。

“你跟徐匪，进展到哪一步了？”

骆语薇一愣，没想到路棠会突然问自己这样一个问题，“什么？”

“感情。”路棠淡淡道。

骆语薇想到昨天看到的那条微博，突然笑了，“你不是很清楚吗。微博。”

路棠也笑了，“好。我知道了。”

再被动的人，遇见真正心爱的人，就会不得不主动，因为一放手，可能就错过了全世界。早知如此绊人心，何如当初莫相识。徐美人，这句话可真百搭。

对于一个把生活重心放在事业上的虔诚上班族来说，工作依旧是重点中的重点。

打定主意之后，路棠把徐匪连同《铲屎官养猫日记》合作项目的事都关进了脑子里的暂时搁置区域，转头全身心投入处理工作上的其他事务。

不过出乎她的意料，雾阳同学还未登门，徐匪先一步给她发来了约饭信息。

路棠打从心里觉得，自己不能在见到雾阳之前，把他们那天都谈了些什么内容都了解清楚之前见徐美人。因为徐匪同志智商很高，且心思难以把握，两人愈加熟悉之后，往往反倒是他一眼就能看出自己在想些什么。他的话向来很少，很多细节的处理上又让人觉得很体贴，无形中就会给人一种非常踏实可靠的感觉。跟徐匪做朋友是一件相当愉快的事，可假如他是决定和骆语薇在一起，为了她决定开始和青时的合作而要对自己摊牌，他们这个朋友还做不做得下去，她不知道。没准儿，酒吧的事刚好给了他借口。她在S市孤身闯荡这么久，一直觉得自己还算精明，不过碰上徐匪，总觉得自己的精明对他有些使不上劲儿。

这饭，她并不想去吃。但两人认识这么久了，徐匪显然也清楚她最关注的问题是什么，约她见面的理由，让路棠无法拒绝。

她第三次低头看了一眼静静躺在收件箱里的短信：路棠，一起吃顿饭吧，我们谈谈《铲屎官养猫日记》合作的可能性，中午十二点，西西里旧梦见（仅限今天）。

徐匪一直都知道她接近他的主要目的在于《铲屎官养猫日记》项目的合作，之前她无数次借着逗猫、喝酒、闲谈等各种机会企图提起，都被他一个不小心就转移了话题。算起来这是他第一次主动提起这件事，还打了个括弧：仅限今天。

路棠不知道他是怎么知道《铲屎官养猫日记》这个名字的，明明自己似乎没有在他面前说过这个名字。不过这个名字一出来，她顿时感觉徐匪这位铲屎官的功力非常深厚。她脑补了一下，自己变成了一只小猫，可怜巴巴地等着主人的审判，而徐匪一脸威严之相，高深莫测地看着自己。路棠顿时打了个寒战。

最终结果即将宣判，伸头是一刀，缩头也是一刀，她决定伸出头试试。最好的情况是，徐匪经过充分考虑之后，没有和骆语薇在一起，并且决定把项目交给自己，这显然更像是她的一个白日梦。那么最坏的情况，他最终向骆语薇屈服了，并且为了他心爱的女人，要彻底扼杀她对这个项目抱有的期待，为骆姑娘扫清前行路上的障碍。如果真是这样，这是一场鸿门宴。她也要赴，彻底让自己死心了，再来考虑接下来的事。

路棠拿起手袋从办公室离开，经过Jenny的位置时叮嘱她道："如果雾阳那小子来找我，让他直接来北淮路的西西里旧梦餐厅，我要谈一个重要的项目，手机会关机。"到时候如果场面真的很尴尬，也许雾阳这小子及时出现还能缓和一下气氛。

Jenny看着自家总监一脸严肃的表情，连忙点了点头，"好的，棠哥。"

路棠离开没多久，雾阳就出现了，似乎还带了几分匆忙。Jenny不由感叹，自家总监真是料事如神，叫住径直朝着路棠办公室走的人，"雾阳，棠哥去北淮路的西西里旧梦餐厅谈事了，她让你有事直接过去那边找她。"

"好，谢了。"雾阳一愣，很快转身走向了电梯。

Jenny见状也不由一愣，喃喃自语道："这是发生什么大事了？两个人都这么严肃的表情。"

北淮路，西西里旧梦餐厅。

在侍者的引导下，路棠来到徐匪预定的位置。

这个位置极好，靠窗，有温暖柔和的自然光线透过玻璃洒落下来，窗外是店主人自己开辟的花园，夏季还没完全过去，园中仍有几抹俏皮的缤纷色彩，不过，徐匪人还没有到，这是必然的。徐匪一向是个守时的人，约定了几点，不会迟到，也不会提早到达。而她特意提早了半小时到，不要小看这短短的半个小时，在一场谈判中不仅可以占据最佳的地理位置，在心理上也会比后到的人更加具有优势，最重要的是可以提早分析这个环境中自己可以利用的各种条件与资源，以备不时之需……路棠一双乌黑的眼睛认真转动起来。

半个小时后。

“路棠。”低沉悦耳的声音打断了某个认真筹谋着作战攻略的女人。徐匪抬起手看了一眼腕上的手表，确认自己没有迟到后，对她微微一笑，“好久不见。”

“嗯……对啊好久不见了。”出于莫名的心虚，路公子复读机一般接完他的话之后，感觉自己似乎更心虚了一些。

徐匪施施然坐下，“先点些吃的吧，我有点饿了。”

“好啊。”路棠笑眯眯接道，内心独白却是，这个人今天的笑容有点多啊，还似乎挺温柔的，很反常。自己一定不能大意。不过，徐匪这人长得确实好看，笑起来愈加风华动人，大大满足了她作为一枚忠实外貌协会会员的视觉需求。

徐匪唤侍者过来，对他耳语了几句，侍者露出了一个笑容，转身离开了。

“嗯？”路棠不解地看着他，这家餐厅她之前也来吃过一两次，貌似在自己的记忆中，点菜方式不是这样的吧。她面前的这位美男子，今天的行为处处透着怪异，让人不得不防备起来。

见她由诧异逐渐转为警惕的眼神，徐匪的唇线微微扬起。自己挣扎了这么久，某人似乎也应该短暂地担惊受怕一下，同甘共苦么。

“那个……”路棠瞄了眼他的神情，很平静，似乎嘴边还有淡淡的笑意。

既然他没有主动提起酒吧事件，路棠决定也在那件事上装一回死，暂时撇开就当作没有发生一般，先跟他聊项目的事，“关于《铲屎官养猫日记》那个项目，你……”

“我现在很饿了，边吃边聊？”

路棠的话还没有说完就被他打断了，事实上，更准确地说，她是被他噙着笑意的无辜眼神给结结实实闪了一下。今天的徐匪很不对，不对的最主要一个地方——他的笑容太多了。

早前她问过徐匪，为什么很少笑，正主徐美人还没做出回答，一旁的雾阳同学非常耿直地解释道，因为阿匪笑起来太美了，容易招蜂引蝶，为求清静，所以要收敛一点。耿直的少年挨了一记轻拳，不过揍完之后，徐匪并没有否认他的解释版本，看起来很像是默认。她也觉得这个看似十分自恋的答案，用在徐匪身上其实一点也不为过。

今天路棠对这一点有了更加深刻的感受，徐匪此人，如果搁在古代，肯定是祸国的蓝颜——实在太容易动摇军心了。

于是，两个人开始安静下来，等着侍者上菜。

徐匪心情一直不错，面上的笑意若隐若现，勾人心魄而不自知。路棠就比较惨了，一方面陷于由徐匪一手营造的诡异氛围中心虚地挣扎；另一方面徐匪今天从进了餐厅坐下开始就没有看过手机，一直这样堪称笑眯眯地看着她，迫于礼貌与心里一直萦绕着的某种忐忑情绪，她也不好低头玩手机转移注意力，只能不时地抬头看他一眼，憨厚地笑一笑，然后低下头去思考人生。

吃完这顿饭，她绝对要折寿一年。低头思考人生的时候，路棠默默做了一个决定，以后不管多么有市场前景，她绝对不做心思难测型网红的项目。

一分钟过去了，两分钟过去了……

好不容易等到侍者把菜端上来，路棠露出了自从徐匪坐下后第一个发自内心的愉快笑容，“终于上来了，好家伙。我们边吃边聊，关于《铲屎官养猫日记》那个项目，你……”

“你对这道意面有印象吗？”徐匪指了指她面前尚冒着淡淡热气的那道风景。

又是在“你”这个字，她要说的话被强行掐断了，行，对面这个人一直是大爷，今天尤甚，她忍就是了。

路棠无奈地咽回自己要说的话，低头去看那道意面。橙黄色的意式细面条上搁着几片煎成诱人淡红色的培根，细碎的洋葱点缀其上，包裹着芝士香气的醇厚香气一丝丝晃进了鼻腔。十分诱人的一道洋葱培根意面，也十分眼熟。

“我……感觉怎么似曾相识？”她抬头看了他一眼，“好像之前来这里吃的时候，也点的是这道。”

“嗯，这款意面你最少吃了两次。”停顿了一秒之后，他又淡淡地补充了一句，“不算上你面前这一碟。”

“你怎么知道？”谁能告诉她为什么徐匪会知道自己吃过哪一款意面几次这种细节？这也太奇怪了，细思极恐。以及为什么他原本的愉快情绪好像突然收敛了几分，细思更恐。

“我做给你吃过。”

路棠瞪大了眼睛，惊讶地看着他。

看到她毫不做作的惊讶，某人的语气更加冷淡了几分，“你第一次来蹭饭的时候。”

早被她丢进某个角落的记忆，终于在他一句比一句低气压的提醒下跑了出来。这道意面的确是她在徐匪家蹭的第一顿，当时他们似乎还探讨了一下关于芝士用量对这道意面口感的影响这个话题。

“也许就是从我们对这道意面中芝士成分的口感要求一致开始，我开始放任你一步步走进了我的世界。”

嗯……嗯？这话听起来，怎么这么煽情，这么不对劲呢？路棠一脸懵逼，愣住了。

“佛家常说机缘，我原本是不信的。现在，倒有几分不得不信了。”没有等路棠做出反应，徐匪笑了笑，继续说道：“你会因为朋友的推荐发现我，雾阳会因为猎奇的心理促成我们的相遇，而我们恰好同住在惊池，所以产生了纠缠。每一个因果都不可缺少，也注定了我会对你产生无法轻易克制的感情。”

“徐匪……”谁能告诉她这是什么剧情走向？她这是在幻听还是在做梦？你喜欢的不是骆语薇大小姐吗？现在这是什么鬼？

路棠的声音有几分急促，却再一次被他打断，“路棠，我可以违背自己原本的心意答应那个项目的合作，只有一个前提，你做我的女朋友。”徐匪的眼神很认真，莫名的温柔却专注，仿佛眼前只有她一个人存在。

“你这是，在模拟对骆语薇的告白？”她已经狠狠掐过自己一把，确定这不是在做梦，那么想了又想，她想了半天，只能得出这么一个结论。

“关骆语薇什么事？”徐匪的表情相当不好看，几乎山雨欲来。

嗯？不是吗，不是就不是，他的表情为什么要那么可怕。路棠的小心肝颤了一颤，鼓起勇气轻声问道，“你不是，喜欢她吗……”

“谁告诉你的？”回答她的，是徐美人零下一度的声音。

这个，骆语薇啊……她刚要脱口而出，猛然发现，严格来说，骆语薇其实并没有明确地说过徐匪喜欢她，或是她和徐匪在一起了这样的话。那个奸诈的女人，说话总是说三分留七分，只是话里话外的意思，很容易让她往那个方向去想。或者说她原本就是那么想的，所以骆语薇含糊不清的态度，就成了她心目中的铁证。加上几个月前，她第一次和徐匪吃饭的那个夜晚，他和骆语薇一起离开的画面留给自己的印象实在太过深刻，还有雾阳感叹的那句“阿匪身边好久没出现过女人了”……

路棠可怜巴巴地抬起头，看向徐匪。

“不要告诉我，是你自己脑补的。”零下两度的声音。

“不是不是，那不是，我们认识这么久了，你身边只出现过她一个女人嘛。”

“只出现过她一个女人？”徐匪突然笑了。

“不是吗？”路棠突然有了几分底气。她跟他认识这么久，在他身边只见过两个人，自己和雾阳同志……等等。

“你不是女人吗？”徐匪很认真地笑了，眉眼清澈，温柔得不像话。

“我靠。”路棠觉得胸口像被人猛然打了一拳，有些闷闷的窒息，又有些难以名状的情绪不断在心底晕染开来，看不清他此刻到底是什么样的表情，更不敢看他的目光。真的反应过来之后，还是觉得这一切太突然了。

“走进我心里的女人，只有一个，她现在坐在我面前。”

不带这样的，真的不带这样的……路棠完全不敢看他。从很早以前，她就决定了要和徐匪成为很好的朋友。从更早以前，她也决定了，这辈子不会再轻易跳进男人的坑里。

“你不觉得，我们很相配吗？”

路棠的大脑一片空白。良久，她恢复了一点意识，开始下意识挣扎，“徐匪，不要开玩笑，你知道我喜欢女人的……”

“我知道，所以决定权在你手中，是要为了坚持原有的心意放弃你这个项目，还是尝试改变你的心意，来继续坚持这个已经投入诸多心力的项目，都由你决定。”

看路棠一副惊愕到无法相信的表情，他眼里终于再一次噙上动人的笑意，“毕竟，我也违背了自己原本的心意，不是吗？”

靠之，他这是玩她呢吗？“徐匪，你……”

“我给你一周的时间考虑，如果确定了，随时联系我，我先走了。”说完，他没有丝毫犹豫地起了身，不过在离开之前，他又笑着补充了一句，“一周为限，过时不候。再见。”

“我……”如果不是在公众场合，她可能立马就捞起筷子砸向他。

这绝对不是她幼稚。今天这顿饭是她在本年度吃过最跌宕起伏又憋屈的一餐，没有之一。不仅心里早就设定好的徐匪和骆语薇之间的暧昧关系全然崩塌，徐匪本人也脱离了她心里原有的认知。

在路棠的印象中，徐匪待人一向还是比较绅士有礼的，除了今天。不仅三番五次直接截断了她尚未出口的话，速度之快之及时程度也令人瞠目，还平平淡淡地就抛出了两枚杀伤力相当巨大的重磅炸弹，猝不及防之间把她炸得奄奄一息。路棠自认随机应变的能力是还可以的。然而徐美人出手之快准狠，简直罄竹难书。

路棠看了一眼面前仍香飘四溢的那碟洋葱培根意面，再看了一眼对面位置上那碟没动过分毫，跟自己面前那碟几乎一模一样的意面，怒道："浪费！这个败家子！"

不过她低头吃了几口，终于还是满怀愤懑地放下了筷子。她已经被徐匪今天的话气得有八分饱，而且再吃一次她也还是觉得，这碟意面中芝士的味道太浓了。

太甜了！

Chapter 29

请让我挣扎一会儿

回到青时的路上，路棠一直在思考一个问题，自己和徐匪从第一次见面，一点点熟悉起来，再到今天他突如其来的……告白。到底是从什么时候开始，他们之间的关系开始出现了偏离？客观地说，在今天之前，徐匪对她的态度一直都很稳定，平淡但不疏离，是正常地面对一位略微亲近一些朋友的态度。她甚至把他对待雾阳和对待自己的态度之间做了一个比较，结论是，基本是一致的。所以，他是认真的吗？

历弦为什么会看上自己，这个问题她也一直没想明白。也许从常人的眼光看，历弦的能力，长相，家世，都是很好的男朋友人选，但这毕竟都是表层的东西。她并不打算跳进历弦这个坑，也许是有过好感，甚至是心动的感觉，但那不足让她再次爱上一个男人。因为跌进过坑里，所以对一些迷惑人的条件会更谨慎。

酒吧事件恰好就印证了一些东西。打着爱一个人的旗号，就可以枉顾被爱者的意愿了吗？不可以。真正的爱包含了尊重。

历弦于她，也只会是泛泛之交，所以拒绝之后，她也没有继续去深究背后的原因。但徐匪不一样，他是自己一直想要攻略下来的合作伙伴，也是她真心希望结交的朋友。路棠很清楚，自己的容貌一直都是更偏向于过于中性的帅气风，性格也不包含正常男人会喜欢的温柔体贴等品质，连做菜的手艺，她都比不上徐匪，最大的特长可能是吃。唯一还算出色而拿得出手的，也许是工作能力，或者还有对朋友的仗义。思及这一点，她突然想到两人一起对抗他的狗毛过敏症的过程。难道他是因为自己的帮助，错把感动的情绪当成了喜欢？不过那件事都过去多久了，徐匪的反射弧是不是太长了一些。

而且，想到他今天跟自己……也许算是表白的全过程，她不由微微有些恼怒。徐美人是从什么时候开始，从可靠的朋友这个角色，无缝转换到了一个那么霸道的人设？整个过程完全不给她插嘴的机会，有这样表白的吗？这是表达喜欢还是逼供呢，反了天了。还是他想通过这样的方式，告诉自己他不可能答应合作？可是这也太迂回了点吧，徐匪似乎不是这么拐弯抹角的人……

路棠思考这些走神得厉害，以至于走进青时办公大楼的时候，迎面差点撞上了一个人。

“雾阳？”

雾阳的神色难得地看起来有几分焦急，“你见到阿匪了？”

“啊，是……”话说这小子该出现的时候不出现，事情已经结束了才出现，还来戳她伤口，过分了。

“他跟你说什么了？”

路棠直直地盯了他一会儿，他还真是来戳自己伤口的，下手如此准，她“哦”了一声，微笑道：“这个问题，你还是自己去问他比较好，主编找我有事，我先过去了。”说完绕过了他，走向电梯。

雾阳微蹙起眉心，却没有再说话。那家西西里旧梦餐厅并不好找，他到的时候，他们两个人都已经离开了。他还是晚了一步。

江筱下班回到公寓，被沙发里窝着的奄奄一息的人吓了一跳。她怀疑地走过去摸了摸路棠的额头，“没发烧啊，这还是白天呢，棠哥你搞什么鬼？”

“筱筱……”

这有气无力，颤颤巍巍的腔调，江筱撇了撇嘴，“你主编又怎么压榨你了？把你弄得这么……一副身体被掏空的鬼模样，你玉树临风的气质呢。”

“哼！”听到压榨一词，路棠像是突然获得了能量，一个翻身坐了起来，颇有些愤慨道，“如果这是主编给我的项目，我现在还没这么生气，偏偏这个项目是我自己给自己找的……简直生无可恋。”

“自己找的项目？你独立策划的选题不是把合作人的人品看得很重吗，怎么会把自己搞得这么累？”

“哼！正常的合作伙伴都不会这样难搞，除了你男……”意识到自己说漏了嘴，她马上掐断了即将脱口而出的话，闭紧了嘴巴。

可惜通透如江筱，对“男神”这样的字眼又格外敏感，还是捕获到了被她掐回去的另一个字。

“我男神？”江筱在另一侧的沙发上坐下，笑眯眯地看向路棠，“你对徐匪大大做什么了？是不是你强迫人家不得反挨了揍啊。”

“江筱同学，我才是你从中学就认识，又一起在S市相依为命了好几年的朋友吧。”

“没错。”

“那你现在的行为，是不是太见色忘义了点……”

“哦，我一直沉迷徐匪大大的美色不可自拔你又不是不知道。”

“嗯，”既然江筱同学如此没有同情心，为了让她对自己更加感同身受一些，路棠决定把徐匪扔给自己的炸弹转手赠予她，清了清嗓子，一脸庄严道：“不过我也没想到，你徐匪大大沉迷在我的美色中不可自拔了。”

“你说什么？”江筱揉了揉耳朵，怀疑刚刚是自己出现幻听了。

“好话不说第二遍。”某个女人一脸严肃如一位政府工作报告者。

“事关我男神清白，你敢给我装腔作势卖关子。”没有片刻犹豫，江筱朝她扑了过去。

在双方一场惨烈的攻击与防御，擒拿与反擒搏击战后，路棠最终还是敌不过深知她本性的江筱以挠痒、美食诱惑等各种残酷又戳心的威逼利诱手段，选择了投降，原原本本还原了事情的经过。不过原本她也希望江筱能够给自己提供一些意见。

“我靠！徐匪大大居然看上你了，他不知道你喜欢女人吗？”

路棠额头飘过了三道黑线，这绝对是江筱生命里为数不多爆粗口的场景之一，而且即便她和徐匪不合适，这家伙也没必要这么用埋汰的语气。别人不知道，这丫头难道不知道自己是喜欢男人的吗？提及徐匪，江筱这丫头总是胳膊肘惯性地往外拐。

路棠清了清嗓子，继续做报告，“我不知道他是说真的，还是单纯不希望我继续因为项目的事骚扰他，两种看起来都很有可能。不过要说他是真的看上我了，不说他早就以为我喜欢的是女人，就他以往对我的态度，跟对雾阳也没有什么差别，纯粹对待朋友的感觉；可要说他是不希望继续被我骚扰……没道理都已经良好接受这么久了，突然出现排斥反应。”

江筱无言地看着她，“你在感情上的神经有多么粗犷，离你近一点的人都有目共睹，他对你是不是对朋友的态度，我不做评价。不过，以我对男神的了解，即便他真的是为了拒绝你的‘骚扰’，也不会用这么迂回曲折的方式，他会直接跟你说。所以，十有八九他是认真的。”见路棠很不相信的样子，江筱补充道：“有时候拐弯抹角的方式，确实比直接表达拒绝更能够让人接受。不过，我关注他这么久，他在各个平台留下的足迹与表达一直都是直接而干脆的，没有几次是弯弯绕绕的。对你，也实在用不上。”

“所以，他是认真的？你是认真的吗？”

"认真的，"江筱十分嫌弃地摸了摸路棠的那张俊脸，"你这张脸，勉强算得上有点美色吧。"

路棠顿时更加奄奄一息，挥开她的手默默窝回了沙发里。

江筱见状不由好笑，摸了摸她的头道："所以，亲爱的路小棠，你打算怎么办呢？"

"筱筱，"她又默默把头转了回来，"你觉得我应该怎么办？"

"你想放弃这个项目吗？"

"不想。"

"那，和他待在一起难受吗？"

"这个……当作朋友当然不难受。"

"那就答应他吧。"

"筱筱……"

江筱放下手里的包，换上围裙，"不能接受把他当作男人来爱的话，就从朋友开始，假装也没关系。给他一个机会，也给你自己一个机会。"

"当时历弦试图来收买你的时候，你好像义正严词地拒绝了他。"

"历弦不是我的男神，徐匪才是，"江筱一脸的坦然，"为男神做任何事都是我的义务，包括追女人。"

路棠默默用手机录下了她刚刚那句话，然后慢吞吞开口道："你哪只眼睛看出来我像个女人了？"

"生理上行就可以了，严格来说，你本来就是自然界中的第三性别。"

"江筱。"路棠弱弱地清了清嗓子。

"干吗？"江筱有几分得意地笑着回过头来看她，"第三性别"这个词自己用得真好。

"我刚刚一不凑巧，把你那句'为男神做任何事都是我的义务'录下来了，然后又一不小心，在微信上发给你家那位了。"

"路棠！"想到自家那位撩拨手段非人又爱吃醋的性子，江筱整个人都不好了，“你就是个货真价实的小心眼女人！”

路棠“哦”了一声，又默默缩回了沙发里。

路棠的猜测，再加上江筱的确认，基本上可以确定徐匪说那番话的时候是认真的？所以，她应该怎么办？

路棠从没有想过找一个像徐匪一样，长得比女人还要精致的男人做自己的男朋友，这不是歧视他的外表，相反，他的独特外表其实有很高的观赏价值，当然前提是这个人不是自己的另一半。她的容貌已经足够独特了，如果再找一个这样的男人谈恋爱，她怀疑并肩走在路上，旁人都不能确定谁是男朋友，谁是女朋友，这实在是太违和了，严重冲击人的视觉。

她不知道未来会不会再主动去找真正的另一半，不过即便有，也绝对不是徐匪这样的，也许可能还是会更偏向……木均祁那种风格的。木均祁，这个早就被自己打入心底大牢的人，竟然在今天又被捞了出来，有些刺痛还在，所以男人这种生物，还是做朋友比较好。恋人就免了吧。

所以，她要放弃《铲屎官养猫日记》那个项目吗？她打从心里拒绝。这个项目的市场潜力很大不说，就说自己已经费了那么多心思在上面，连运行团队的人选都已经确定了，万事俱备，只等徐匪这股东风了。好死不死，这股任性的东风给她出了这么一道难题。面对徐匪，怎么她总要面临这样伸头也一刀缩头也一刀的情况呢？

路棠看着微信里和徐匪的聊天界面。上一次给他发信息，还是在酒吧事件之前，而现在她已经删删改改要发给他的信息足足有一个多小时了。

“唉。”路棠叹了一口气，还是把输入框里的字一个一个删除了，却不小心一个手抖，点到一个“我选择狗带”的弹幕表情发了过去。

路棠僵在了沙发上，不能动弹，眼睁睁看着那个有些喜感的弹幕表情出现在了他们的聊天记录里。

另一边，徐匪翻看着和路棠过往的那些聊天记录，注意到对方显示“正在输入”状态将近一个小时，却没有任何信息发过来，不由好笑。最终冒出了这样一个表情，他不由啼笑皆非，修长的指尖轻点，很快回复了她，“考虑好了？”

这样的语气，他真的是在表白而不是在谈生意吗？路棠收回自己无厘头的想法，徐匪这么不巧地此刻正好在线，回复还这么快，她其实有点心慌，一个手抖，手机差点飞了出去。幸而她的运气足够好，手机撞在了沙发里的一个靠垫上，及时地弹了回来。路棠翻了个身捞回手机，以生平罕见的打字速度快速回复：没有，刚刚是江筱在玩我手机呢，你知道，她一直都把你当作男神的……

毫不知情却默默背了锅的江筱同学很应景地在厨房打了个喷嚏。

徐匪盯着手机里的回复若有所思，抿了抿唇开始在输入框中敲字，确认对方已经收到信息却迟迟没有出现“输入状态”后，他放下了手机，轻轻托起怀里的小白，又侧头看了眼脚边温顺趴着安眠的小黑，微微一笑道：“爸爸给你们找个妈咪好不好？”

小白“喵”地叫了一声，举起粉嘟嘟的肉爪想去抓他的衣服，却被徐匪一个侧身轻巧地躲过了。

另一边，路棠看着徐匪发过来的信息，在沙发里彻底僵硬成了一块石头。

他说，“是吗？希望你和她多交流。”

多交流，交流什么？告诉她交流什么？为什么，现在他说的每句话，她读起来都觉得这么有深意呢。她可靠的朋友，淡薄如冰的徐匪去哪儿了？

想得到一个人，是什么样的心情？徐匪眼神专注，轻轻揉着小白身上的皮毛，一圈又一圈。

从小到大，不论是人还是东西，他需要的一直不多。不是一开始就这么清心寡欲，而是知道他的生命里能真正拥有的本来就不多。上天很公平，赐予了他一副很美的皮囊，一个还算不错的头脑，相比普通人更加优越的家世，所以理所应当的，很多东西就要被剥夺。美好的皮囊带来的是家中兄长的嫉妒与恶行，还算不错的头脑带来的是家中长辈的注目与被严格管理的少年时代。那么家世呢，带来的是自由的结束，最后他又用与心爱之人的分离，换来了自由。一切都是因果，他不得不心甘情愿地接受。

所以，他缩小了自己的保护圈，圈内的就是他的底线。他一直以为，那个圈是不能减小，也不可能扩大的。可偏偏有这么一个人，占尽了天时、地利与人和，就这么突破了重重的防护，走进了圈里，让他再一次萌生出“这个人，他要拥有”的想法。很想更靠近她，很想经常见到她，很想看着她在自己面前贪嘴的模样，吃惊的模样，狡猾的模样，笑眯眯的模样，还有生气的模样。她的所有表情都很有趣，很可爱。这一切情绪的产生，好像没有什么特别的理由，莫名其妙的，就这么产生了，莫名其妙的，又一天天地深入肺腑，直到她在自己面前出现已经变成了一个可以让心情愉快起来的理由。

明明好像不久之前，自己还想过，和她一定不会走得太近。也许有些flag的立起，就是为了有朝一日的倾倒。他骨子里是个强势的人，认真想要拥有的人，怎么能逃开呢。既然她想要自己写那本书，那就趁机要挟好了，既然她喜欢女人，那么他来帮她改。既然她自己走进了这个保护圈，他只好让她留下了。

《铲屎官养猫日记》，他原本不想写，因为不想过多地向外人透露自己的生活。不过，其实真的要写，也并不难，不过是有些地方，需要花费些心力。为一家陌生的公司不值得，为了喜欢的人，却是可以试试的。何况他养的猫早就不止两只了，把第三只猫也写进故事里，似乎是个不错的主意。

“徐匪？”

面前女人的声音让他回过神来，“嗯。”

骆语薇抿了抿唇，这样一个优秀的男人，其实少有女人能真正不动心的吧。想到这里，她伸手把一丝落发挂上耳垂，温柔一笑道，“是不是走神了？合奇家猫粮的代理广告合作快要结束了，陈合可能告诉过你，我的本职其实是图书策划人，这次算是在老同学那里赚个外快。其实，从图书策划人的角度，我一直觉得，如果把你和猫咪们的故事撰写成文，会有很多人喜欢的。如果你觉得跟我合作还不错的话，要不要继续合作呢？”

她的声音很好听，有着江南人吴侬软语的味道，面容也温婉可人，很像一个早已离开的人。

“这件事，我会再考虑。”徐匪淡声道。

那个离开的人，有没有后悔呢？不知道为什么，这一刻他突然有些想念，路棠跟雾阳一样，在他面前插科打诨的场景。她似乎从来不把自己当作一个女人。想到那天，她振振有词地跟他说，“我们认识这么久了，你身边只出现过她一个女人嘛”的模样，他不由笑了，眼角眉梢尽是温柔。

他只见过这么一个女人，是这个模样。看着她吃瘪之后敢怒不敢言的模样，嗯，真的很可爱。想必日后逗她欺负她，看着她一点点失守，最终溃不成军的模样，会是一项很有趣也很日常的活动。

小白窝在自家老爸怀里，已经被揉得彻底酥软，找了个舒服的角落，乖乖地睡觉了。

骆语薇看着面前已经彻底失神的男人，这世间只会有这么一个徐匪，揽着倾城的风华，笑容当得起“勾魂摄魄”四字。而他现在坐在自己面前，因为自己而笑。

Chapter 30

那就，在一起吧

“所以，”温润儒雅的男子把手搁在鼻尖，掩去快要蔓延的笑意，“你就跟他吵起来了？”刚刚减掉一头长发的女孩摸了摸已经极短的头发，有些心疼地嘟嘴道：“母命不可违，我妈让我剪，我只能剪了，可是那个理发师竟然在剪完之后才这么说，也太过分了，好歹我也是个小姑娘……你还笑我。”

“好好好，没人敢笑你，我的小姑娘。嗯……你抬起头让我看看。”男子似是十分认真地打量了她一番，神情严肃地思考了起来。

“怎么样怎么样？”女孩黑白分明的眼睛中有着显而易见的期盼。

“嗯……不……”他开口道。

女孩急急地打断了他，“行行行，你不用说了，我知道了……不好看对吧，就知道。”

“永远这么急，我话还没说完你就知道了。”男子从座椅上起身，走到女孩面前，脸上的笑意盎然，“我要说的是，不……难看，一点都不难看。”

“真的吗？”

“在喜欢你的人眼里，你怎么样都是可爱的，至于不喜欢你的人，为什么要在乎他们的看法呢。”

女孩开心地上前去抱住了他，“木均祁，谢谢你喜欢我。”

男子笑着刮了刮她的鼻子，“这个发型很适合你，这样的美才是独一无二的。不过，你确定感谢我的喜欢吗？”他的声音突然变得有几分悲伤起来。

路棠抬起头看他，他原本温润的面孔上此刻充斥着无法抑制的痛苦与悲伤，“来，我带你去看一个人。”

“不要，我不要！”路棠推开他的手一步步往后退，却突然感觉背后一空。她慢慢地转过身去，自己的背后是万丈深渊，而她正站在峭壁边缘的那一条线上。

“路棠！”

“路棠。”

两道声音响起，急促的那一道来自悲哀地看着她的那个温润男子，而另一道冷静的声音，来自徐匪。为什么这个时候，他会出现在这个地方？她觉得心底一片惊惶。

“路棠，这就是你曾经的爱情，你看，你也喜欢过男人。”

她慢慢摇着头。不是的，不应该是这样的。她上前了一步想跟他解释，但是下一秒，她脚下的岩石却承受不住重量开始慢慢开裂，她终于向后坠落进了万丈深渊的黑暗里。

徐匪平静的声音从峭壁之上传来，“你选择了错误的那一条路，路棠。”

路棠慢慢闭上了眼，任由失重的感觉一点点蔓延上全身……

从梦里醒过来的时候，遮在眼角的被子已经沾上了些许湿润。常言道，日有所思，夜才会有所梦。梦境就是一个人深层意识的最真切表达，这样的梦代表了什么意思？似乎有些不言而喻。

路棠下意识地排斥思考这个问题。也许徐匪这场突如其来的“表白”

带给她的刺激，远比自己想的更加深刻，所以才会触发了某些早该被遗忘的记忆。她伸手擦去眼角残余的几点泪痕，鼻腔仍有些微微发酸，木均祁，你好，你真的很好，让我始终无法摆脱你留下的阴影。即便已经醒了过来，胸口抽搐收紧的滋味却始终无法缓解。最折磨人的从来都不是感情结束时的那段痛苦，而是残留在身体里的记忆，那些记忆已经严丝合缝地融合进了人的身体里，无法被剥离，只能在每每的午夜梦回里，任由它一遍遍侵蚀着心脏，痛到满目潸然却不自知。

当初离开的时候，她一遍遍听着田馥甄的那首《你就不要想起我》，想着只要午夜梦回的时候，能让他因为想到自己而有那么一丝丝心痛后悔，就好。做错了事，总该付出一定的代价。但现在而言，他早就不重要了，不是吗?

自己做判断与选择的时候，更应该尽可能摒弃他对自己的影响，他们之间已经毫无关系，各自安好，各不相扰。

第二天是周末，江筱关掉八点的闹钟起床时，意外地发现一向爱在周末赖床的路棠同学已经早早在卫生间洗漱了。

“咦，周末你怎么起这么早，公司有活动吗？”

从卫生间出来的路棠扬起了一道明媚的笑意，“没有，不过如无意外，《铲屎官养猫日记》的项目将会从今天开始，正式启动，这是一件值得早起庆祝的事情。”

江筱十分惊讶，“你已经答应我男神了？”

“还没有，等等去找他，当面谈，顺便聊聊关于项目的事。”

“路小棠，你果然是个货真价实的工作狂，男神真是……卖身又卖艺，亏大了。”

路棠闻言不由笑了，纨绔公子一般勾起她的下巴道：“说什么呢，江小妞，能不能说句好听的给本公子听听。”

“去你的。”事关自己男神未来的幸福，江筱这一次难得没有被她逗得害羞起来，带着几许好奇又带着几分正义道：“所以，你是怎么想通的？是我家男神的魅力最终征服了你吗？从实招来。”

“嗯……是你说的，假装也可以嘛。这个项目我已经筹备这么久了，没理由因为自己的原因导致它的流产。”路棠振振有词。

江筱：“男神，我也只能帮你到这里了……”

路棠好笑地看了她一眼，换了鞋子去徐匪家。

等真的到了徐匪家，看着那扇因为多日不见而已经有了些许陌生感的黄杨色木门，她的心里又有了几分底气不足，其中夹杂着几丝忐忑。

路棠不禁自我鄙弃了一番。自己真是越来越弱了，大风大浪都见过不少了，面对这样的小事怎么还紧张起来。其实各种可能出现的情况，她都已经预设过了，最坏的结果也不过是徐匪看穿了自己真正的心思，拒绝合作罢了。而出现这种结果的可能性微乎其微。她的世界里已经很久都没有出现男朋友这种生物了，要期待，不是吗？

再度看了眼腕上的表，路棠伸出手按响了门铃，节奏一长一短又一长一短……直到，有人过来打开了门。

“嗨，徐匪……”路棠的话还没有说完，怀里就被徐匪塞了一团柔软温顺的物什。

他真是打断她说话上瘾了。她无奈地低下头一看，哟呵，是好久不见的小白同志，不禁伸出了魔爪摸了摸它背上的柔软皮毛，手感一如既往地让人流连忘返。小白同志感受到路棠的抚摸，抬起头打量了她一眼，见是熟悉的面孔，转了转绿宝石一般的眼睛又温顺地趴了回去。

乖孩子，没忘了姐姐，不枉她之前常常给它带好吃的。路棠笑着抬起头。嗯，来给自己开门的人，连正脸都没让她见到就已经走进屋里了。这家伙，没礼貌……不过，会不会是在害羞？路棠嘴角翘起了不怀好意的笑容。

然而，等她进到屋子里，看到餐桌旁那张精致却冷静自持的面孔时，她的不怀好意就自动消散了。徐匪大神的表情包里，应该没有收录名为“害羞”这样的情绪。

“先去洗手，然后过来吃早餐。”他淡声开口。

“嗯？你怎么知道我还没吃早餐。”路棠十分好奇地问道。

徐匪淡淡一笑，没有说话。

呵，这个人，这种时候了还跟自己玩神秘，装得一脸高深莫测，好像对自己即将要说的话一点都不在乎，她真怀疑他以前都是怎么追到女孩子的。难道是吃定了自己一定会答应他？不过，路棠瞄了一眼桌上热气与香气交缠着的早餐，迅速转身走进了卫生间。徐美人的厨艺极好，何必跟自己的胃过不去呢？

“徐匪，你那天说的话，我仔细考虑过了。”路棠在餐桌旁坐下来，“算起来，今天刚好是第七天，满一周。所以，我来给你答复。”

“嗯。”他在一片面包上刷上半透明色的果酱，递给她。

嗯……嗯？为什么这个人看起来一丝紧张的情绪都没有。路棠接过面包，不由想到自己这几天为了这件事可说是辗转难眠，心里有些微微的不平衡，一个恶作剧的想法悄然涌入了心底。既然对这件事他也淡定如斯，那就不要怪她忍不住刺激一下他了。

“你知道，我喜欢的是女人。”她镇定下来，故意露出了一丝为难。

“跟你表白之前，我就知道。”他把刚刚刷上果酱的面包放到了她面前的盘子里。

表白这样的字眼……他一点没有犹豫地说了出来，坦然得让路棠觉得自己有些太小心眼了。不过，回想了一下那天他表白的整个过程，路棠坚定了决心继续这个恶作剧。毕竟他那天的表白，想起来真是让人太抑郁了。

“所以，我们两个真的不合适……”路棠一边抬起眼皮掠过他的神情，一边慢慢继续说道。

“你是要拒绝吗？”徐匪此刻的脸上没有笑意，只不过也没有知道自己即将被拒绝而难过郁闷一类的情绪。

他的真实情绪总是隐藏得很好，面无表情是常态，只有偶尔遇到比较特殊的情境，才会展露几分。比如那天在餐厅时的些许紧张，比如酒吧事件中的怒意，而此刻他究竟在想什么？路棠确信自己解读无能。

好吧，对方的承受能力与观察力都很强，生动的表情是看不成了，不过她再恶趣味下去可能就要把自己玩脱了。

“不是拒绝，”路棠敛正了神色，看着他的眼睛，“是我不能保证自己会做得很好——我是指对于女朋友这个角色。不过……我愿意去尝试，尽我的努力去做好。”终于还是说出来了，她猜想自己的脸现在会不会有点红。

“好。”直至此刻，徐匪脸上的笑意才慢慢展现，直至浓烈地释放，至妖至娆，至姝至丽，有几分让人不敢直视。

“那么女朋友，请多关照。”他伸出了手，修长白皙。

路棠犹豫了一秒伸出了手，“唔……这画风转变得太突然，我其实有点不适应。”

特别是他们这样握手看起来更像是达成了一项商业合作，而不是刚刚决定在一起的男女朋友。虽然本质上来说，她的确是为了与他达成某项商业上的合作才决定做他女朋友的。路棠不由莫名囧了一下。

看着路棠的手掌心轻轻贴上自己的，徐匪一点点慢慢握紧。人体的构造很奇妙，十指与心通过万千细密的血管紧紧连在一起，所以某种程度上，手与手的交缠等同于把两颗原本异地而生的心慢慢相缠在一起。他知道，要让那个牢守着自己的小固执的女人心甘情愿地把心交给他，要做的事情还有很多。不过好在来日方长，他的耐心一直很好。

感受到他掌心的淡淡热度，路棠嘴角微扬，徐匪其人，确实很君子。她正打算把手抽回来，不巧他还没有放开她的手，一抽之下并没有成功。这就比较尴尬了。虽然她以前为了达成合作试图接近他时，更出格的事都做过，比如那一次为了加上微信好友，她几乎是搂住了他。不过以这样的身份，不管他的长相如何妖娆姝丽，但本质上是个货真价实的男人……心底某些异样的情绪悄然浮起。路棠有些尴尬地一笑，眨了眨眼睛，隐晦地向他表达了自己的意思。这个握手礼仪，他们是不是应该结束了。

很不巧，一向观察力与微表情解读能力都很好的徐匪，这一次没有及时地读懂她的隐晦之意，反而带着笑意十分认真地看向她，“嗯？”

路棠刚要开口，却在不经意地对视上他的眼睛后，突然福至心灵地读懂了他眼神里的含义，不过自己是不是有些聪明得不是时候，她微僵了一瞬，开口道，“男……朋友，接下来请多关照。”

听到想听的话，徐匪放开了她的手，倒了一杯牛奶递过去，“吃完早餐，陪我去看一场电影吧。”

“啊？”接过牛奶原本正要低头喝的人闻言，又把头抬了起来，“去看电影？”

万年宅男徐匪竟然也会有出门看电影的一天，他不是一向都用笔记本看的吗？她是不是应该在心里赞叹一句，爱情的力量果然伟大。

“嗯，顺便和女朋友约会。”他给自己也倒了杯牛奶，喝了一口。

路棠一下子被噎得说不出话来，看着他嘴边沾着的淡淡一圈牛奶，她觉得自己无力反驳，反驳都是错，还是静静吃早餐吧。

不过在他若有若无的眼神掠过中扒了几口饭，她还是忍不住问出了好奇已久的一个问题。“徐匪，我能问你一个问题吗？”

“什么问题？”

“你以前，交过女朋友吗？”

虽然从认识徐匪开始，他身边似乎一直没有关系特别好的女性朋友。不过他碾压式的告白，以及对男朋友这个角色驾驭得如此——堪称游刃有余，实在让她有些好奇跟怀疑。

“这个问题，”回答的时候，他的声音难得有了一丝停顿，尽管这个停顿非常短暂，“以后，你会知道答案。”

“什么？”这算是什么答案，他这是在逃避回答这个问题吗？

“口说无凭，眼见也不一定为真，所以，你的亲身体验才能说明事实。”

事实上，古往今来的人们回避前任这个话题的时候，或多或少都包含了自己一些无法言说的情绪，那体现在语气和细微的表情里。而徐匪此刻的神情十分平淡，平淡得一如既往，仿佛他们只是在谈论今天的天气如何，理由听起来还让人一时之间无法反驳。而且中华文化博大精深，同样的一句话，其中包含的意味究竟是什么，一百个人也许就可以有一百种解读。对于此刻的路棠而言，就是感觉自己好像又被他不动声色地调戏了一把。

这到底是她想得太多了，还是徐匪的套路太深？这样想着，路棠忍不住又抬头看了他一眼。

感受到她投来的目光，徐匪放下杯子，看她。他的面容平静，端的是光风霁月，路棠决定把怀疑吞回肚子里。

解决完早餐，两个人一起去了公交车站，原因是徐匪觉得这值得和女朋友一起体验一下。她原来怎么没发现他这么有情怀呢。

漫无目的地等了一会儿，路棠终于想起来有一件非常重要的事情被丢在了脑后，“等等，徐匪，我们先回去。”

“怎么了？”

路棠迟疑了一秒，开口道：“《铲屎官养猫日记》那个项目……相关的事宜我们还没谈好。”

在她原本的计划中，那个项目就应该在今天正式启动。她在原本属于特定赖床日的周六，早早起床赶去徐匪家，最主要的目的就是为了跟他确认项目合作的事。结果自从在门口连招呼都没来得及打就被塞了只猫咪开始，事情的发展就一点点脱离了预期。徐匪对新角色的适应太过良好，以至于她一时之间被他所迷惑，连最重要的事都差点忘了。不只是女色会误人，男色如果撩人到一定程度，对人的影响同样不容小觑。

撩人男色徐匪同学揉了揉太阳穴，叹道：“工作狂同学，你能不能暂时给自己放个假？”

看出他有些不开心，路棠试着放柔了声音道：“你看，这个项目的选题已经确定很久了，执行团队的人员我也早就挑好了，却一直没有正式启动，兵贵神速，再拖下去，人心会涣散……”

徐匪沉默了片刻，终是看了她一眼后答道：“好。”

“嗯，今天把项目正式启动，我们再确定好你的写作计划，然后就去看电影，怎么样？”路棠轻轻地拍了拍他的肩膀以示安慰。

“按照你所说的计划，今天我们应该没时间看电影。”徐匪拉住正从自己肩上滑下的手，“我需要一定的补偿。”

路棠不由愣住了，“什么？”

“补偿。”两个字轻轻从他口中吐出，因为刻意压低了音量，听起来莫名多了几分蛊惑，接着他侧过头在那张白嫩的面孔上落下了轻羽一般的一个吻，然后很自然地改握为牵，十指相扣着慢慢往回走。

感受着他的手带来的淡淡温热，路棠的意识慢慢落回身体里，自己对于“女朋友”这个新角色，好像还有些适应不良。她任由徐匪带着转了个身，又被牵着往前走。

“徐匪。”

“嗯？”

“你以前，一定交过女朋友。”很可能前史还不少，她心想。

“我对你的看法，持保留意见，”他看了她一眼，眉目轻敛，“不过，你很在意这一点？”

“这……”她其实没有在意，只是作为朋友，不，女朋友的一种下意识吐槽而已，“我对此，保留意见。”

论口才她说不过他，不如照搬他的话。她意外地发现，这一招其实很好用。

徐匪：……

Chapter 31

我是爸爸，你是妈妈

到了公司，路棠召集了原定参与《铲屎官养猫日记》项目的人员，正式开始着手启动这个项目。

其实一切的准备工作早就完成了，唯一欠缺的只是徐匪这股“东风”。现在东风开始配合，路棠筹划已久的《铲屎官养猫日记》这只草船终于开始徐徐步入了正轨，看着签署了自己和徐匪名字的合同书，她竟然觉得鼻子有些微微发酸。为了这个项目能够顺利地进入运转，自己付出的何止一星半点。事业上的成就，经历过失望，绝望又重新找回希望，努力之下终于取得一个阶段性胜利的时候，那种心动的感觉真能叫人热泪盈眶。

“傻瓜。”身侧那人伸出手揉了揉她的脑袋。

路棠抬起头冲他粲然一笑，接着发现会议室里的所有人都仿佛见鬼了一般看着他们，眼睛睁得比铜铃还大，察觉到她的目光之后，又猛地热烈了三分。

路棠是谁？路公子是一个长得比才俊们还要风流七分，一向喜欢勾搭漂亮姑娘的伪男人。徐匪是谁？徐美人是性格一向孤傲，待人冷淡到欠揍的，比女人还漂亮的一个……男人。这样两个人，这样亲昵到沾了暧昧气息的动作跟语气，实在……太和谐了！

“老大，”一个胆子比较大的人代表在场所有见证者说出了内心最真实的想法，“你们这是？”

“这个……”路棠干笑了两声。这个问题解释起来可能有点复杂。

不过她旁边的那一位，见自家女朋友的表情管理已经接近崩溃，倒是十分平静地给出了解释，“你们老大从今天开始，是我的女朋友。”

在场人发出了一致而响亮的抽气声。徐匪的话的确言简明扼要地阐明了事实，只不过对于在场的青时众人来说，这个事实既激动人心，又不好消化。而且十分有力地刺激到了他们体内的八卦因子。

路棠做了个安抚的手势，和善地一笑刚要解释，热爱八卦的诸位下属已经炸开了锅。

“天哪，老大你是去色诱了吗？心疼你一秒。”这是假惺惺心疼自家老大为了公司利益不惜卖身的。

“诶，我就说，‘喵宅阿匪’一直都是块难啃的骨头，今天这么痛快地答应跟我们签约，背后果然有不为人知的故事。”这是自觉挖到了青时大新闻的。

……

“我觉得，很可能是老大看人家好看，没忍住强占了他身子，才得了心。啧，毕竟老大很喜欢漂亮的姑娘，这个长得，说实话其实完胜一大票妹子。”这是自以为压低了音量路棠就听不见的。

“可是，老大不是通常都跟妹子们那啥吗？这……那啥对象的身体构造突然改变了，会不会不适应啊？”这是以为自己说得很含蓄，认真表达着对老大“性福”担忧的。

这都是，什么跟什么？她以前怎么没发现自己团队里的人都这么天马行空，这么能异想天开呢！

再来一句离谱的，路棠确信自己下一秒就能掀桌而起……他们匪夷所思的八卦热情，已经不是自己装作没听见就能够忽视的了。她瞥了一眼始作俑者，他此刻正认真翻阅着合同里的条款，仿佛对眼前的热闹毫无所察。不过名字都已经签上了，现在还仔细研读个什么劲儿。事儿是他挑起的，被开涮的主要对象却是她，这帮欺软怕硬的家伙，很好。

她曲起手指扣了扣桌子，稍微提高了一点音量，皮笑肉不笑道："各位讨论你们老大的八卦，讨论得还开心么？"

现场立马安静了下来。

"不是，老大，"有人出来表忠心了，"我们这是表达对你的关心。"

"对对对，表达关心……"其他人纷纷附和。

"呵，"路棠朝他们看了一眼，低头一笑，继而抬起头严肃道："徐匪，的确是你们老大的男朋友。不过这和他答应与青时合作，推出个人首部作品《铲屎官养猫日记》，是两码事，记住了。"虽然这话说着，其实她自己也有些底气不足，不过面上还是十分镇定。

见众人乖乖点了头，路棠放下手里的文件，道："好了，今天大家都辛苦了，早点回去吧。等项目正式完结那一天，我再来论功行赏。"

看着他们一个个收拾东西离开，路棠才侧过身去看徐匪，含了几分调戏之意道："徐大美人，我们也走吧。"

路棠之前叫过他徐大少，也叫过他徐大神，唯独这"大美人"一称，今天是头一次叫，一则是气他惹了事儿之后的作壁上观，另一则是因为现在项目合作一事的大局已定，也是时候有仇报仇，有冤报冤了。

徐匪听到这个称呼也有几分惊讶与新鲜，她这自然不是好意，不过见她眸中隐隐的"不服来战"之意，好笑地掐了掐她的脸颊，起身出门。只留下调戏不成反被掐了的某人愣在原地。君子动口不动手，徐匪这厮不是君子。

路棠不知道的是，在这个看似美好的夜晚，有人的心里慢慢滋生了痛苦、憎恨的情绪。人们很难知道，究竟是在什么时候，无意识之间亲手给自己制造了一颗地雷，埋在了离自己不远的地方，直到它炸起来的那一刻。就像不会有人知道骆语薇此刻的心情。

回惊池小区的路上，徐匪问路棠，如果手下的作者拖稿，她一般都是怎么管理的。这个问题，着实戳到了路棠的心窝子上，天下作者的一大可恨之处就是拖稿，用尽各种手段，穷凶极恶地拖稿是也。

“以雾阳为例，他是青时拖稿派的代表人物。不过这小子对上我，还是不敢横的。”

“哦？”

见是红灯，路棠把车停下，有些感叹地跟他解释道：“毕竟，我是可以为了催稿天天去他家门口堵着的人。”

外行人听起来，或许会觉得作者与编辑之间为了拖稿而斗法十分有趣，但其中包含的辛苦，只有职业催稿人自己知道。

“之前，我没试过创作日记性质的短篇故事集类作品，”他突然开口，“所以，我不能保证自己的进度完全按照计划进行。”

“什么？”她差点一脚踩上油门。他这是什么意思？路棠有种不好的预感。

“不过，也许有你的监督会好一点。”

嗯？似乎还好。路棠松了一口气，她还以为徐匪要借着什么理由临时反悔，论监督人创作，那是她的老本行了，作战经验还是很丰富的。

“这没问题，反正同住在惊池，我来你家很方便。”

“嗯。”一旁的男人琥珀色的眼眸中划过一丝笑意。

于是，接下来空的时候，路棠都会跑去徐匪家监督他的创作，一方面是遵守自己给他的承诺，另一方面她也有点好奇徐匪创作时的状态是什么样的，如果遇见瓶颈，他的处理方式又是怎么样的。尽管之前已经算是关系还不错的朋友，不过这个人从来都把自己的情绪和秘密收敛得太好，所以对于路棠而言，他的身上有太多值得挖掘的地方。现在既然已经是他认可的女朋友，对于好奇的地方，就可以比较坦然地去试着接触一下了。

不过她跑徐匪家跑得太勤快了，以至于江筱都有些吃醋，直言她干脆收拾几件衣服，拎个包裹，这段时间就住在徐匪家吧，反正以她男神的为人，肯定也不会少了路棠的吃喝。

路棠笑嘻嘻地安慰了她几句，接着仔细一想，这个想法似乎挺可行的。毕竟论厨艺，连江筱也比不上徐匪这位隐世大厨。而且徐匪一个人住，公寓里也还有一两间空房。

晚上去徐匪家的时候，她开玩笑地说起这件事，本以为他会吐槽自己厚脸皮，没想到他当真了，考虑了几秒之后跟她说，“可以，需要现在去帮你搬东西吗？”

嗯？“我开玩笑的，原本离得就不远，特地搬这一趟太费事了。”路棠托起小白抓着他衣服的小爪子，笑道：“再说，那边还有一位深闺少女等着我呢。”

“深闺少女？”徐匪拨下揪着自己胸口衣服的小爪子，满意地看到原本跟着小白微微前倾的人在失去受力点之后自然的后仰，轻轻搂住了她的腰，把一人一猫都半抱在自己怀里。她常说自己跟个男人没有什么两样，腰却只盈盈一握。

“呃……”突然拉近的距离让路棠有点不适，她尽量忽略腰后那只手上带来的温热触感，轻轻揪了揪小白身上的软毛道：“你看这孩子，什么时候松开了手都不知会我一声，幸亏你爸爸眼疾手快，不然姐姐我就要后脑勺着地了。”

“是妈妈。”他含笑强调道，手却没有松开。

“什么？”她没有反应过来。

“我是爸爸，你是妈妈。”他又靠近了几分，呼吸相闻。

徐匪是个套路很深的人，路棠再次肯定了这一观点。这样下去可能要出事，她怀疑自己风流倜傥的气质要受到影响。

“徐匪。”她尽量让自己的神色镇定。

“嗯？”

“你觉不觉得我们离得太近了点。”看着徐匪近在咫尺的眼睫毛，她突然觉得很有压迫感。

“是吗？我倒不觉得。”放在她身后的手微一用力，看着人和猫一起跌入了自己怀里，他才觉得心里空着的一块地方慢慢被填满了。岁月静好，不过如此。

“还可以更近。”他慢慢说道。如果把在两人之间的空隙窝着的小白拎出去，还可以更近。

路棠此刻已经说不出话来了，她的头被压在了他的胸膛之上，耳鼻之间充斥着他的气息，清冷但是带着侵略性的男性气息，如此的清晰。曾经也有一个人，带着这样的侵略性气息靠近过她。她突然觉得很没意思，一把推开他站了起来，小白适时地从她怀里跳了出去，她居高临下地看着被一推之下有些半跌在地上的人，即便如此，他还是风华未乱，历雅口中的谪仙一词，用来形容此刻的他好像很贴切。

“诶，本来是要来监督你创作的，结果跟你一起逗起猫来。快起来，去干活了。”她找回笑容，过去想拉起他，却没拉到他的手。

徐匪手微一撑地，站了起来，接着径直去了卫生间，没有再看她一眼。

路棠的笑容僵在了脸上，片刻之后意识到了什么，很快抱起小白走到卫生间门口候着。

看到他出来，马上举起小白的两只爪子解释道：“刚刚被小白挠了一下，你知道我很怕痒，一时没控制好力道，才不小心把你推地上了，不是故意的。”

他的神情和那天从酒吧出来时的样子有几分相像，眼角眉梢都散发着冷气，这意味着他还在生气。

路棠还想再解释一下，徐匪开口道："实话有时固然难听，假话却更让人生厌。"

她一时语塞，也许刚刚一把推开他的做法是有些不当，不管怎么说，名义上而言，他们现在是男女朋友，拥抱是再正常不过的事情。但是，她不也是为了给双方一个台阶下才找了这个借口，毕竟她已经多年没有跟男人谈恋爱，不适应之下推开他也很说得过去，只是直说怕太下他面子罢了。这人还非要点破这一点，让彼此都这么尴尬。

"我早就跟你说过，我……喜欢的是女人，你突然这么一下，我有点不适应……好歹你提前知会我一声……"她的声音越说越低，这个话题实在太尴尬了。

徐匪却在听了她的话之后，拉着她的手臂坐到了沙发上，开口道："提前知会你一声，你还会乖乖让我抱吗？"

"我……"她接不上这话。

"我记得，上次跟某人谈及这个话题，她就一连三天没有出现在我家。"

她试图辩解，"不是，那几天刚好接了个重要的case。"

"哦，你现在最重要的case不是我吗？"徐匪捏了捏她的手，"这么巧，刚好在那三天又接了一个新的。"

路棠想拨掉他的手，他却把她前来相帮的另一只手也握在了掌中，轻轻摩挲。"路棠，我说过会给你时间适应。"徐匪的面容柔和下来，"不过，我们已经正式交往半个多月了。"

"嗯。"路棠相信自己此刻的声音一定低如蚊呐。

"我是个正常的男人。"他继续说道，声音听起来竟然有些温柔。

不过路棠来不及为他居然从生气慢慢变到了现在的温柔而不可思议，她现在满脑子都是他刚刚说的那句话。我是个正常的男人……正常的男人……

正常的……男人！她从来没像今天一样，对他是个正常的男人这一点认识得如此深刻。不过他特地强调这一点是什么意思？难道自己还要负责帮他解决那方面的需求？

想到这里，她几乎要倒吸一口冷气，镇定，她用尽量冷静也尽量严肃的口吻说道："那个，先说好，我现在还不能接受太过亲密的接触。而且，我不接受婚前性行为。"

"傻瓜。"徐匪听完她说的话不由笑了，再一次伸手揉了揉她的脑袋。

路棠发现他很喜欢揉自己的脑袋，他的这个动作看起来跟恋爱中的中学生一样幼稚，不过相对他的其他动作，她还是对这个比较接受。

"你想到哪里去了，我还没这么饥渴。"他的话打断了她正在进行的思路。

汗……他自己强调了，他是个正常的男人这一点，这句话不让人朝着那个方面想才奇怪吧。结果现在又一副是她很污才会把事情往歪的地方想的样子，让她怎么接？还……饥渴，您用词可真敢。这种时候她应该说什么，鼓掌说您的自制力真好？见鬼去吧。

路棠还在一边胡思乱想的时候，徐匪把她拉到了自己怀里。看，她就知道，男人就是口是心非派物种的典型代表。不过，徐匪只是把她拉进了怀里，头虚虚地靠在她肩上，并没有进一步的动作。

"另外，不论是什么情况，我希望我们之间彼此能够坦诚。如果对于亲密的人都不能够真实，人会更加虚幻，也更加疲惫。"他的声音从耳侧传来，平和冷静，带着安定人心的力量。

路棠不由自主地点了点头，点完之后发现这样的行为似乎太乖顺了点。自己又不是小白小黑，怎么就这么乖乖地被教育了？

徐匪抬起头贴近她的脸，声音轻缓："路小姐，现在能适应了吗？"

"什么……适应？你说……适应什么？"

他突然的靠近，气息喷洒在耳侧，路棠的意识差一点再一次被震飞，好一会儿才意识到徐匪刚刚称呼自己的是——路小姐？自从她路公子的名头开始打起来，身边的同事、朋友几乎都是笑着称她一声路公子，其中当然有她的蓄意为之，除了江筱这样多年的朋友，还真的少有人会挑战她的这个规矩。

想到这里，她试图坐起来跟他好好说道，却在起身的瞬间被人慢条斯理拦腰扣了回去。没错，他是慢条斯理的，却很轻易地把她扣了回去。路棠想到扣住自己的人那天在酒吧的身手，好吧，对方武力值比自己高，真动起手来肯定也还是要落败……这个姿势虽说少了点气势，不过勉强也可以凑合，不过态度还是要严肃。

她清了清嗓子，语调平板道："那个，虽然我性别为女，不过你还是叫我路公子比较好，比较符合我的气质。而且熟悉的人都是这么叫的，我也已经习惯了。"

"别人都是这么叫的——路公子？"他把玩着她的手，重复了一遍。

"嗯……没错！"

路棠很想告诉他，自己的手不是白面团，不要随意地捏来捏去，他们现在正在讨论一个严肃的话题，此实为阵前扰乱军心之举。不过直觉告诉她，如果自己真的这么说了，可能会导致某些不好的……细思极恐的结果，所以她憋了回去。

"别人，不等于我。别人面前，你是路公子，我面前，你是路小姐。"静默了片刻的人终于给出了他的解释，语气沉静而不容置疑，说完之后抬起怀中人的脸轻轻吻了一记，"记住了。"

路棠已经彻底说不出话来，这个人还敢再过分一点吗？欺负自己人在屋檐下，不得不低头是吧。君子报仇，十年不晚。徐大少，你等好了。

不知道现在脸有没有红起来的迹象，自从确认了新的关系，路棠发现自己和徐匪待在一起时每分每秒都需要提高心理素质，徐匪其人，实为套路高深的君子小人综合体，最擅长迷惑人心，改人本性，她一定要警惕别入套。

Chapter 32

正确安抚女朋友的方式

经过了“适应”事件中徐大少的循循善诱，虽然嘴上不肯承认，不过路棠的身体实际反应很诚恳地向她暗示，对于某人的拥抱，偶尔的一些并不过分的亲密举动，它已经接受比较良好了。而且徐大少的“调戏”，着实有利于促进身体本身的内分泌改善。

路棠在徐匪家的卫生间里照了照镜子，五官还是那么的英俊，在此基础上她的皮肤似乎变得更好了一点，莹莹有如玉光泽，风流动人，看来因为自己而打架的小姑娘又要多一批了。她忍不住自拍了一张“美照”。自恋，实在是种悦己又悦人的良好属性，让一般女人更美，也让她这样的非一般女人更帅。

在自己名义上的男朋友好吃好喝款待下，最近一段时间，她着实好好享受了一番生活。而且徐匪实在是个省心的好作者，基本上不用自己盯，每日的进度就会超量跟上。路棠来他家基本上是以吃东西撸猫为主，盯稿探讨剧情为辅，小日子过得着实舒心。

“徐匪，你教育小猫咪都那么严谨，我真的很难想象你以后教育自己的孩子会有多严格。”和徐大少探讨完一个创作进度上的调整，路棠忍不住说起了这件一直以来都很想吐槽的事，她揉了揉小白的脑袋替它打抱不平道：“你看，这孩子虽然机灵，啧，被迫做各种锻炼时候的那凄惨样子，我见了都心疼。”

徐匪闻言薄唇扬起一道弧度，“嗯，母亲太慈，只能父亲严格一点了。”

“……”怎么每次认真地跟他交流一件事情，这人最后都能转变成含而不露的调戏，很好玩吗？因为脸皮足够厚，正常情况下，她的脸都不会红得太明显，所以路棠实在不明白，他坚持不懈地持续这个行为的意义究竟在哪里。

“不过，你似乎有点偏心。”他突然开口。

“什么偏心？”他这话说得没头没尾，路棠听不明白。

“相对而言，你更偏爱小白，小黑比不上小白。”这个……他不说路棠还不觉得，被他这么一提，她发现自己好像是有点。

“为什么？”徐匪把小黑轻轻放到路棠的腿上，又从她怀里捞起了一直舒服窝着的小白同志。

看着小黑圆溜溜看着自己的眼睛，路棠一时之间有些无措，要说理由，似乎也没什么特别的原因，只不过小白比小黑更黏她，而小黑么，非要说的话似乎更黏雾阳多一点，下意识地，她就更喜欢去逗小白了。

“严格来说，其实两只小猫咪我都挺喜欢的，也没有……”

路棠正要就这个话题展开，门铃声欢快地响了起来，她看了一眼手表，接近饭点……这个时间，看起来比较像许久不见的雾阳同学来蹭饭的节奏，示意了一眼正要起身的徐匪，“你继续码字，我去开门。”

门一打开，果然是神秘消失了一段时间的某文艺青年——雾阳。

他一身蓝白色系的衣着，原本是十分清新的味道，却被他生生穿出了忧郁少年的气质。雾阳冲着门里的路棠打招呼，“好久不见了，我亲爱的朋友。”

“真是好久不见了。”路棠原本想开玩笑问他这段时间又去哪个浪漫小镇玩耍了，话到嘴边改成了，“你这是，要走忧郁系邻家哥哥的路线？”

说忧郁还是浅的，他现在看起来真的很不好。原来的温暖治愈气质不复存在，疲惫和消沉却在眉宇间若隐若现。

雾阳笑了笑没有回答，换了鞋子走进去。

路棠关上门，跟着他一起进去，想着他这样的情况，是不是让徐匪问一下究竟是怎么回事比较好，毕竟徐匪跟他更熟悉一些。却发现屋里的两个人之间，气氛也很怪异。

雾阳脸上是勉强的笑意，连她都看得出那份勉强，与他相识相知了多年的徐匪不会察觉不到，但他一句话都没有问，只说了一句“来了”，便又转过头去继续码字了。

雾阳脸上的笑容显得更加勉强，压下某些情绪后抬起头，“阿匪，今天我想在这儿吃午饭。”

“好。”回答他的人连头都没有转过来，音调淡淡。

路棠觉得有些丈二和尚摸不着头脑，不过以她的身份，也不好说什么。她不知道他们之间是因为什么事闹了不愉快，看起来像是雾阳的错大一些。论交情，曾经她是跟雾阳比较熟，不过现在她已经是徐匪的女朋友，被他好吃好喝地罩着这么久，不能胳膊肘往外拐。不过这样的氛围，身处其中的人便觉得如坐针毡。

午饭照例由徐匪下厨，简单的五菜一汤，清香诱人。往常三个人一起吃饭的时候，总是有说有笑，连徐匪面上的笑容也不少，今天是路棠和他在一起之后第一次跟雾阳一起吃饭，却是这么僵硬冷漠的气氛，着实让路棠觉得有些不舒服。

想到“第一次”这个关键字眼，抱着调节一下气氛的目的，路棠故意冲着雾阳坏坏地笑了一下，见他的目光投向了自己这里，才慢悠悠开口道：“雾阳小朋友，有一件好玩的事情你可能还不知道。”

“什么？”他果然乖乖上钩。

“我和徐大少，本着互相为人间收了祸害的目的，在一起了。”她说着向雾阳挑了挑眉，“怎么样，是不是很神奇，你肯定想不到……”

她话还没说完就被雾阳打断了，“我知道。”

“青时的八卦流通一向比黄浦江还快，还没来得及恭喜你们。”他此刻脸上的笑容却并不好看，看起来竟然有几分仓皇之意，仿佛下一秒就要维持不住。

事实上，结束这段对话之后，雾阳只是草草扒了几口饭便离开了。路棠从未见过他这个模样，一时之间愣在原地说不出话来。

“难道说，”路棠看了眼除了偶尔给自己夹菜，基本都在安静吃饭的徐匪，惊讶道：“他不仅惹到了你，还背着我做了什么对不起我的事？”

路棠此问也有调节徐匪心情之意，以免他对雾阳生的气还没结束，殃及了她这条无辜的池鱼，这人生起气来，犹如钝刀割肉，不猛烈但着实让人不好受。

徐匪看了雾阳还没吃完的半碗饭一眼，余温犹在。事实上，真相常常就藏在人们不经意的玩笑话里。他夹了一块鱼肉放到路棠的碗里，淡淡道：“吃饭吧。”

“哦。”

吃完饭，徐匪从厨房收拾好餐具出来，走到电脑桌前正要坐下，衣袖被人轻轻扯住了，英俊得有些过分的脸不知道是从他身后哪个角度突然冒了出来，一双乌黑的眼睛眨巴眨巴有如小白小黑向自己讨巧的时候。

“你跟雾阳，怎么回事？那臭小子又干什么出卖你的事了？”她问道。

徐匪沉默了片刻：“没什么。”接着，他拉下那只揪着自己衣服的手，坐到了旋转椅上。

他这个样子，好像不是“没什么”的人会有的反应吧，明明当初说要对彼此坦诚的人是他。只许州官放火，不许百姓点灯。路棠嘟了嘟嘴，坐在餐桌旁拿起书继续看。

键盘敲击的声音逐渐响起，一阵静谧在两个人之间蔓延，夹杂着人心底的暗流涌动，仿佛和雾阳出现之前一样，又仿佛有哪里变得不一样了。

良久，敲击键盘的人停下了手中的动作，转过头去看桌边的她，“你在生气？”

“没有，看书呢。”路棠从书中抬起头，笑得十分自然，“很有趣。”

看起来是很有趣，有趣到让她忘记了侵占家里的黄金位置，在刚刚那近半个小时的时间里，一页纸都没有翻动。

“为什么生气。”他开口道，这次用的是肯定的语气。

什么为什么，路棠心里压了下去的那阵不快又蹿了上来。自己不允许别人探究他的心思，却非要别人把自己的想法都交代得一清二楚，没有这样的道理吧。她低下了头继续看书，默认了自己的确是在生气，却没有正面回答他的话。

这个女人有时候真是倔得可以。“你生气的原因，是周子阳？”他仿佛轻轻叹息了一声。周子阳，是雾阳的本名。

路棠捏着要翻页的那一张纸没有说话。

“不论我跟他之间发生了什么，都与我们之间的感情无关。既然无关，何必在意。”他的语气淡淡，却是在认真解释。

可他越是语气平淡，越是理由充分，她心里的不快反而越积越多，好似听见心里“嘭”的一声，有些东西炸开了，十分清晰。终归是没绷住。路棠放下手里的书看向徐匪，“无关只是你所认为的，周子阳不只是你的朋友，也是我的。如果你们之间发生了不可调和的矛盾，作为你们共同的朋友，我的处境不会不尴尬。而即便如此，你也觉得我没必要知道那个矛盾究竟是什么，不只因为在你的眼中，我没有办法调解你们之间的矛盾，或许也因为我的立场不在你的考虑范围内，是吗？”这也许是他们相识以来，路棠第一次用这样的语气，直截了当地表达自己对他的不满，回想了一遍自己说的话在用词和逻辑上并没有太过偏颇的地方，她安静地看着他，等着他的回答。

“如果，矛盾在于他不支持我们在一起呢。”很轻的声音，带着让人读不懂却不由心慌的情绪。他敛眉道：“路棠，你要怎么做？”

恍若平地一声惊雷。矛盾在于，雾阳不支持他们在一起。

“雾阳……”路棠有些找不回自己的声音，徐匪不会开这样无趣又伤人的玩笑，所以，他不是在开玩笑。人非草木，这段时间徐匪对自己的照顾和在意她都看在眼里，他在乎自己，这是毋庸置疑的。而雾阳，因为反对他们在一起，所以才会和徐匪闹了不愉快。她回想起自己从西西里旧梦回到青时，恰好遇到他的那天，那时，雾阳的神色就透着异样。但是，“为什么？因为……我喜欢女人吗？”

徐匪没有回答她，眸光深而沉。

路棠有些怔愣，雾阳很在乎徐匪这个朋友，也因为如此，他不希望自己这样的女人和徐匪在一起，毕竟她看起来不像是个正常的女人。以徐匪的条件，完全可以找到一位足够温柔、美丽、端庄而又懂得体贴他的人，一个真心爱他的人。曾经她就是这么想的，在和徐匪只是朋友之时，她和雾阳一起探讨过，他未来的女朋友应该要有的模样。那个人应该有很多美好的地方，却绝对不是自己这样，为了达成商业上的合作而接近他，答应和他在一起也是为了进一步促成最后合作的人。她一直觉得，即便是骆语薇，也只是勉勉强强达到要求而已。那么，自己呢？他们已经正式交往了这么久，她的眼里还是一心只有工作，一味享受着他的照顾，却没有真正尽到女朋友的义务。即便她只是假装的，也应该假装得到位一点，偶尔也有意识地去回报一下他的付出。她现在这样，也难怪身为徐匪好友的周子阳会不认同了，甚至连累得他们之间起了这么严重的矛盾。或者说，原本她借着徐匪一时的意乱情迷答应了他，趁机达成自己的工作目标，其实就是违背了道德底线的。

思及这一点，路棠的思维一片混乱，有些慌张的视线略过旋转椅上的人，勉强笑道：“我突然想到……江筱让我今天早点回去，陪她买衣服，差点都忘了。”

快逃吧，逃开这个地方，回去好好想想清楚。即便这个项目失败，老板雷霆震怒，也好过因为自己的欺骗失去两位已经不能说不重要的朋友。

徐匪静静地看着她，唇线慢慢抿起了危险的直线，没有说话，像暴风雨来临前，波涛汹涌之上的平静海面。

“诶，我先回去了，晚了又得被她说。”路棠不敢再多看他一秒，从圆木凳上匆忙站起来，拎起搁在一边的手袋就走向门口，心里默念着他不要再说什么或者做什么阻止她的离开。

背后突然传来“哗”的一声，是旋转椅滑动的声音，路棠不敢回头看，脚步顿时又加快了几分，心里只有一个念头，他不要追上来，不要追上她……

手臂突然被人一把拉住，那人挟带着风雨欲来的怒意，捏得她的手臂有些微微发疼。

“这就是你的调解方式？嗯？”

这是路棠第一次听见他发出这样含着冷笑的声音，以往他即便生气，至多也只是进入面无表情状态而已。也许怒意积累到一个峰值之后，风度再好的人也不能避免会泄露一些情绪，勾缠在其中的究竟是什么？她不敢细想。

“没有，”路棠尽量保持着声音的镇定，“真的是和江筱约好了，你也知道做人不能言而无信的，哈，哈。”

“你知道我不会相信。”

“是，你知道……”路棠点了点头，声音有些干瘪，“可能你也知道，我这辈子没打算再喜欢男人了，你看，雾阳都看得比我们清楚。徐匪，你的条件很好，人又那么好，一定会找到一个比我好千倍万倍的女人。”感觉到臂上的力一点点加重，她压下心底莫名涌起的涩意继续说道：“你看，我都不像个女人，连你亲密一点的动作都那么排斥，真的不值得你……那个项目，不值得我用两个朋友来换，之前是我太利欲熏心了，我们，还是分……”

她的话还没有说完，人已经被他一个用力直接带得转了个身。徐匪扣住了她尚未反应过来的双臂，把人拉进了自己怀里，行云流水，武打招式一般，一气呵成。

“徐……”让人烦躁的话音终于完全消失。因为，他开始亲吻她。

路棠怔怔地看着那双琥珀色的眼睛，此刻，那里面沾染着各种让人心慌意乱的情绪。生气，怜惜，还有浓烈的情意。

“你看，没有排斥。”话音落下，他原本静止不动的柔软唇瓣开始轻轻摩挲，一寸寸试探，在她即将开口说话时，挑开她的双唇吻了下去，一深一浅，让人失了心魄。

路棠的理智短暂地回神了一秒，奈何徐匪抱她抱得很紧，她试图挣扎，却发现他的力道大得她根本无法动弹，甚至因为她的动作而愈加收紧，而下一秒，他的唇舌立刻再度摄去了她的心神。

周围非常安静，没有任何人来打扰他们，他的吻也越来越深入，直到舌尖扫过某处，她终于承受不住地发出了几不可闻的一声呻吟。

理智终于回笼，彼时他的手臂已经微微松懈下来，路棠揪着他的衣服用力推了一把，终于离开了那个让人不由依恋也差点窒息的怀抱。再多一秒，她可能真的要窒息了。现在虽然他们保持着一定的物理距离，周遭萦绕着的暧昧气息还是像一条无形的线一般，把他们紧紧缠绕在了一起。

“徐匪……”路棠没有继续说下去，她的嗓子微微有些低哑。实在是，令人尴尬。

她没想到徐匪会这么做。这样，是不对的。现在是对他进行严肃批评和指正的最好时机，奈何她现在根本不敢开口。就怕自己的声音还没有恢复正常，催生他做一些别的，更不对的事情。只能瞪着他装哑巴。

徐匪也没有开口。不过，他竟然还敢笑，以为笑得不明显她就看不见了么？真是是可忍，孰不可忍！叔叔能忍，婶婶也不能忍。

就在路棠爆发的前一秒，徐匪上前托住了她的肩膀，把她轻轻转了个个儿，捡起一旁不知什么时候落到地上的手袋，几乎是半推着把她送到了门口。

路棠瞪大了眼睛偏转过头去看他，“你你你……什么意思？”

吃干抹净了想不负责任么？当然，她憋住了，没有把这句吐槽说出口。徐匪没做到那一步。

看她一边不时投过来恼怒又不甘的目光一边换好鞋子，徐匪笑了笑，按着她的肩膀，几乎是推着把路棠送出了门，“回去好好反思，自己今天的行为。另外，不要下次就没胆过来了。”然后没有一丝犹豫地关上了门，只留几丝没压住的笑意余声。

什么什么？该好好检讨反思的人明明是他才对，竟然恶人先告状，小人。还有什么叫没胆过来？他开什么国际玩笑，她会是那么没种的人？明天她还是该来来，该吃吃，看他还有什么话说。而且，如果“以貌取人”，要调戏，也应该是她调戏他吧！

Chapter 33

公子形象，是用来被扑倒的

计划赶不上变化，路棠倒是很想接下来照旧每日去徐匪家盯稿，顺便有力驳回他的“污蔑”，只不过人在江湖身不由己的情况如同家常便饭。

老大有事要出国一趟，看路棠最近似乎不是很忙的样子，干脆把手头一些琐碎但又不能说不重要的活儿丢给了她。一日为师，路棠无奈接手，一忙起来，就没精力记着要“挽回尊严”这件事了。

直到青时的事告一段落，她才意识到这段时间基本没有去过徐匪家，就像是突然的销声匿迹了。这么一来，徐匪可能真要以为，她是和他接吻了一次之后就没胆去找他了。这个问题很严重，事关她一直以来在他面前“洒脱”形象的塑造。

想到之前的那个吻和他最后的笑意，路棠脑子一热，在微信上给他发信息：“徐小妞，本公子这段时间刚好公司有事，没怎么来看你，有没有想我？”发出去之后，她仔细看了看那条微信，开始有了一丢丢后悔的情绪。

毕竟，徐美人只是长得比小妞好看，并不是真的小妞。不过他似乎并不在线，没有回复她。路棠等了一会儿依旧不见有什么回音，决定等下班了直接去他家，趁自己调戏他的勇气还没冷却，誓要扳回一城。

还没等到下班，徐匪的来电已经出现在了她的手机屏幕上，伴随着一阵又一阵的震动，似乎映照出了来电人的某些心情。徐匪很少会在这个临近下班的时间点打给她，路棠平复了下略有些紧张的心情，接起电话，声音镇定而戏谑，“徐小妞。”

电话里竟然笑了一声，接着徐匪的声音淡淡传来，“路小姐，你想通了？”

徐匪其人，说话总是这么掐头去尾，偏偏自己刚好还能领会他的意思。想到这半个多月都没有去找他，尽管是因为工作，路棠心里还是莫名心虚了一下，不接他的话，道：“嗯哼，是路公子。说起来，我挺久没见小白小黑了。”

“那就过来吧。”徐匪看着结束通话的手机但笑不语，究竟是真的忙到一点时间都没有，还是借着工作的理由避着他，只有电话那头的人自己心里清楚。

一个小时后，路棠出现在了徐匪家。

盯稿子与蹭吃是次要目的，今天她是抱着借容貌优势好好调戏徐美人一番的大目的来的。

进门，撸猫，吃饭，一切都很正常。

饭后，两人窝在沙发上看电影，不过某人的视线实在太过强烈，徐匪终于转过头看她。“盯了我这么久，看出些什么了吗？路小姐。”

“哦，也许你叫我路公子会更为恰当。”路棠勾唇一笑，额间碎发轻扬，慢慢压向某徐姓美男子，眼中似有星光流转。

徐匪笑而不语。嗯，某个笨蛋似乎打算自己投怀送抱了。徐匪很好脾气地任由她把自己压倒在沙发上，眉眼间都是让人心跳加快的清丽笑意，看得路棠一时有些晃神。

这徐小妞绝对要算自己调戏过的人中大boss一级的了，不过，镇定，把徐小妞当成个姑娘就行，毕竟人家的长相就摆在那里，慌什么？她这辈子撩过的妹子，没有上千也有一百了吧，没带怕的。

两人的距离越来越近，路棠已经感觉到他的呼吸之间落在自己脸上的热气，事实上她的脸也已经有些热了。不过，路棠伸出了修长的手指，慢慢勾起了身下人的下巴，笑得如一泓清泉，张扬又带了点肆意，“徐小妞，要叫路公子——公子，知道吗？”

蹲守一旁的小黑小白默默见证了这一幕“路姓纨绔公子”调戏它们的“徐姓黄花大闺女主人”的场景。

徐匪含笑看着她，没有说话，房间里安静得连一根针落在地上都能听见。

哟呵，这徐小妞竟然心理素质这么好，连脸都不怎么红，不行，这样的沙发咚太失败了。路棠又靠近了他几分，此刻他们之间的距离已经几乎为零，她轻轻捏了捏徐匪的脸蛋，唔，不得不说，手感真好，然后眯了眯眼睛调笑道：“徐小妞，乖，叫路公子——叫一声本公子就亲你一下——”尾音上翘，循循善诱。

徐匪脸上的笑容加深，色如春晓之花，媚色倾城，他开口道：“路——”

路棠在心底得意地笑了起来，然后发现一条手臂扣上了自己的腰，带着些许灼人的温度。呃……她还没扩散开的笑容僵在了脸上。有句话叫，不作死，就不会死，说的就是她。想起身已经是不可能，男女力气差异之悬殊，她此刻的感受已经非常真切。他们的唇几乎是贴在一起的，靠之，刚刚自己为什么要靠他这么近呢……

路棠试图挣扎，“徐……”剩下的话湮没了在他的亲吻中。

最终，路棠同学为自己的调戏行径付出了应有的代价，这件事对她造成的影响是，有好几天，她真的不敢登徐匪家的门。

美丽可人的徐小妞？呸，那都是假象。徐匪根本就是一条披着美丽羊皮的狼，大色狼。

“最近有时间吗？陪我回一趟F省吧。”

什么？听到手机里传来的话，路棠的大脑几乎宕机，F省是徐匪和雾阳的家乡所在地，他这是要带自己回去见家长。

“徐匪，这也太快了，我还没做好心理准备。你不能每次都这样，强行让我适应，我……”

“强行让你适应，每次，”低沉的男音打断了她的话，“你指什么？”

还能有什么？自己没正式批评他还敢主动来问，她一贯的好脾气都要分分钟磨起牙来。“你还记得我上一次来你家的时候，你做了什么吗？还记得我上上一次来的时候，你又做了什么吗？”

他要是敢说不记得……

“我记得。”电话里传来的声音低沉如大提琴，“不过，我不认为那是逼迫。”论一本正经地耍嘴皮子，徐大少认第二，应该没人敢认第一。

“OK，那几次不算，那你，第一次强吻我那次呢，给我个理由。本人，现在，还对那件事很困惑。”

电话那头陷入了沉默，良久，就在路棠几乎要以为他会一直这么沉默下去的时候，他开口了，“那是，对女朋友的鼓励，希望她不要因为一时的胆怯而放弃了。不要放弃，这段来之不易的感情。”

路棠一时说不出心里是什么滋味。

某日喝多了，她跟徐匪说起过家里的事。父亲因为那样的原因早逝，从小她便和母亲一起生活，母亲是个自尊心很强的人，耳濡目染之下，她也习惯了自己去面对生活里出现的困难，更习惯了独自承担。后来，母亲在自己的劝说下找到了后半辈子的幸福，她又经历了与木均祁之间的事，更加觉得一个人其实也很好。如果自己想要的物质、精神，基本都能自给自足，那么和另外一个人之间的爱情，也不是非要开始的，没有一开始的期望，就不会有后来的失望。而且，一个人谁都不爱的样子，其实真的很酷。她没想过能和谁一起走到最后，婚姻就像是爱情的坟墓，父母之间的故事已经给了她最深刻的教训。她最初不相信，遇见木均祁之后更加如飞蛾扑火一般，一发不可收拾，最终成了心上的一道疤。

而徐匪，他们之间的这段感情开始得就有些让人啼笑皆非，只不过他一直很认真地做着一个男朋友该做的一切。这样一个多金却体贴，皮相上佳却仍对另一半如此宽容的男人，换作其他女人，早该从梦里都笑醒了，她何德何能?

“路棠，这次回去，的确是要带你见一个人。不过，我的感情从来不需要向任何人交代，跟你在一起的人，只是我而已。所以，你不需要有任何心理负担。”

“好啊。”她听到自己慢而轻快的声音，“刚好最近挺辛苦，主编给我放了一小段假期。”

等下就去请假，算算看，自从进了青时文化，除了有一两次过年的时候回家探望了母亲，她几乎没有过假期，年假余额应该还有富余。

徐匪“嗯”了一声，淡淡的笑意隔着手机传过来，落入了她的心底。

Chapter 34

我有个秘密要告诉你

三天后，徐匪的车开上了回F省的高速公路。他的车开得很稳，不过一路都很安静，似乎对于回家，也有一种别样的情绪不断地侵占着他。前方的路一直蔓延到了视线的尽头，给人一种错觉，仿佛他们会在这条路上一直开下去，路棠看着两边不时滑过的一片片墨绿色，心里突然涌上一阵莫名的安定。

他们从早上八点多出发，不过到达徐家老宅的时候，时间已经快接近中午了。

徐匪把车开进了一片古老的建筑群，车刚刚停稳，便有人过来帮他们拿行李，“七少爷回来得正好，刚好赶上饭点。”

路棠有些讶异，“少爷”这样的称呼听起来可真有些古老。自己一直开玩笑地叫他徐大少，没想到人家还真是位大少爷。不过，在他上面竟然有六位兄姐，难道他是家里的老幺？

面对来人，徐匪没什么表情，带着她进去。也是真正走进那片年代颇为久远的建筑，路棠才明白，来的路上他说的“家里人比较多”是什么意思。

徐家似乎是当地颇有名望的家族，似乎是F省某个产业的垄断集团，徐老太爷——也是徐匪的爷爷，除了正妻之外，先后又娶了几个女人进家门。因此不仅整个家庭的人口繁多，这个大家庭的内部似乎又隐隐划分成了几个小集团。

一路走进去，跟一个个似笑非笑意味深长看着他们的人打过招呼，路棠只觉得，应酬这样一群人，真不是人干的事。以往她只听说过有关这样的家族的故事，今天身临其境感受了一番，只觉得很能体会徐匪的心情。难怪他更宁愿一个人待在S市。她想起了那时候木均祁对自己说的话，徐匪的家庭背景复杂，在这样的家庭里出来的人，不是她能应对的，木均祁没有夸张。不过，徐匪她不需要应对，他一直对她很好。徐匪那句“跟你在一起的人，只是我而已”一直回荡在她的耳边。也许等到项目结束，徐匪过了这阵子对她的强烈好感，他们的关系就会回到正常的位置，不过这句话依旧让她觉得有几分温馨，还有一阵安定的旖旎。

独身一人在S市打拼了这么久，魑魅魍魉她也见了不少，那些拐弯抹角的话里有话，她只当不知道。装傻充愣，在某些情况下是极为有效的应付法则。看挑不起什么浪花，慢慢地那些人便也觉得无趣而离开了。徐匪的性子冷漠，又没什么争夺财产的心思，他们也清楚这一点，因此除了一开始的好奇和打量，倒也没有特别不识相的人一直缠着他们不放。

来之前路棠一直颇为担心的“见公婆”一事，过程也并不让人觉得难以承受。徐匪的父亲被老爷子派去邻市处理集团业务上的问题了，路棠这一次并没有见到，至于下一次，也许要面对这一切的人，就不是她了。徐匪的母亲倒是个气质十分温婉的美人，着实惊艳到了路棠，尽管年岁已高，依稀可见她年轻时的风华。徐匪那一副迷惑人心的皮相，应该就是遗传自她，相比那个大家庭里的其他人，她对路棠的态度可以说是真心的亲善了。

午饭后，徐老太爷把徐匪叫去了书房，路棠便陪着她在花园里聊天。

“小棠，阿匪这孩子平时话也不多，有时候一个人坐上一天都能一句话不说，难为你不嫌弃他这个性子。”

听出她话里的担忧，路棠笑嘻嘻接道：“伯母，没事儿，我爱说话，刚好。”徐大少不嫌弃她就挺好了，而且，真要说不嫌弃他那个性格的女人，他微博底下还有六百多万人等着呢。

徐匪母亲被路棠的话逗笑了，作为母亲，她自然看得出自家孩子是真的喜欢眼前这个女孩子，虽然她的长相稍微特别了点，不过配上自家儿子的模样，倒好像是天造地设的一对儿。也许这一次，阿匪真的能够从那件事的阴影中走出来。

“你很可爱，阿匪这么喜欢你，不是没有道理。”她赞许道，“不过，你可能也看出来了，他并不喜欢这个家，平时一向很少回来。不是逢年过节，怎么突然就带着你回来了？”

这个问题，路棠记得徐匪来之前说的是要带她见一个人。他们从S市特地来到这里，要见的应该不会是普通人，她刚刚和徐家的佣人打听了一下，过几天就是眼前这位美丽夫人的五十岁寿辰。五十岁，已经到了知天命的年纪，所以，徐匪说要带自己见的人，应该就是徐夫人了，也刚好可以陪她过今年的生日。

路棠把这话告诉她，没想到徐夫人听完她的话，脸上不仅没有露出笑意，反而陷入了沉思。“你猜错了，他要带你见的人，不是我。”半晌之后，徐夫人慢慢开口道：“他虽然也算个有孝心的孩子，却从来没有因为我的生日而特地回来过。”

嗯？不是徐夫人，那会是谁？既然他的父亲不在家，还会有哪个人的身份如此特别，让他非要带着她从S市过来这一趟。

她刚要开口问，徐夫人脸上突然露出了笑意，看着路棠身后，“老爷子没为难你吧？”

“没有。”即便是面对自己的母亲，徐大少也是一样的惜字如金，路棠不禁为徐夫人默哀了一下，如果自己以后也会有孩子，绝对不要养成徐大少这样的性格，一点作为母亲的乐趣都没有了。

不过，徐夫人似乎习惯了他这个样子，笑着起身道，“你带小棠四处转转吧，我和王夫人约好了去天华看看衣服。”

“好。”

面对自己的母亲，他也实在太冷漠。路棠在心里替徐夫人暗暗不平，刚想要起身送她却被轻轻按住了，“没事，这里就我们几个，不讲这些虚礼。”路棠只能半是尴尬半是无奈地坐下了。

徐夫人离开后，徐匪带着她在花园里随意走了走，便送她回徐家安排的客房。

“明天要走一段山路，今晚好好休息。”他淡声道。

路棠点了点头。还要走山路，那个人竟然住在山上吗？路棠不由对即将见到的人又多了几分好奇。已经送到了门口，他却没有离开，反而难得地有些欲言又止。

“怎么了？”路棠开口问他。

徐匪沉默了片刻，侧过身对她说道：“晚餐，我会让人送到你房里。那些精怪不必去应付。”

“精怪”这个词的发音，在日常生活中其实并不多见，更不适合用来形容“家人”这个群体。不过这一次，路棠竟然刚好听懂了，大概是太过感同身受的缘故。在卧室里吃晚餐，在这样注重礼仪的家庭里，嗬，这可真是……懒得有些奢侈，也太没有礼貌了。他家里那些人多半会对这个第一次上门的姑娘留下不怎么好的印象……不过，自己和他们的交集，大概也只限于这一次了。想来徐匪也是知道未来她不会真的加入这个家庭，才会做这样的决定。她很赞同他能这么想，只是依旧稍微有点类似不愉快的感觉，也许是觉得哪怕那真的是一群精怪，自己也是能够应付的。顶多稍微有些心累而已，徐匪太小看自己的实力了。而且这样一来，他要承受的来自那些人的压力不是更大了吗？

路棠在一团乱糟糟的想法中犹豫着点了点头，下一秒额头上贴上了柔软温热的物什。她抬起头，看进那双琥珀色的深邃眼睛里。

“好好休息。”说完，他转身离开。

路棠想起以前和江筱讨论过的一个老梗，不同部位的亲吻，反映着你在对方心中的意义。亲吻额头，代表对方很珍惜你。

她推开门进入房间。这是在胡思乱想些什么？自己现在的行为，几乎要和那些年轻的小姑娘一样了。

第二天一大早，天色仍有些灰蒙，便有佣人过来敲门，代执行徐大少的指令，让路棠小姐起床。

路棠昨晚睡得并不好，因为徐匪在门口的那一段叮嘱，后来反而失眠了，因此现在要爬起来分外痛苦，不过想到一直好奇着的那个人，她还是努力压下了对床的渴望，咬咬牙爬了起来。

徐匪没有开玩笑，吃过早餐之后，真的开车带她来到了一处山脚下，然后带着她——开始爬山。这座山并不高，一路的景致也堪称是别有意趣，只是地势有些崎岖。跟着徐匪一路往上走，从小登山经历并不丰富的路棠，初时还饶有兴致，瞌睡也去了大半，但走了良久发现还没有到，体力逐渐向她宣告抗议，而四周的人烟也越发稀少的时候，她开始有些不安起来。

“徐匪，这位我们要拜访的人，是一位隐世高人吗，竟然一个人住在这么清冷的山上？”

“不是。”徐匪转过头去看她，“快到了，你昨晚没睡好？”

的确没睡好，昨天和他分开之后，路棠就在反思自己前几天一时冲动地答应了他来F省，完全属于没有经过理性思考和判断的行为。其实，自从她和徐匪的世界开始产生交集，不只是徐匪的生活轨迹和原则在因为她而改变，她自己又何尝不是呢。古话说，近朱者赤，近墨者黑。当两个人越来越靠近的时候，影响力也是相互的，她想起了那条中学时期就学过的物理定律，“力的作用是相互的”。所以，才会有那么多人，在寻找伴侣时，希望找到的是一位才行俱佳的人，因为这样带来的正面影响会远远大于负面的。

徐匪带给她的，更多的无疑是正面的影响。他很少会直接指出她的错误，却在耳濡目染间，让她学会了如何让自己过得更轻松一些，学会有意识地在紧凑的工作日程之余，留出些闲暇，逗猫看书，通过短暂的放松与充电让自己的心态更加稳健，也学会有意识地将定期的反思作为一种习惯，通过及时的自我反馈优化自己对待人事的方法和态度，还学会有意识地从身边遇见的各类人身上学习，获取有益的经验……越想，路棠越发不安起来。徐美人带给她的影响已经在很多方面深切地融入了生活中，尽管那都是有益的影响，但当另一个人的习惯逐渐变成了自己的习惯，这意味着什么，不言而喻。失眠成了必然，思及第二天的行程，想到自己本不应该胡思乱想以致失眠，在压力的作用下，路棠的失眠状况再一次加重了。

但是这些，她不能让走在前面的徐匪知道。路棠看着面前那道安静颀长的背影，一时间有些心烦意乱，却不知道自己烦乱的点究竟在哪里。

“到了。”他突然停了下来。

终于到了，路棠不禁露出了笑脸，再走下去，她的腿可能真的要撑不住了。

不过，当她兴致勃勃地打量了四周一圈，发现除了荒草与一些灌木之外，似乎并没有任何房屋与人烟的痕迹时，一开始的那种不安感又冒了出来，“你说要见的人，在哪里？”

徐匪没有说话，把离他不远的一处略微有些高的灌木慢慢拨开，路棠有些好奇地凑过去看，顿时一愣。那是一处小小的土坟，因为并不高，恰好被那丛灌木所遮挡。坟墓上面立着一块碑，看起来还很新，却没有刻葬的究竟是谁。路棠不禁有些毛骨悚然，实在是这个地点和所谓要见的人，都太过匪夷所思。

“她是个很美，也很善良的女孩。我们的关系，用‘青梅竹马’一词来形容很合适。”徐匪没有转过头来，声音里透着依恋与深切的温柔。

此刻的他仿佛卸去了一直以来的淡漠伪装，纯真而柔软。那里埋葬着的那个女孩，他们之间应该有过很深的感情。

“十六岁那年，为了帮我逃离那群精怪的控制，她牺牲自己留下了，意外之下被毁了容貌。”突然的转折让人猝不及防地心口一窒，徐匪的声音却依旧平淡，仿佛在说着一件与自己毫不相关的事情，“那些名义上的家人，那个家，就像一个地狱。都是欲望在作祟，让人变得人不人，鬼不鬼。”

他的话里包含的信息量太大，路棠一时之间不知道该说什么，只能沉默。

“这个世界上，我不相信的人很多，不相信的事更多。”他的眼睛注视着那块无字墓碑，“我不喜欢说话，更不喜欢告诉别人自己的事，人的弱点往往都是自曝于人前。”

路棠张了张嘴，却最终什么都没有说。

“那年离开之后，我和她失去了联系，彻底的。直到三年前，我才得知她的容貌早就被毁去，被家人所不容。”徐匪的声音很低，“我们终于见到了面。她就一个人住在这座山上，一个人看着日升日落，这么多年。”他的声音里含着无法言喻的自责，路棠轻轻握住了他有些冰凉的手。

徐匪的眼睛一直看着那块墓碑，露出了一抹极其让人心痛的笑容，“见面那天，我向她提出，请她嫁给我。因为娶她是我一直以来都很确定的事，不论是那一年被人拖着离开的时候，还是再一次听到她的消息的时候。她还活着，就是我唯一想娶的人。那样一个会因为我随口编的鬼故事吓到跳脚的笨蛋，竟然也会勇敢到一个人承受了那么多的痛苦。这个笨蛋，我想娶到身边，好好疼惜她。”

路棠的眼角已经潸然。

“但她拒绝了我。只说如果我找到了爱的人，要记得带给她看。”他脸上的笑容已经让人不忍再看。

“这个骗子。”他没有发觉自己的声音里有多么悲怆，“那一次离开之后，我再也没有找到过她。直到去年，有人告诉我，她就葬在这里。”

素来冷静如冰雪的人，即使生气也只是安静消化的人，这样浓烈的情绪，可见那份一直以来都被压抑在心底的感情有多么厚重。

路棠觉得自己的心口有些疼，为这个男人此刻难过得像个孩子一样而疼，也为埋葬在那里的那个女孩的孤独而疼，仿佛感应到了他心里的痛，痛极了。

世间的确有这样一些人，他们不为任何名与利，只为了心里单纯的执守，就这样付出了一辈子。他们好似雁过无痕，却又纯粹明亮到让人不敢直视。

“所以，今天我带你来见她了。希望她不会后悔，人，都不能后悔。”徐匪转过头来看她，笑得认真却悲凉。

路棠抬手抹去了他面上的泪水。他是这么的认真，那么，她呢？

徐匪，我后悔了。

Chapter 35

做个菜，调个情

从山上下来，回到徐家老宅，路棠便生病了，究其原因可能是上山的时候，衣着略有些单薄。虽然徐匪前一天提醒了她，山上的气温还是比路棠想象的低了很多。加上那一趟行程遇见的人和事在生理和心理上都让她太过疲惫，因此面对这场原本不是什么大毛病的感冒，也疲软无应对之力，只能任由它来势汹汹，侵占了她的所有意识。这一趟来徐家，她可能把不该做的事情都做全了。

徐匪几乎是衣不解带地照顾她，尽管有佣人，但他宁愿一切都亲力亲为。所以当路棠的感冒逐渐好转的时候，他也瘦了不少，只是神情依旧平淡。

半靠在他怀里看书的时候，路棠看见他嘴角新长出了一圈胡茬，一向爱干净的徐大少，这是多久没有剃须了。不过，他这个样子反而让人觉得更加可爱。她忍不住伸手去摸，有点痒痒的扎手，她一下子弹开，又忍不住继续去摸，“徐匪，你为什么对我这么好？”

徐匪抓住她的手轻吻了一记，此刻，她的眼睛浸润着对他的信任和依赖，看起来难得的乖巧。

“我在乎的人不多，你刚好是其中一个，只能对你好一点了。”他的话里似乎透着无可奈何。徐爸爸，真是越来越像一个爸爸了。

路棠刚想笑，又听到他说道，“或者，是因为她告诉我，珍惜一个人，就全心全意对那个人好。”

他没有指明是哪个他/她，但路棠听懂了。徐匪很少说情话，可是这句直白朴实到不像情话的告白，怎么这么叫人想落泪呢。路棠轻轻挣脱了他的手，在徐匪有些诧异的眼光中，伸出手去捏了捏他的脸，露出了得意的笑容。

偷袭很快遭到了回击，她的手再度落入了徐匪的大掌中，脸上也被小小蹂躏了一番，路棠一边侧过头讨饶，一边偷偷看他，他脸上的笑容真实而深切，她忍不住微微笑起来。这么好的一个人，真是容易让人产生贪念。

回到S市后，路棠对比起自己与那个女孩，自己得到的太多，而为徐匪所付出的却根本不值一提，愧疚之下决定对徐大少更好一点。

她在微信上问徐匪，有没有什么想吃的菜，她去跟江筱学了做给他吃，顺便也回报一下他一直以来的美食投喂。

徐大少回复很快，“谢谢。不过既然你要学，不如跟我学。”

路棠仔细一想，也有道理，毕竟没有人比徐大少自己更了解他的口味，而且他的厨艺比江筱更好。

“能跟你学的确更好。但是，这样你不是会比较辛苦？”

他回复了一条语音过来。路棠疑惑地点开，听见了一道低沉却温柔的声音。“教女朋友做菜，从来都不是辛苦的事情。”这人的套路真是越来越深了，都会用声音来蛊惑她了，每次说这样的话就用语音……徐大少的声音这么好听，这样下去她会不会变成一个声控。

在微信上和江筱告了罪，并且被吐槽了一番之后，路棠下班之后连家都没有回，直接去了徐匪家。

“你这是，良心发现的意思？”

“我一直都……还算有良心吧。”路棠看着自己买回来的食材一脸纠结。奇怪，为什么这话说得，她自己都有点心虚。

“嗯，还算有良心。”徐匪走过去洗了手，帮路棠系上围裙，又给自己系上一条，从袋子中拿出番茄进行清洗，“番茄通常有两种，一种是大红番茄，糖和酸的含量都相对比较高，味道也比较浓；另一种是粉红番茄，糖、酸含量相对低，味道也略淡。但如果生吃，后者的口感更好。”

路棠虚心地听着，不时点头，接着看到他拿起了一个番茄递到自己面前，以为这是要给自己吃，刚刚张开嘴巴，便见那只手很快收了回去，他忍俊不禁，“另外，这样的青番茄和果蒂部出现青色的番茄，营养比较差，含的番茄苷有毒性，以后不要买。着色不匀、花脸的番茄也不能买。”

瞥见他眼神里的调侃之意，路棠一声不吭地转过了头。大厨也不是一天就能练成的，至于吃货本性，她是不可能改掉的。他还笑，笑得这么明显，一点面子都不给自己留。

“好了，不是说来给我做吃的，路小姐，看你的本事了。”徐匪把清洗完的蔬菜分类摆好，让出了位置。

“啊？”路棠瞪大了眼睛，“不是说好，我先跟你学吗？”就自己那半吊子的厨艺，怎么可能做出让徐大少这么挑剔的嘴巴满意的味道？

“嗯，你做，我指导。”某人已经开始进入严师状态。

路棠不由瘪了瘪嘴，谁说只有女人才是善变的动物，徐大少身为一个男人，此刻也生动演绎了一番善变的男人好不好。

她心里这么想着，手上倒是在他不时地出声指点下慢慢进入了状态，一边倒入意面，一边慢慢搅拌，让面条在酱汁中逐渐乳化……馥郁的香气慢慢悠悠飘了出来，诱人的颜色也在平底锅中咕嘟咕嘟沸腾起来。啧，看起来自己还是蛮有天赋的，路棠脸上露出了开心的笑容。

徐匪看她笑得像个孩子一样，但笑不语。教女朋友做菜这种事，果然还是自己来比较好。

“诶？然后呢，接下来放什么？”

“放黑胡椒和蒜粉，量不用太多……嗯，现在差不多。”他忍住了伸出手去摸她头的冲动，因为一定会跳脚吧，打翻了锅中的美味就得不偿失了。

“哈哈，大功告成。徐匪，快夸奖我一下，这是我第一次做出这么色香味俱全的意面。”路棠看着盘中色泽明丽的美味，自豪之情油然而生。虽说徐匪这位好老师的指点功不可没，不过这也从侧面说明了，在做菜上自己还是有一定天赋的。

“嗯，我很有当老师的天赋。”他说得一脸认真。

“你走开。”

徐匪伸手揉了揉那颗想摸已久的脑袋，笑了。

“喂喂喂，”路棠拍掉他的手，“我最近怎么越来越觉得，你把我当小黑小白了。动不动摸我头，有事没事教育我几句，有时候给我吃东西还跟逗猫似的。我要是背上也长着毛，你是不是就该动不动也摸摸我的背了。”

这话其实很有些意思，局中人自解其味，徐匪抬眼看向她。

感觉到他目光里的意思，路棠也反应过来，自己刚刚那话，其实很有些暧昧，“那个……我不是那个意思。”

“嗯，我知道。”他的笑容意味深长。

他知道，知道个鬼，笑成那个样子，肯定想歪了。“你的思想要端正，徐匪同学，不要总是想些有的没的。”路棠正色道。

“路小姐，我的想法是你挑起来的。”

呵，这人就仗着会偷换概念欺负她，小人小人真小人。

“我说的是，你对待我，太像对待小白小黑了。”路棠咳嗽了一声，“不过呢，事实上，我这种说法也是用了修辞的。”

对，她用了夸张的修辞手法。徐匪对小白小黑，根本不需要怀疑，那就是爱。除了这么久的抚养与陪伴，也因为猫咪的主人，曾经在他生命中留下了那么深刻的痕迹吧。至于自己，只是一时的新鲜感吧，或者是因为空窗太久了。

徐匪吃掉一口面条，番茄酱汁和芝士的味道还算完美地交融在了一起，“味道不错。严格来说，你不算在用修辞。如果不是因为你跟它们如此相像，我不会那么轻易地接纳你。”

路棠愕然地看着他，“你，是觉得我像小白或者小黑，才……”

他点了点头，“所以，也一直把你当成了猫也来养了，喂你吃东西的时候，也很愉快……”看着某人越来越扭曲的脸色，徐匪笑着止住了话。

路棠很想海扁他一顿。搞半天，他竟然是没把自己当人看的……不，不对，不是这么说，这么说太侮辱人了。不过，当猫看，徐大少真是可以的，究竟是什么脑回路和眼光。她应该说什么好？感谢，呸。你滚，不，如果这么说，他可能又来摸自己的头以示安慰。

“所以，你说喜欢我，很可能是对人形小白小黑的一种衍生性的喜欢，连对那两只的喜欢都还比不上的那种？”路棠的脸色已经完全不能看。

她真想掀桌而起，亏自己从F省回来之后，还一度很愧疚对这段感情太过轻率地开始了，特地来做菜给他吃，想弥补一下。他倒是吃了她做的好吃的之后，就开始可劲儿吐真话了。她就说像徐匪这样的人怎么会喜欢像自己这么奇怪的女人，他们之间没有多少这个年纪正常男女朋友之间会有的亲密接触，徐匪作为一个年龄正在血气方刚之时的男人也不怎么在乎。搞了半天，人家根本就是把她当人形小宠物的？这种观念真是太匪夷所思了，也幸亏是生活轨迹原本就不同于常人的徐匪，要是换了别人，她还真不敢把这么诡异的类比安自己头上。如果换了任何一个别的男人敢这么想她，她不打得人满地找牙或者找人来打得他满地找牙她都不姓路。面前这个人她也不是不想打的，不过一是当初在酒吧好歹他也救了自己，自己还在他这儿蹭吃蹭喝了这么久，二是能打得他满地找牙的人真的不好找。她真是生气，而且还只能生气。

看着路棠脸上一阵阵的风云变幻，徐匪终于忍不住“噗”的一声笑了出来，伸手掐了掐她的脸道：“傻瓜，你的小脑袋里整天都在想些什么呢？”

呵，还小脑袋，她的脑袋很小吗？“你滚，”她一把拍掉徐匪的手，“谁小脑袋了？别用这种对宠物说话的语气跟我说话，我是人，不是你养的宠物！”

某人似乎理解错他的意思了，嗯，这个爹毛倒是很有意思。徐匪笑着盯着她，“好吧，路小姐，是我用词不当，你的脑袋的确不小。”

“你……”路棠站起身就要走，他也没拦，不过在她经过身旁要走向门口时，把人拉了回来，扣进了怀里。

“怎么，生气了？”他侧过头看向那张因为恼怒而有些发红的脸。

“搁你你不生气？”她连头都没有转过来，脸还有些气鼓鼓的，“徐大少，你这也太不尊重人了。”

“叫你傻瓜还真没冤枉你。”徐匪捏了捏她的脸，“对宠物的感情，对爱人的感情，我分不清吗？”

“哼，那谁知道。”路棠突然反应过来某个关键词，“等等，你刚刚说，爱……人？”

“对，爱人，心爱的人。否则，我怎么会带你去见她。”徐匪的声音很温柔。

看着那双真挚的眼睛，路棠被定在了原地，刚刚的那阵气血上涌慢慢退去了之后，有些东西才清晰地露出了它最真实的模样。刚才她很生气，最生气的点是徐匪所谓的喜欢，理由竟然这么荒唐。可是，她有什么立场去计较呢？和徐匪的这段男女朋友关系，她抱着的心态不就是满足他的心愿就好。成年人的爱情建立在互惠的基础上，等项目结束，等他厌倦了自己，他们也算各取所需，好聚好散。那么，为什么刚才这么生气？又在听懂那个词之后，如此心潮起伏。她原本的想法其实有些自私，她知道，但没有那么在意。而现在，面对着这样的徐匪，她突然有些不确定起来。

徐匪看她的脸色有点异样，不由问道，“怎么了？”

路棠尽量让自己的心绪平稳下来，对他展颜一笑，“没有，我是想到有一件事要拜托你。”

“什么？”

“过几天，我要和雾阳一起去外地参加一个活动，你知道，筱筱被汤峻打包带去日本了。这么一来，我们荷包蛋就没人照顾了……”路棠说着，揪了揪他的T恤领，眨了眨眼睛。

“你想让我照顾它。”他好笑地看着她。

“嗯，你别看它那么小一只，其实挑人着呢，一般人它还不稀罕亲近。放你这里，它应该挺高兴的，我也比较安心。”继续揪衣领，这个动作好像会上瘾。

“好了，大儿童，我帮你照顾。别揪我衣服了，”他拉下了在衣领上作乱的手，低下头，“来点实际的。”

什么是实际的，温香软玉，耳鬓厮磨。一不小心被偷袭成功而消音的路棠。在一次次的被扑倒中，她一定会总结出真正有效的作战经验。

Chapter 36

酒精引发的支线剧情

“没想到这里的酒吧，环境也不赖。”一落座，雾阳便打量周边的环境，“不过，你不是一向都对酒吧无感，怎么今天主动提出来这里？”

活动结束，他只是随口一说，就这么回酒店太无趣了，他家经纪人竟然这么配合，还把放风地点选在了这家本市颇有名气的酒吧。

“因为，想喝酒了。”

路棠没打算告诉他，自己的真正目的是想借着他对酒吧的好感，以及这个地点自带的说心事良好氛围，稍微解开一点他的心结。虽然，雾阳对她的态度已经比那天在徐匪家碰见好了不少，可看得出来没有从前那么嬉笑随意了。

雾阳诧异地看了她一眼，“我记得，你的酒量并不好。”

“这不是有你嘛。”

“我拒绝照顾像你这样的醉鬼。”又不是个美人，前段时间还抢了他的

“美人”。

“喂，听说你不看好我和徐大少在一起，还因此和他闹翻了？”

把几乎歪到自己身上的人扶正，雾阳眼神有几分无奈。没几杯酒下肚，这个女人就已经晃成这样，竟然还记得问问题。酒壮怂人胆。他就知道，她找自己来酒吧喝酒是别有居心。

“喂，问你话呢！”路棠又解决了一杯，抬起头看着他的眼睛瞪得大大的，仿佛在确定自己有没有找错人。

“是啊，不赞成。”雾阳毫不客气地拍了离自己越来越近的那颗脑袋一掌，报了自己平日被揍的一箭之仇，“不过有什么用？阿匪又不听我的。”

“路棠，说实话，我很难想象你——一个喜欢女人的家伙，是怎么和阿匪像正常男女朋友一样谈恋爱的。”雾阳看着杯子里微微晃动的透明色酒液，拧了拧眉道：“那感觉就跟让我和一个男人在一起一样，真的挺倒胃口的。连那方面的生活，你们都不能正常进行吧。”

“这就是你不支持的理由？就这样你才把徐大少惹毛了？”路棠因为喝多了，说话开始有点大舌头起来。

这两个反问句听起来让人一点都不想回答，雾阳只管自己静静地喝酒，没有理她。

“你很有先见之明！”半天没有等到回答，路棠突然抬起头来，提高了音量冲着他的耳朵喊道，“我们这样，根本不行。”

雾阳清晰地感觉到了耳膜晃动的声音，不由深吸了一口气，克制住扁人的冲动把她推开了一点。路棠喝醉了酒真是十年如一日地让人生畏，难怪青时的几位头头从来不带着她去应酬。不过关于她和阿匪，他扯了扯嘴角，当然不行。

阿匪想的也许是以真心易真心，即便是鬼迷心窍地选择了路棠这么一个对象，他对这段感情抱有的态度也依旧是认真的，但自己旁边坐着的那位就不一定了，那天一副那么怀疑人生的模样，后来却又真的在一周之内考虑出了结果，答应了。理由除了是为了促成阿匪与青时文化的合作，他实在想不到别的可能。真心遇上假意，他们这样能行才奇怪。不过不管是他玩笑着劝说也好，冷静地逐条分析也好，阿匪都不听自己的，还因此生他的气，弄得他里外不是人。他心烦过，也生过徐匪的气，更生过自己的气。不过在来这里之前，被徐匪那么一通劝，外带那番叮嘱他照顾好自己女朋友的话，他也只能举双手投降了。

阿匪不相信他说的，那便让他自己去试，实践出真知。人从母体诞生的时候就有双性恋的潜在基因，假使真的让他把路棠掰直了，也许自己会因为佩服他的毅力或者惊叹于这份情感认知上的奇迹而真心祝福也不一定。当然，这样的概率低到几乎不会出现，更不会那么恰好发生在阿匪和路棠之间。路棠要是能掰直的人，历弦现在就应该是她男朋友了。

雾阳转过头看她，带了一丝嘲讽道："所以你当初就……"

"我不能……"路棠突然提高了音量，打断了他还没说完的话，看着他疑惑的眼神气势又慢慢低了下去，声音也小了下去，"徐匪很好。可是我不能……再喜欢男人了……"

"呵，天生的拉拉想被掰直，并不是一件容易的事吧。"不是不能再，是原本就不能……等等。雾阳把酒杯放到了面前的小几上，转过头来看她，"你说不能，再，喜欢，是什么意思？"

"什么什么意思啊。"已经不怎么清醒的人被他奇怪的断句问得更加头昏脑涨，伸手就想拍他的头，"我有点晕，你不要用这么多停顿，听不懂啊。"

问话的人脸上滑过了一道奇异的表情，放慢了说话的速度，牵起她的手几乎有些温柔地问道："路棠，告诉我，你是喜欢男人，还是喜欢女人？"

"女人！"这回她听清楚了，斩钉截铁地大声回答道。

即便有酒精的作用，面对这个问题，她的下意识回答也已经因为刻意的训练而习惯成自然了，假作真时真亦假。她是喜欢女人的，除了妈妈和筱筱，都要这么说。反正她的长相原本就容易让人误会，对人声称自己喜欢女人，不仅大多数人不会反感，反而会觉得理所应当。这样过去那段糟糕的经历，除了当事的几个人，其他人就不会有寻到蛛丝马迹的机会，把它再曝光于阳光之下。那样的悲哀，她不想再回顾一次。

至于男人，那个自己曾经掏心掏肺钟情过的伪君子，爱过又怎样，他依旧是个道貌岸然之辈。天理昭昭，报应不爽，总有一日，他会为自己的言行付出代价。真心尚存的男人也许是有的，比如徐匪，也许就是。但大部分只是习惯了用片刻的温柔织起一张温情的网，等将人结结实实黏在上面，就开始露出原形，慢条斯理地吃下猎物之后，再收起利齿，隐蔽起来等待新的猎物出现。傻得可爱的女人有那么多，不是吗？上过一次当，就够了。谁知道现在的徐匪是不是也只是收起利齿的模样呢。那个人当初的模样不也是温文尔雅，端方如君子吗？自己当初对他的依恋之情，难道又会比现在对徐匪的浅吗？所谓的不能割舍，更多的都只是自己一时的迷惑罢了。

靠山山会倒，靠人人会跑，女人最牢靠的底气还是自己。感情是太过变幻莫测的东西，今天看似坚稳如磐石，明日也许就发现只是一场镜花水月，只有心无所恃，才能真正随遇而安，无所畏惧。她的运气并不好，遇见了木均祁这个伪君子，一手构建出她对彼此未来的美好畅想，又亲手以那么残酷的方式把一切毁灭。还始终认为他才是最两难的那一个，才是最懂得真心为何物的那个人，明明是自私到极点的人，真是可笑至极。那段过去，她独自背负了太久，已经疲惫不堪，却不敢与任何人说，怕引来同情或是任何不想看见的其他目光，可那个包袱却也无法轻易甩掉。背得太久，那段记忆早就已经深入骨髓，融化在身体中了，无法拔出，更加治不好，这样的自己要在感情路上正常的重新开始有多难。真累，她真的很累了，很想睡觉。

路棠侧过头，雾阳的脸在忽明忽暗的光线中神色莫辨，“喂，臭小子，等会儿记得送我回去，我要睡一会儿。”

她在桌子上用小臂支着撑了一会儿，终于听到那个单音节字“好”从他口中传来，于是放心地向后躺倒，靠在沙发上闭上了眼睛。

雾阳定定地看着靠在沙发上的人，眼中翻涌过压抑之后的跌宕。路棠，你知不知道，说谎的人是要付出代价的。她已经陷入了沉睡，侧颜十分安静。如果今晚，你找的谈心对象不是我，如果，你没有喝酒……

也许，他还会是支持的态度。可惜，那些如果并不成立。所以阿匪这样美好的人，她怎么能配得上呢？木均祁，赫赫有名的樾井传媒当家人，他可真是没有想到。雾阳一口饮尽杯中的烈酒。

第二天早上醒过来的时候，路棠发现自己昨晚喝断片了，记忆停留在自己问的那一句“喂，听说你不看好我和徐大少在一起，还因此和他闹翻了”，剩下的就是一片空白。按周子阳的性格，看到自己已经喝得有了几分醉意，多半就不会再认真看待她说的话。路棠翻起被子，盖住了自己的脑袋。

等下午一起出发去活动现场的时候，路棠发现他对自己的态度似乎又变回了以前，该说笑说笑，该嘴欠嘴欠，没有前一段时间那种“并不想理她”的感觉了，这似乎是件好事。只不过她总觉得哪里透着一点违和，到底违和在哪里？她又说不出来。

“昨晚，我揍你了？”路棠试探着问。想来也只有昨晚她喝大了之后使用了暴力，这小子才会乖乖收起自己的小孩脾气。

“没有。是我想通了。”雾阳笑得很完美。

因为雾阳少年缘由不明的态度转变，加上宿醉的轻微头痛，路棠一整天都过得有些抑郁，好在活动本身占用的时间、需要的精力都不多。只是临近傍晚，她的眼皮开始猛烈地跳动起来。路棠本身不是个迷信的人，只不过上一次她的右眼皮跳得这么快之后，她的父亲发生了车祸，被送进抢救室之后，再也没有醒过来。

“怎么了？”雾阳走过来问道。

活动结束，主办方已经预定了当地有名的酒楼包厢，那家酒楼以菜品的口感上佳而闻名，她却站在原地不动，这一点都不像以吃货属性扬名业界的路棠。

路棠压下涌蹿到心口的不安，看了眼天色，“总觉得要下雨了。”

“有伞啊。”他不以为意。

“嗯。”她跟着雾阳走向大部队。应该只是巧合。

下雨的时候，那些轻飘飘落下来的雨滴，人可以用伞阻挡，可是意外到来的时候，人的力量和工具就会显得格外渺小，尤其是面对天灾与人祸的时候。

雾阳看着路棠一整晚面对各色美食始终神思不属，刚想开口，她搁在一旁的手机振动了起来。看着上面熟悉的来电号码，多年前的刺人记忆再度涌入了脑海，徐匪不应该在这样的时间点给她打电话。她接起电话往外走，手却在微微颤动，“请问是路小姐吗？这里是S市××医院……”她的手一松，手机落到了地上，发出一声不轻不重的撞击声。

路棠还没有走出包厢的门，房间里的人顿时都侧过头来看她。

“雾阳，徐匪……出事了。”她的声音里带着几不可察的慌张。

雾阳立刻站了起来，跟主办方打了声招呼，跟路棠一起离开。

他们赶到医院，路棠推门走进去，那个清美的男人已经苏醒过来，穿着医院特供的病号服，敛眉半靠在床上。听到他们进来的声音，徐匪抬起了头，目光从雾阳的身上一掠而过，然后静静地看着他身侧那个英俊的女人。

“徐匪……”路棠开口的瞬间，眼眶已经微红，没有人知道，这回来的一路，她究竟是怎样的心情。自己的手机摔坏之后，她抢过了雾阳的手机，一直紧紧握着。怕听到不好的消息，却又忍不住担心。直到此刻，她坐上床沿，见到他尚算安然完好的模样，那些压抑着的情绪才一点点流泻了出来。

雾阳拍了拍她的肩膀，看向床上的人，“阿匪，你没事吧？”

“没事。”徐匪淡声应他，看向路棠的眼睛深沉如海。

良久的静默，路棠的眼睛里开始流露出几分疑惑。

“路棠，”他似乎在调整某些情绪，最终开口道，“荷包蛋，离开了。”

“什么？”路棠抬起头，听不明白他的这句话。

徐匪低头看着她的眼睛，伸出手，握住了那双泛着冰凉的手，“它，离开这个世界了。”

“开什么国际玩笑。”她说。

“是我的错，不应该带它走出小区。”徐匪的眼睫毛垂下，落下一道晦暗不明的阴影，“那辆车本来要撞上的人，是我。”

“别开这样的玩笑！”她的情绪激动起来，眼泪却不由自主地落了下来。

“很抱歉。”

抱歉个鬼，路棠的耳边一阵轰鸣。她的荷包蛋，那只贪嘴懒惰的小混蛋，怎么可能呢？

在离开樾井不久，她去宠物店把它买了回来。那个时候它才三个月大，胎毛很稀，颜色也浅，一双乌溜溜的眼睛总是寻找着她的身影。熟悉之后，看到她出现，它就会撒开脚丫子奔向她。

那个时候，江筱还没有回国，一个人租住在那间条件并不好的房子里，冰冷孤独的感觉时常像拍上海岸的浪潮，一阵阵拍打得人心里酸酸的，空空的。当初在樾井的生活，便时常出现在她脑子里，猝不及防，色彩浓重得让人窒息。单身的时候是该尽力让自己的生活过得好一点，精彩一些。但她一直很认真，对于工作是这样，对于感情，既然确定了自己的心意，她同样很用心，很用力地付出了。不够认真，是在辜负生活。于是在心上划下了刀刻般的痕迹，始终无法愈合。她走不出来，孤身一人，所以更加走不出来。

如果没有荷包蛋的存在，她不知道自己会不会疯掉。它可爱得要命，又爱黏人，一天天地在她面前搔首弄姿地晃悠着，让她不由自主被慢慢转移了注意力，终于在某一天，真正淡化了心尖的疼痛，那段过往不再思及便觉心口难平。

刚进入青时，因为半空降的身份，困难和排挤也总是有的，好在她有一张不错的皮相，还有一点刻意得没心没肺。不开心的事，过去了便尽量忘记，工作之余，她把精力都放在了如何让自己过得更开心一些，闲暇时带着荷包蛋一起搜罗附近大大小小的美食……直到江筱从美国回来，她的生活终于越来越好。

那么多大大小小的困难时候，是她和荷包蛋一起熬过去的，经年的苦乐都沉甸甸地累积其中，荷包蛋于她，早就如同亲人一般……怎么她出去一趟，一切就变了样。

“你为啥骗人？”路棠狠狠地瞪着他，没发觉自己的乡音都流露出来了，声音不由自主地哽咽，“你说实话，不然……我真的要生气了。”

徐匪一直静静地看着她。

那条狗冲上马路的时候，他隐隐有些生气。它和路棠其实很像，好像知道了你的纵容底线，所以任性得肆无忌惮，即便是错的事情，也要一次又一次地去做。路棠敢于一次又一次地逃避，逃避直视他们之间的感情，那条狗则敢于做一些过火的事情。他不知道它在路棠面前是否也是这般任性，第一次它想跑上公路，他拉住了，第二次、第三次他都拉住了，可终究抵不过它那颗闹腾着的心，他一时不察，便让它得了机会。狗是路棠交给他的，好歹总要完璧归赵。他追了过去，没想到自己却成了陷入危险中的人，千钧一发的时候，他的脑海出现了短暂的空白，直到它扑了过来。意识模糊之前，他感觉到的是它温热的被殷红包裹的小小身体……

他原本想，虽然自己喜欢上一个人很难得，但大概也不是非路棠不可，如果她始终无法敞开心扉。但昏迷之中，似是窒息的心痛感一直萦绕着他。为什么会喜欢路棠？只是因为她出现得恰到好处，性情也合自己胃口吗？那为什么潜意识地一直不想放开她，放开那个好像没有心的女人。心脏收缩成紧紧的一团，因为她和那条狗一样，太傻了。过往历历，很多事情她原本不需要做到那样的程度，但她做了。很多时候她是个言行不一的人，看起来为了项目什么都愿意做，心却有多柔软。对她好一点会害怕，还会成倍地返还回来。对一个人好不是没有理由的，从来都不是。他的心上凝结着一层厚重的冰冷，唯有那样懵懂不自知的真心，才轻易破了那层屏障，落了进去。他终于看清，自己欠她一颗心。

看着她无措慌张的模样，看着她第二次在自己面前满目潸然的模样，徐匪伸手把她慢慢揽进怀里。她的心一直很柔软，里面住的人不多，却一定有那只狗。

“如果不是它挡住了一部分冲击，离开的人，可能会是我。”他欠了那只狗一条命。

“混蛋！笨蛋！”路棠紧紧地揪着他的衣服，终于放声哭了出来，却不知道在骂谁，情绪找不到出口，只是鼻尖的酸意抑制不住，眼泪落满面颊。

她的心里很难受，像被一只无形的手狠狠掐着心脏。如果徐匪真的出事，她一定不能接受，可是荷包蛋呢，怎么能这样？

徐匪抱着她，收拢了双臂，一下一下轻抚着她的脊背。一只傻狗，一个傻人，他欠了他们一条命，一颗心，说不心痛，是假的。

有些离别会在突然之间降临，打得人手足无措，可我们除了好好说再见，没有别的办法。这是命运的无常，谁也无可奈何。

“徐匪……”深夜的病房里，一个27岁的女人哭得像个失去了依靠的孩子。

“我在。”男人始终把她抱在怀里。

雾阳见状，轻声退了出去。他知道，平时怎么埋汰那条狗也好，它是路棠生活中很重要的一部分。

一个下着雨的清晨，他们一起送别了荷包蛋，那只真诚的可爱的，傻瓜一样的狗。只愿它在另一个世界，可以收获更加纯粹的快乐。

回去的路上，雾阳开车，路棠陪徐匪坐在后座，因为车祸，徐匪的身体还没完全复原，此刻靠在路棠的肩上，沉沉睡着。

“你会不会因为荷包蛋的离开，对阿匪心有芥蒂？”雾阳突然问了一句，声音很轻。

看着肩上那张清美的俊颜，路棠找到他的手，放在了手心里。

“不会。”她说。

他是荷包蛋生命的延续。那只傻狗拼了命要救下的人，她如果去憎恨，它会有多难过。荷包蛋看起来很傻，其实一直都比她看得清楚。肩上的这个人早就是她生命里重要的一部分，不管他们会一起走到什么样的地方。

看着徐匪微微晃动的睫毛，雾阳没有再说话。

Chapter 37

理智与情感的考验

帝都的国际图书博览会。

路棠搭的是上午从S市飞帝都的航班，在酒店安置好行李到达博览会的时候，会场已经熙熙攘攘，人满为患。

雾阳的新书《无野》的读者见面会时间定在下午三点，已经有不少书粉在见面会的地点守着了，却没见到这场见面会主角的身影。跟发行部的同事打过招呼，路棠转身进入新书展览区寻找他。

“对《无野》的影视改编，我确实有一定想法……”熟悉的嗓音传入了她的耳朵。

路棠抬眼一看，这家伙知道今天有读者见面会，鸭舌帽、口罩都穿戴全了，一副明星出行标配，她走上前去拍了拍他的肩膀道：“小可爱，今天的保密工作做得很好啊。”

雾阳转过头，见是她，眼睛微微一弯，“经纪人，你总算来了。”

“嗯，也就你经纪人我这么火眼金睛，能在这样的人山人海中找到你。”路棠侧过头，准备跟刚刚与雾阳交谈的男人打个招呼，听雾阳所言，似乎他们在交流《无野》的影视版权改编事宜。

“小路，好久不见。”温润和煦的男声已经先开口跟她打招呼。

木均祁。路棠定在了原地一秒，转过头看向那张脸，陌生，又熟悉。他的眉目依旧如画，儒雅端方的君子气质未变，发型却略做了改变，从以前的偏分式刘海变成了简单的露额短发，愈发沉稳，也让她一时没有从刚才的角度认出他。她刻意忽略了那道坚毅眼神中的意味和情愫，淡淡笑道：“木总，还真是好久没见了。”

木均祁温和一笑，没有告诉她，他有多么想念她像一个小女孩一样，无所顾忌地一遍遍叫自己“均祁”时候的模样。不熟悉她的人会因为她的外貌而觉得她是个女汉子，只有他知道，这样一个女人娇嗔起来的模样有多么吸引人。当年的事到底有没有做错他不知道，从一开始发现自己心意的偏离，到最后看着她就这样背负着从前战友们的诸多怀疑与猜测离开。他心痛过，挽留过，终是无可奈何于她的倔强，还有横亘在他们之间的慕湘。不过，现在慕湘已经离开了。

“我听雾阳说了，《无野》系列是你一手策划的，这个系列做得很棒。”他的眼睛里慢慢露出了笑意。

这样的语气很熟悉，就像当初在樾井，每一次她取得小小的成就之后，他就会用这样的语气鼓励自己，就像是一位她生命中一直缺失的哥哥，或者父亲。

路棠微微一笑，没有接话。

她的反应，木均祁并没有介意，“刚刚和雾阳谈到《无野》的影视版权改编，对于改编的风格与故事主线，我们的看法很一致。所以，我想樾井与青时有很大的合作可能，《无野》这个项目，我很想亲自参与。”

路棠的脸色如他预料中一般，在惊愕之后逐渐发青。现在她还没有原谅自己，没有关系，他有足够的时间和耐心，把他们之间的爱情找回来。爱过，就会留下痕迹，他只要把她心里那些已经浅淡了的痕迹勾勒上色彩就好。何况，现在他还有一位跟自己目标一致的合作者。

“我也希望能够与樾井传媒合作，木总如果能够参与，不胜荣幸。”在路棠做出答复之前，雾阳已经回答了他。

路棠诧异地看向雾阳微笑着的面孔，他一向不参与版权的改编与运营，为什么今天这么主动。她朝木均祁伸出手，态度非常官方，“木总能赏识《无野》，的确是我们的荣幸。不过《无野》是青时今年重点打造的精品项目之一，关于它的影视版权改编与合作问题，我们还需要内部再进行商榷，希望有机会能合作。”

“好，我相信青时不会让我失望，你，更不会。”他握住了那双手，微微用力后松开。

上一次他们牵着手散步的模样，似乎已是昨日别年，他的心头有些涩然，却不得不松开。路棠是个怎样性格的人，他很清楚，逼得越急她只会越发对自己避如蛇蝎，总归现在，他的时间和机会都有了。

路棠带着雾阳离开，一路上连他说了些什么都没有听清，连带着三点召开的《无野》读者见面会，她也有些魂不守舍。当初和木均祁分开的时候，他和她都清楚彼此的底线在哪里，底线之间的矛盾无法调和，是他们这段感情会结束的最本质原因。既然如此，他怎么会想着再与青时文化合作，还计划着亲自参与，究竟发生了什么？那个让自己又怜又恨的叫慕湘的女人，现在又是怎样一番光景。

“棠哥！”

路棠抬起头。

“棠哥你没事吧？从领雾阳回来之后就一直心不在焉，出什么事了？”

原来自己已经表现得这么明显了，她笑道：“没事，那小子跟我说想拖稿了，我正想着用什么办法治他呢。”

“哈哈，原来如此，雾阳这可有点欠揍了。”

他是有点欠揍了，无端勾搭上木均祁。虽然现在不能确定究竟谁是主动的一方，但一个巴掌拍不响。

读者见面会一结束，路棠叫住正要往外走的人：“周子阳，过来我们聊聊。”

雾阳的脚步一顿，转身朝她走了过去，脸上挂着一抹源自内心的笑容。

路棠皱眉看他，“怎么突然跟樾井的人接触上了，《无野》的市场口碑很好，有好几家实力不错的影视制作公司已经向我们抛出了橄榄枝。樾井在图书出版方面是佼佼者，影视开发却是近两年才开始作为重点去发展的，未必就是我们的最佳选择。”

雾阳眯起眼，微笑着看她，耳畔响起了之前在樾井传媒老员工口中听到的话，“虽然路棠那丫头总说木总是把她当成妹妹看待，可这一来呢，他们没什么血缘关系，二来呢也没有从小一起长大的情分，突然从某一天关系就变得这么好了，要说没有猫腻，搁谁谁能信呢。”

“你可能不知道，”雾阳的眉眼一翘，看起来开心得有几分赤忱，“樾井传媒的木总当年打造的《机杼》系列，一直是我心目中的经典。现在樾井传媒从图书出版向影视公司转型，木总本人也转型成了影视出品人大咖，如果能在《无野》的影视化改编中合作，我很开心，真的。”

《机杼》系列当初是她和木均祁一起完成的，这是她参与的第一个公司重点项目，那个人从选题设想的修缮到最后书封版式的设计，几乎是手把手带她。那个系列尽管旁人看起来她全程都只是个打杂的，但在其中付出的心血，她知道，木均祁也知道。那是她在这一行最正式的起点，对图书出版这份工作的热爱由此生，对那个人的情根也是在那个时候开始播种。

都说真正值得爱的人，是能带你看到更加精彩与广阔世界的人。那个时候的她除了一股子不肯放弃的倔脾气，什么经验都没有，在这个行业也摔了不少跟头。所以，当那样一位耐心细致的指引者出现，帮她推开了那个世界所有的美好与激情，怎么能让人不心动。何况即便他什么都没有做，但是温和如玉的面容与翩然的气质，也足够迷倒一大片青春少女了。她只是个俗人，不过是初出茅庐的小年轻，怎比得上见多了风浪的他。当懵懂遇见刻意的用心，注定只有完败。可惜一切的故事，在一开始就是个错误。

“听说他当初是为了照顾身体一直不好的妻子，才会一直留在城南，连带樾井这些年的发展也不温不火。”雾阳打断了她的遐思，“不过，他的深情终究没有留住他心爱的女人，斯人已逝，他的重心也随之转移了。”

雾阳的话好似“哐当”一盆冷水，尽数浇在了路棠心上，明明今天的天气是有几分和暖的，她却觉得有点冷。那个叫慕湘的女人终究是离开了，离开了他的世界。此刻她并不觉得痛快，也许她从没有真正恨过那个女人，说到底那也是一个可怜之人。而她和木均祁原本就是一场错误，只是珍惜慕湘的生命更甚于自己的木均祁，面对她的离开，不知道会是怎样的心情，自己今天见到的他面上还是带着笑意。她曾经非常恨他，但在这一刻那些恨意逐渐消解，人死如灯灭，她说不出现在心里是什么滋味。也许把人困执于一地的，从来都只是自己的执念，画地为牢，所以不得新生。

“路棠，我从来没有对版权合作的公司提过什么意见，全权交由你打理。”雾阳看着她逐渐茫然的眼神，说道：“不过这一次，我希望你能够尽力促成与樾井传媒的合作，就当完成我的一个心愿。”

路棠嗫嚅着嘴唇，最终什么都没有说。

最终，路棠还是接受了木均祁的提议，原因有三。一来，雾阳本人对于木均祁很欣赏，她和雾阳合作了这么多年，不能完全不顾及他的想法。二来，从她自己的角度出发，在彻底消化了慕湘已经过世的消息之后，那些甜蜜与难堪交织在一起的过往，似乎慢慢地如烟般消散了。死者已矣，计较一个已经离开这个世界的人在身不由己之下带给自己的伤痛，太过虚无。这么想之后，再次想到木均祁时，那些紧紧缠绕在胸口的让人喘不过气来的情愫似乎也慢慢散去，现在要面对他已经不是一件那么让人困扰的事情。至于是不是因为想到了他也许已经在后悔当初那样对自己，心里一直以来的夙愿达成才会有这样的感觉，她不知道。不过，第三点也是最重要的一点是，虽然樾井传媒在影视行业算是后起之秀，出品的影视作品也不是很多，但是每一部都是良心制作，相对于行业内的粗制滥造算是独树一帜。所以，在业界以及观众中留下了极好的口碑，“樾井出品，必属精品”的话已经传遍了网络。而且，樾井传媒对于悬疑题材的影视化改编尤其擅长，这也比较契合雾阳作品的一贯题材与风格。

作为一名职业的经纪人，对自己手下的作者负责，为他挑选最合适的影视合作方，是路棠一直以来的职业守则。

小说的影视剧改编对于作家品牌价值的提升有着关键性的作用，如果影视剧受到观众的认可与追捧，作家的品牌价值会翻几倍，但相对的，如果这个剧做砸了，对作家的品牌价值也会有分量不轻的负面影响，更不用说还有些影视公司只是囤着版权，却不开发。

Chapter 38

止不住心动

木均祁那天说会亲自参与《无野》的影视化改编，倒不是随口一说，确定双方的合作意向之后，他亲自来了青时大楼，跟路棠商谈具体的细节。毕竟是这一行中成名已久的前辈，尽管多年没有亲自操刀实际项目的运营，但丝毫没有影响他在一些关键问题上的精准判断。他们仿佛又回到了当初在樾井的时光，为了共同的目标而并肩作战。路棠看着他眼睛里的明亮之意微微笑起来。木均祁最有魅力的时刻，莫过于他全情投入于工作之时，专注，看不见任何杂事杂物。

初步的执行思路与方案确定，路棠和Jenny送木均祁等樾井的一行人出来，看见了雾阳，和他身边的徐匪。

徐大少和路棠对视了一眼，又瞥了木均祁一眼，在路棠准备跟他打招呼时，神情淡然地经过了他们，仿佛路过了一群陌生人。雾阳走在他身后，小幅度地跟路棠打了个招呼，跟了上去。

徐匪不认识木均祁，她可以理解，不过他这样无视自己，是几个意思？奇怪的人……还有他是什么时候跟雾阳和好的？一点风声都没跟自己透露过，好像现在她变成了局外人似的。

“棠哥？”Jenny的声音拉回了路棠的思绪，她这才发现自己停在了电梯门口，连带着木均祁和樾井的人也跟她一起留在原地，面面相觑。

她连忙按下电梯按钮，同时致歉，“不好意思，刚刚想到一些事，走神了。”

木均祁微微一笑，并不介意，在电梯门打开后，率先走进了电梯，老板都表示不介意了，其他人更加不会计较这位青时策划总监一时的走神，尽管有些好奇，不过谁还没点不能告诉别人的事呢。

“木总，”看着樾井的人都已经走进了电梯，路棠示意Jenny进去，自己却停在了外面，“真的很抱歉，我有一些事还没有处理，今天就先送你们到这儿了。”

木均祁原本温润的笑意收了几分，看着她。

路棠歉然一笑，看向有些诧异的助理，“Jenny，替我送木总他们到门口。”说完，电梯门关了。

徐匪刚刚去的方向，她没看错的话，应该是自己的办公室。他的脾气一贯克制，一旦真生起气来，却非常难哄，有些时候甚至让人无从下手。趁着现在他还是用直接的冷漠脸表达着对自己的不满，她要赶紧解决这个问题，否则等徐大少仔细咀嚼过他生气的理由之后，开始直接无视自己，那她就真的欲哭无泪了。家有一贯寡言的傲娇男，她也是头痛不已，都说女人心，海底针，徐大少的心可比女人心难打捞得多。

路棠快步走回办公室，推开门一看，果然两个都在，只不过一个窝在沙发上看书，一个安静地站在她的办公桌前，盯着她的桌子看得十分入神。他刚刚那样无视自己的行为，其实让路棠有些恼火，这是自从两个人的关系不止于陌生人之后，她第一次在徐匪那里受到这样的待遇，非常没有礼貌，也非常讨厌。不过徐大少就是这样的性格，不熟悉的人面前只是极度高冷，基本的礼貌还是会有，而熟悉的人一旦惹到他就惨了，只剩下无休无止的冷暴力，让人几乎崩溃，彻底的无视，直到对方主动打开坚冰。

此刻窝在沙发上的人，就是最好的例子。看见路棠进来，雾阳从沙发上探起身，对她做了一个“自求多福”的表情，又慢慢悠悠地窝了回去，事不关己，高高挂起。

反观徐匪，依旧保持着看书桌的姿势没有动。

路棠撇了撇嘴，他什么先兆都没有就突然这个模样，真是让人头痛不已。不过认真算起来，她和徐匪会变成这样剪不断理还乱的关系，她也要负很大一部分责任。路棠咬咬牙，把疑似屈辱的感觉咽了回去，尽量让自己脸上露出笑容，走过去拍了拍他的肩膀道：“徐大少，今天怎么有空到我这儿来？”

“来看看你。”徐匪转过身，视线投注到她身上。

咦……没有不理人，她还以为自己要热脸贴冷屁股个几次他才会软化呢。而且听这话和说话的语气，他似乎没有在生气。那刚刚是怎么一回事？

“哦，来看我啊，那我刚刚跟你打招呼，你有没有看见？”路棠觑着徐匪的神色，试探着开口问道，打算他一有生气的迹象就立马改口说自己看错了。

徐匪没有说话，只是用琥珀色的眼睛安静地盯着她。一秒过去了，两秒过去了……他不开口，也没有任何动怒的意思，只是看着她。路棠觉得自己像是被放在了文火上慢慢烤着，有点难受，偏又很贪恋他此刻的目光。

终于还是房间里的第三个人——雾阳同学——看不下去了，打破了这一片寂静，“我说，你们两位还要这样含情脉脉地对看多久？请照顾一下单身狗的幼小心灵，OK？”

路棠从刚才的“被迷惑”状态中回过神来，见徐匪还是那个样子，不由有些脸热。男色惑人，古人诚不我欺。为了掩盖自己即将或者很可能已经红起来的脸庞，转头冲雾阳嚷道：“你个小浪子好意思称自己单身狗，还幼小的心灵，呸！”

“目前，我确实是条单身狗……”雾阳面无表情道，“以及你现在看起来很有恼羞成怒所以见人就攻击的意思，这实在太违和了……”

“……”这臭小子三天不打就开始上房揭瓦了，她一撸袖子正准备过去海扁他一顿，身旁传来一声几不可闻的轻笑，同时她的手臂被人拉住了，因为衣服料子比较薄，所以从他手上传来的温热十分清晰可感。

为什么自己现在对与徐匪接触的感觉这么的……灵敏？她是一向对男人嗤之以鼻的路公子，这样的小女生心理实在太不符合她的一贯风格了。不过显然，她也忘了，因为容貌与性格的缘故，真正与她有过比较亲密接触的男人，也只有眼前这一位，以及刚离开青时不久的樾井传媒的那一位。

人总是很容易高估自己。

Chapter 39

来自木先生的暴击

奇怪的是，经过徐大少这一次似是生气又非生气的小小风波之后，他们之间的相处模式又变回了之前的融洽和谐，徐匪日常逗的对象从两只猫咪恢复成了两猫一人，路棠也重新占据在徐匪家的黄金位置，日常除了撸猫之外，努力蹭吃蹭喝，誓要把悲愤化为食量，哦，对，她的悲愤来自某人时不时地“撩拨欺负”一下。至于她和徐匪究竟有没有未来，如果有又会是怎样的，路棠决定暂时不去考虑这个问题，顺其自然就好，只要他们两个人相处得愉快，就这么走下去也未尝不可。

江筱和老妈一定不会反对她找到一个真心对自己好的人，至于雾阳等徐匪那头的人，当然由他搞定。其余人的看法，比如青时的那帮人得知自己真的性取向改变之后，会是震惊还是有什么流言蜚语，就不在她的考虑范围内了。如果真有那么一天，忙着滋润的小日子都来不及，她也没精力去一个个把他们的想法都扭转过来。

如果没有什么风波与意外，就这样走下去吧，也许可以期许一下，细水长流，岁月静好。

不过，重回徐家“三巨头”位置之一的雾阳同学，就比较不开心了。他不仅没有占据到黄金位置，还没能抢到一只小猫咪，日常就是看那两位秀恩爱，除了心酸地吞下一把又一把的狗粮之余，还要警惕地保护好自己的幼小心灵，以应对他们偶尔的情难自禁之下的疑似“屠狗”行为。他无数次痛心疾首地表达过对他们此类不人道行为的抗议，可惜并没有人在意，哦，猫也不在意。

惊池咖啡馆内。

男人放下了手中的咖啡杯，抿唇道：“怎么约在这里见面？”

对面坐着的人十分不以为然，“放心，那个人现在没空来这里，即便有空也忙着你侬我侬了。”

“什么意思？”

“意思就是，你该加快脚步了，否则我为你搭再好的桥，结果都不会跟现在有任何区别。”那人把一个牛皮纸袋递给他，“先生，不要让我后悔找了你做我的合作伙伴。”

……

最近的工作与生活都十分顺利地进行，滋润得几乎让路棠要有些不适应了，她反思了一下，难道是自己有受虐狂倾向？还没等她反思出个结论，老大叫住了已经走神走到天边的她，道：“小路，木总和语薇今天喝得都有点多，等会儿你送一下木总。”

“哦，好。”

今晚为了进一步促进这段时间青时文化与樾井传媒的友好合作之意，木均祁约了路棠、骆语薇和青时的执行总编一起出来喝了几杯。虽然到的时候，路棠见樾井传媒只来了木均祁一人有些诧异，不过这个疑惑也转瞬即逝，木均祁一向不喜欢热闹，更不喜欢多人应酬式的喝酒，就像对于青时这一方，他只约了自家老大和比较熟悉的自己一样，至于骆语薇，那是老大考虑到自己和路棠都不怎么能喝酒，怕怠慢了木均祁，所以把酒量比较好的骆语薇也带上了。

路棠原本以为，这个项目主要由自己负责，再加上徐匪的事，骆语薇可能不会愿意过来，没想到她不仅来了，而且相当配合自家老大的意思，和木均祁两个人干掉了不少酒。不过骆语薇的酒量一向深不可测，倒是难得喝这么醉，想来是因为遇见了木均祁这位对手。

这段时间，因为雾阳的项目，工作上、工作之外，路棠和木均祁的交集都不少，但他没有再表露过对她余情未了的意思。她和徐匪在一起的事，想必他已经听说了，现在的木均祁和她更像是工作上很有默契的老朋友。

遇上骆语薇这样千杯不醉的酒娘子，作为一个男人不能太落下风，所以他今晚喝的着实不少。于情于理，她送一下他都是应该的，因此路棠十分干脆地答应了下来。

告别主编，路棠把已经有些醺醺然却还是尽力维持着风度的男人扶上了车，问了地址之后，往目的地开去。

木均祁暂住的公寓离他们喝酒的地方并不远，考虑到身旁的人喝了不少酒，路棠放慢了车速，以免他太过难受直接失了仪态，木均祁绝对是个注重仪态甚于一切的人。不过，也许是喝了酒确实有些难受的缘故，全程他都没有说话，安静地靠在座椅上，偶尔抬眸看她几眼，十分的乖。

“到了。”路棠拉起手刹，看向他，“还好吗，需不需要我扶你进去？”

木均祁的目光在暗淡的光线中明明灭灭，最终开口道：“不用了，你回去吧。”说完，松开安全带，打开车门走了出去。

路棠看着他有些跌跌撞撞的寂寥身影，百般滋味萦绕在心间，终究还是有些不忍，拔出车钥匙追了过去，挽住他的手臂道：“我扶你过去吧。”

木均祁抬头看她，默认了她的举动。

路棠扶着他进去，把他安置在沙发上之后，打开冰箱见还有番茄，给他榨了一杯番茄汁解酒，看他慢慢喝下去后脸色有所好转，她拿起了搁在一边的手袋，“木总，我先走了，你早点休息。”

木均祁定定地看着她，没有说话。

其实，深夜有过旧情的孤男寡女，其中的男人还喝得有点多，很容易产生不该有的事故。刚刚她一时冲动之下扶这个男人进来，现在不由有点后悔，木均祁的眼神已经很好地点明了一个真相，永远不能高估男人对自己欲望的自制力。

路棠露出短暂的尴尬一笑，转身快步走向玄关。

门口已经近在眼前，但是身后的人已经贴了上来，带着灼热气息的身躯紧紧地抱住了她，他的嗓音有些嘶哑，一阵阵的热气洒落在她的耳际，“小棠，慕湘走了，你知道吗？”

她知道，也是因为知道慕湘的离开对他的打击有多大，才会因为担心而暂时放下了顾忌，送他进来。

“木均祁，”路棠竭力让自己的情绪不受他影响，旧情复燃这样的戏码不应该出现在她的人生轨迹中，“你应该知道，从三年前我离开樾井的那一天，我们之间就已经彻底结束了。”

“我后悔了。”

后悔当初情动之后没有克制自己，后悔一开始没有告诉她全部的真相，更后悔三年前的放手。即便是慕湘还活着的时候，那些与此刻怀中人一起度过的美妙时光，仍不时会被一景一物轻易勾起，更别说慕湘真正离开之后，那些午夜梦回时的纠缠之念。人一生能有几个这样让自己无法割舍的人，此刻拥抱在怀里，他才觉得心里空落落的那一块被填补了，不管樾井发展多么好，没有她的相伴，都显得不够圆满，所以在她离开之后，他没有刻意去开拓樾井的版图，尽力维持着原样。只等着合适的时候，等她回来。慕湘的离开，就是一个很合适的机会，既然她也没有彻底放下自己，凭什么他要拱手把她让给别人？

名义上已经在一起了又怎么样，他的小丫头，他最清楚她的身上带着深深的自己的烙印，不可能轻易对别人动心，何况是那个一向沉默寡言的徐匪。也许自己上一次劝诫她的话，反而让她产生了逆反心理，才会和徐匪走得那么近，她在自己面前，才会冲动任性得像个孩子。见路棠没有说话，于是他又靠近了几分，亲了亲她的耳垂，用诱哄的语气慢慢说道："小棠，你回来我身边好不好？"

路棠的脸一下子热了起来，她的耳朵是敏感部位，身后的人很清楚。不过现在不能任由他继续这样下去。她拉开木均祁扣在自己腰间的手，尽量让声音镇静道："都结束了，你不要这样。对我们那段感情保留起码的尊重，也是……对慕湘的尊重。"

听见"慕湘"的名字，木均祁扣着路棠的肩膀让她转了过来，跟自己面对面，声音中含了一丝压抑着的痛楚，"所以还是因为慕湘，你在怪我当初为了她而放开了你？"

是的，她是怪过，也恨过，不过不是现在。相反的，此刻她眼前浮现的不是与面前这人的那些过往，而是那张精致却冷淡的面孔，喜欢不说话只是安静看着自己的那个人，心绪一点点抽了起来。

"木均祁，"路棠抬起头看他，眼睛开始清亮起来，"我遇见你，然后喜欢上你，到最后离开樾井，离开你，也许都是命中注定的，现在再来说责怪没有任何意思。不能说后悔或是不后悔，不过无论如何，今天我不应该继续留在这里。"

路棠挣开了他的手，转身往门外走。有些话不用说得太明白，以木均祁的智商不会不理解。接下来还有合作，也没必要太撕破脸。

木均祁没有继续阻拦她，不过走到门外才发现，天空已经飘起了密密的小雨，她的手袋里没有放伞，车距离门口其实有一段距离，而这个季节的雨，淋了很伤身。不过当然不能回头去借，路棠知道，尽管木均祁是个理智的人，作为久居上位者的人，对于想要的人或者物，他在某种程度上也有志在必得的心理，何况对象是她。自己对他未必已经没有一丝情愫了，能推开他第一次，不一定能推开他第二次。

一把伞撑在了她的头顶，他清润中带了些嘶哑的声音从背后传来，“既然如你所说，为什么要送我进来？既然决定对我无情了，为什么还会担心我？”木均祁走到这个纠缠了自己多少次午夜梦回的人面前，看着她有了几许无措的脸，低哑道：“路棠，你总是对自己不诚恳。”突然丢开伞，捧住她的脸吻了下去。

雨水轻轻地落下，交织在他们几乎严丝合缝的面庞上，路棠能感觉到自己被他的气息所包围，强势，深切，熟悉又陌生。感觉到她的抗拒，木均祁的双臂箍住了怀里的人，唇舌也从一开始的尚算温柔逐渐激烈起来，不再留给她任何分神的余地。

在他的吻从唇角离开，再度落到耳际之时，异样的触感让路棠的腿一软，心神即将散开，理智却回笼了片刻，借着这片刻的清醒，她用尽了力气挣脱了他，转身跑向自己的车子。坐进车里后，她不敢有任何的犹豫停顿，以最快的速度发动了车子离开。

木均祁站在原地，眼睛浓黑如墨，怀中人的余温仍在，此刻却只留他一个人面对周围的冷寂。看着那辆蓝色的车子完全离开了自己的视线，他把视线投向了另一个方向，片刻之后，收回目光走回了公寓。

碧绿的草坪上，只有那把咖啡色的雨伞仍孤零零地留在原地，像是一个见证者。

Chapter 40

你来了，真好

车在惊池小区的地下停车场稳稳地停下后，路棠的身体仍有些颤抖，一半是因为淋了雨，她没顾得上把空调打开，所以不由自主地发冷，另一半则是源自心底的后怕。如果刚才那个清醒的片刻她没能推开他，今晚会发生什么？她不敢想。如果真的发生了什么，自己又要怎么面对徐匪，怎么面对那个什么都不会说，只会对自己好的傻瓜。她能和徐匪分开吗？路棠下意识摇了摇头，不能的，已经分不开了。

那今晚自己和木均祁之间发生的那个吻，又算什么？尽管不是出于自己的本意，但这样已经算是某种程度上的背叛了。她想到为徐匪付出了自己一生的那个女孩，跟那个勇敢的女孩相比，她真的不值得徐匪这么喜欢自己吧。

徐匪，徐匪……这个名字缠绕在胸腔里，带来一阵阵的郁结。

路棠从手袋里拿出手机，拨通了江筱的电话。

江筱被男朋友兼目前的客户借着因公出差的名义拐到了东京，刚和他吃完饭回到酒店不久，看到来电显示是路棠，不由疑惑，这丫头一向都是双手双脚助攻自己男朋友的那一位，来之前还说绝对不会给自己打一个电话，第二天就打过来了。

她笑着接通，“小棠，这么快就想我啦。”

“筱筱……”传来的却是一向没心没肺的人几乎哭出来的声音。

在路棠断断续续的几句话里，江筱听明白了事情的经过，叮嘱了她几句之后挂掉电话，一时之间也有些神情凝滞。

小棠面对自己男神时心态的逐渐改变，她是看在眼里的，也由衷地为他们两个也许能够修成正果而开心，偏偏木均祁在这个时候掺入了两个人之间。一段感情只要是用了心的，就会在人的潜意识里留下不浅的痕迹……

路棠跟江筱说完，仿佛支撑着自己的力气都被抽走了，勉强支着心神回到公寓后，也没有心情听话地乖乖去洗澡换衣服，拿起沙发上的小毛毯一卷，半躺在沙发上陷入了浅眠。

“叮咚，叮咚……”门铃声在寂静的夜里响起，有些刺耳，也把路棠从光怪陆离的梦境中揪醒过来。

醒过来之后，她便有些警觉，墙上的时钟已经指向接近零点的位置，这不是正常人的作息时间，谁会这么晚来按门铃，歹徒吗？

惊池小区的安保还算不错，不过也可能存在意外，如果真的是歹徒怎么办？她毕竟只是个会点花拳绣腿的弱女子，这个时间点徐匪肯定已经睡了，即便他还没睡，今晚发生了那样的事，她也不能去找他。眼前的危机还是要靠自己解决。

门铃依旧在响，一按一顿，更加剧了人心底的慌乱。今晚好像注定是个不得好眠之夜，事一桩接着一桩。

她告诉自己，镇定，凡事谋而后定，以前也遇到过不少需要独自面对危险或是困难的时刻，不要因为这段时间被某人宠得太过而忘记了独自求生的本领，先确定门外大概是个怎样的人。路棠轻轻放下毛毯，蹑手蹑脚走过去，慢慢贴近猫眼，侧过一点角度，然后往外看。

门外的人，是徐匪。他的神情依旧冷漠，路棠看着他的脸却突然鼻尖一酸。这个时候，是他出现在门口，真的太好了。

路棠打开门，没等徐匪开口，扑进了他怀里，紧紧地抱住他颀长的身躯，所有的情绪，千言万语都融化在了那个拥抱里。一个人太久了，今晚她也真的太累了，现在她只想靠在这个人怀里，软弱一次。

这是她第一次这么主动，徐匪抬手摸了摸路棠的头，手臂一伸，把她紧紧地扣进了怀里。

两个人都没有说话，任由楼道间的淡淡月光把他们的影子拉成长长的一道。

直到良久，一阵微风吹过，被抱着的人“阿嚏”一声，他才松开她，“乖，先进去洗澡，换衣服。”

她的身上还有些许寒意，江筱没有猜错，她果然没有换下淋了雨的衣服。

路棠一双明亮的眼睛认真地看着他，眼底是满满的信任与安定，“好，你也进来。”

“嗯。”

路棠从浴室洗完澡出来，见徐匪坐在沙发上看着那块小毛毯若有所思，走过去躲进他怀里，问道：“你怎么会过来？”

闻着她身上沐浴过后的淡淡清香，此刻只觉得温馨，徐匪亲了亲那片白皙的脸颊道：“江筱打给我的，刚好今晚还没有睡着。”

听到是筱筱打给他的，路棠的脸色一僵，犹豫着开口道：“她怎么跟你说的？”

“说你今晚遇到了很不开心的事，还淋了雨，估计你不会乖乖洗澡换衣服，所以让我过来看着你。”徐匪捏了捏她的耳垂，“什么事值得这么不开心，不知道会感冒吗？”

筱筱还没有告诉他，路棠松了一口气，不过耳朵被他捏了之后，脸有点发热起来，低头道：“是挺不开心的事情，不过你今天过来，我的心情好很多了。先不提那件事了，免得破坏了好心情。”

徐匪难得看她这样脸微微发红的模样，不由觉得有趣，靠近肩膀上的脑袋问道：“好，不提那件事。那我们做什么？”

听出了他话里的调侃之意，路棠的脸又红了几分，抓起他的手一阵乱捏道：“不做什么，就这么待着。”

“也可以，”任由她胡乱给自己的手做着“按摩”，徐匪抬起另一只手看了看手表，嘴角微扬，“不过，已经不早了，我想睡觉了。”

睡觉？路棠放下他的手，不可思议地看着他，声明道：“拒绝婚前性行为。”

“傻瓜。”徐匪起身，把小毛毯丢在已经开始胡思乱想的女人头上，“你睡你的，我回家去睡。”

温暖环绕着的气息一下子抽离，路棠摘掉头顶的毛巾，看着他走向门口的身影。

已经快一点了，虽说他家离这里只有十分钟不到的路程，不过就这样赶他离开，自己也太不人道了。下意识的动作快过了理智，等反应过来的时候，路棠发现自己已经揪住了他的衣服，一如他不得不被迫开始与自己产生交集的那一个夜晚，而徐匪正挑眉好整以暇地看着她。

“那个……”说话一向干脆利落的青时路公子开始结巴起来，“你……别走了吧。已经……很晚了。”

“嗯。”徐匪应道，然后问她：“睡哪里？”

睡哪里……这间公寓只有她和江筱住，没有设立客房，肯定不能让他睡江筱的房间，最好的选择当然是让他睡自己的房间，自己去睡筱筱的房间。但是，路棠可耻地发现，今晚自己好像特别依恋他的怀抱，最希望的竟然是——一起睡自己的房间。不过，孤男寡女，干柴烈火，彼此又都对对方有意思，不发生点擦枪走火的事，可能性实在是太低了。

路棠的脸纠结成了一团，最终下定决心地问他：“我们一起睡我的房间，你能忍住吗？”

看着她颇有些大义凛然的模样，徐匪不由失笑，看着她缓缓道：“不能保证。”看着面前人又开始纠结起来的面孔，他补充了一句，“不过我可以试试。”

路棠抬起头看他，他的眼睛里写着的，是真心。

“好。”

拉着他到自己房间，铺好被子，路棠先钻了进去，背对着他，“我先睡了，别忘记关灯。”

这个傻瓜。徐匪脱下外套，掀开被子躺进去，四周都是她的味道，让人觉得安定，又多了一丝旖旎。某个人似乎是已经熟睡了，不过，睡姿是不是太僵硬了点。靠近了她几分，然后把人搂进怀里，轻声问道：“睡着了吗？”

睡着了。路棠无声地回答了他，微微颤动的眼睫毛却泄露了她的秘密。

徐匪微微笑起来，看似不经意地捏了捏她的耳垂，看着她的脸在灯光下以肉眼可见的速度红起来，一本正经地疑惑道：“为什么捏你的耳朵就会脸红，很敏感吗？”

路棠咬牙，她怎么忘了这其实是个套路很深的小人，睁开眼睛转过去看着他，一字一顿，“你说过会尽量忍住的。”

徐匪捏了捏她的鼻子，“不装睡了。”

“被你吵醒了。”

“嗯，那我要点睡前福利。”

福利？

他的唇瓣贴上了她的，辗转摩挲，一点一点由浅入深，直至撬开她的牙关，放肆地攻城略地……路棠好像看到了眼前一片一片的白光，也清晰地感觉到了两个人的体温都在上升。他当然不会只满足于她的唇瓣，缓慢，温柔而不动声色地侵占……等他的唇舌终于放过她的耳垂，转移到她的侧脸，路棠能感觉到自己的身体已经酥软不堪，他的手已经触碰到了她腰间的皮肤，炙热而温柔。

“徐匪，”她开口了才发现自己的声音已经带上了娇媚之意，不过要说完，“该停下了。”再这样下去，她也会把持不住的。

“好。”他一贯低沉的声音此刻沾染了某些味道，听起来有些惑人。

徐匪说到做到地停了下来，转过头去平静了片刻，转过头来把她拥入自己怀里，亲了亲她的额角道：“晚安。”

路棠能感觉到他贴着自己的某处依旧灼热，不过他到底没有再进一步做什么，他跟木均祁到底是不一样的人，路棠伸出手去搂住他，嘴角挂上了心满意足的笑容，慢慢陷入梦境。

Chapter 41

徐美人与亲妈，双重伤害

路棠做了一个很长的梦，她梦见了第一次遇见木均祁时的场景。

她蹲在档案室里的一个角落发呆，那个温润如玉的男人走了进来，儒雅而风度翩然，声音很好听，笑着跟自己说，老周是个不错的师傅，不过，真的想在这一行做出点成绩的话，要不要来跟着我学习。于是她去了他的身边，看着画面像电影胶卷一样快速翻动，看着自己一点点沉沦在他的体贴与笑意里。

二十四岁生日的晚上，她听到那个人告诉自己，“我也很喜欢你。”满心的喜悦顿时像快要溢出来，原来他也是喜欢自己的，原来自己不是在单相思。

画面突然扭曲，那个叫慕湘的女人出现在她的眼前，告诉她，那个人早已结婚，他的妻子就站在她面前，他们还有从小一起长大的情分。她不信，这辈子她最痛恨的就是婚姻里的第三者，她的父亲就是因此才离开了她和母亲，离开了这个世界，他早就知道，怎么会舍得让她做别人婚姻里的第三者呢。

最可笑的是，当她跌跌撞撞地穿过马路跑去向他求证，那个一向温润如玉的男人第一次露出了厌恶的表情，责怪她骚扰到了慕湘，责怪她害得妻子病情加重。母亲早就告诉过她，男人不可靠，是她一直不信。他用冰冷的眼光看着自己，仿佛在看什么惹人厌的东西。他的所有疼惜都留给了病床上的那个女人，而她只得了他的厌恶。可是木均祁，你凭什么这么对我？凭什么！她用力地呼喊，却发不出声音，只能感受到灭顶的痛楚侵入肺腑……

路棠从那片让人绝望的晦暗中醒了过来，被角已经打湿，身旁之人安静地沉睡着。

从那一年离开樾井，她就把当年的事全都压进了心里最深处，最难挨的那段时间，哭都哭不出来，只能感受到一阵阵压抑的沉闷，像要让人窒息。但她宁愿完全放空自己，也不会回想在樾井的那段时光，午夜梦回，她偶尔见到过木均祁，却没有梦见过那些过往。

今晚临睡前，她却有意地放开了心里固守着的那条线，主动去想，去面对，去回味，把一切都掰开了揉碎了细细咀嚼，因为木均祁这个名字，真的应该是她生命中的过去式了。在梦里她被箍回了当年的情动，甜蜜与痛苦交织在一起，勒得人呼吸不畅，梦醒之后，却在百感交集之余，只觉得释然。最好的人已经在身边了，有些人，终归该挥手说再见。

其实，一切的故事，冥冥之中好像都早有安排。如果没有木均祁当年带着自己，让她真正找到了在这一行的兴趣与热情，以徐匪与自己的性格，如今他们也不会走到这一步。路棠伸出手，握住了他那只温暖的手，安心地闭上了眼睛。

听到身侧之人进入睡眠后传来的均匀呼吸声，徐匪慢慢睁开了眼睛。他听见了一个非常耳熟的名字——木均祁。之所以耳熟，是因为那个叫骆语薇的女人曾在他耳边说过，关于路棠和那个男人的故事。他知道那个女人的心思，但涉及了路棠，他不可能完全不把这件事放在心上。

平心而论，如果没有妻子，那个男人的条件很不错。所以当时在青时看见路棠和他走在一起，他吃醋了，因为另一个男人而有了生气的情绪，第一次，第二次，都源于此刻沉睡于身侧的女人。她在睡梦中仍不忘喊他的名字，那个人是否真的那么难忘？她曾经爱过别的人，他不介意，也是因为无法介意，那个时候她还没有遇见他。但若是她心里依旧有那个人，他真的能做到不介意吗？

徐匪拿起床边的手机，指尖轻点解锁，和男人在雨夜里亲吻着的，是他身侧之人。他知道骆语薇发这些照片给自己是别有用心，可意乱情迷之间，谁是谁非，哪里那么容易看清。

人疲惫的时候，很容易做梦，所以路棠很快开始了今晚的第二个梦。

这一次她梦见了徐匪，梦见他们走进了婚姻的殿堂，洁白的婚纱，布置干净典雅的礼堂，仿佛全世界都在祝福他们。最让她感到幸福与安心的，是他挂着淡淡笑意看着自己的面庞。

她由面容已经模糊的父亲牵引着走进礼堂，看着徐匪帮她戴上戒指，她转过身，向自己的父亲露出了真心幸福的笑容。父亲的面容变得慢慢清晰起来，慈爱地看着她，接着那张脸突然变成了木均祁的模样，对着自己露出了志在必得的笑容。

她慌乱地转过身去看向徐匪，却见他神情冷漠地看着自己，质问她：为什么要背叛他，为什么要辜负自己对她的爱？看他转身要走，她着急地走过去想向他解释，却被拖在地上的裙子绊倒，连他的裤脚都没来得及抓住……

这一次醒过来的时候，天光已经大亮，还好只是一场梦。

徐匪不在床上，知道他有早起运动的习惯，路棠也没有在意，缩头躲进了仍残留有他的气息的被子里，留恋了一会儿，然后起床洗漱，去上班。

这原本是很美好的一天，但到了中午，路棠的眼皮突然开始激烈地跳动起来。人常言，左眼跳福，右眼跳灾。此刻，跳得十分剧烈的却正是她的右眼，仿佛预示着有什么事情即将发生，她想起了昨晚那个梦。接下来的半天，她不由警惕了几分，却直到这一天结束，什么事情都没有发生。

变故发生在一周后，在路棠几乎已经慢慢淡忘了这件事的时候，来得让人猝不及防。

走进办公室之前，Jenny叫住了她，笑眯眯道，“棠哥，徐男神来过了，他已经把完整版的全部稿子交给我了，纸质版和存了电子稿的U盘我一起放在你桌上了，记得看。另外补充一句，徐男神长得可真好看，羡慕你棠哥！”

路棠愣在了原地。徐匪的稿子写完了为什么不直接交给自己，而要特地跑一趟青时大楼，通过Jenny转交自己。而且，仔细回想起来，这一周去找他的时候，他基本都是有事在外，两个人之间几乎没有说过几句话。无论如何，这太不合常理。

路棠拿出手机，调出了徐匪的电话，却没有拨通，只有冰冷的机械女声一遍遍重复着，“对不起！您拨打的用户暂时无法接通，请稍后再拨。Sorry！The subscriber you dialed cannot……”

“Jenny，我有事出去一趟，如果有人找我，让他直接电话联系我。”她没有一丝犹豫地转身往外走。

看她有些凝重的神色，Jenny识趣地没有问原因，应道：“好的。”

事情比自己预料的更糟糕，她在徐匪家按了很久的门铃，却一直没有听到门里传来小猫咪的叫声，这比单纯的徐匪不在家更让她心惊，他连小猫都带走了。他要去哪里？

路棠抿了抿唇，调出了雾阳的电话。这回倒是很快接通了，她没有废话，“徐匪在你身边吗？”

雾阳看了眼身边神色平静坐着的男人，“在。”

“让他接电话。”

“抱歉。”雾阳挂断了电话。

“shit！”听到电话里传来的忙音，路棠差点把手机扔出去。

手机却突然震动了一下，路棠扫了一眼屏幕，微信显示，“雾阳给您发了一张图片。”

她点进微信，看见了那张图片，或者说，照片。是她和木均祁在那片草坪上接吻的场景，尽管光线有些暗，却看得出照片上的两个人究竟是谁。

雾阳又发过来了几张照片，大多数都是他们亲吻时的场景，还有两张是在她扶着木均祁进去时拍的，因为角度的原因，看起来就像她在搂着他。

他说：前几天，有人给阿匪发了这几张照片，不论事情的原委究竟如何，路棠，你跟阿匪还是先分开一段时间，彼此冷静一下比较好。我们登机了，回聊。

路棠捏紧了手机，问他：你们去哪里？

他回道：法国。

法国？木均祁？这究竟是怎么一回事？躁郁之间，手机突然震动起来，路棠看了一眼来电显示，接起电话，“妈妈。”

“小棠，你跟我说实话。”路妈妈的声音很严肃，“你跟一个网红在一起了？”

“什么？”这都是什么跟什么。

“你不用瞒我了，你公司的同事都跟我说了。长得那么好看的人，不是你能驾驭的。”

路棠只觉得心头一股无名火起，“没有驾驭不驾驭，我们之间是平等的。他是个很好的人，对我也很好。”

“你这孩子，怎么就不听劝呢。”路妈妈的声音急躁起来，“当初，你要和那个姓木的在一起，我就跟你说过，天上不会掉馅饼，凭什么一个条件那么好的人，别的人不去喜欢，要来喜欢你。后来怎么样，你还记得吗？这次这个也是，人家为什么要对你这么好，你值得人家那么对你吗？”

“妈，你觉得我不值得别人喜欢是吗？”她尽量让自己的声音镇定，忍住泛到鼻尖的酸意。

“诶呀，你知道我不是这个意思。可是我们自己有几斤几两，总要掂量清楚。你还是早点回来家这边，工作也不需要那么辛苦，也能找个不错的人嫁了……”

“妈，我还有事，先挂了。”路棠直接切断通话，把手机扔了出去。

最亲的人往往最清楚你的伤疤在哪里，一揭一个准，还要在上面洒落一些盐，以爱之名。她觉得很委屈，心口一阵阵窒息的痛楚。母亲不会知道，现在说的话在她心里落下来的分量有多重，像是把心狠狠砸开了。她没有处理好跟木均祁之间的那些纠葛，让徐匪受到了伤害，所以他选择了离开。她没有责怪他的理由，错的是她。当初爱上木均祁，后来知道他是早有妻子的人，她心痛到要死，母亲说，错的是她自己，是她没有看清人，是她当初没有听取自己的意见。是，错的人一直都是她。可是她也很痛，受了伤痛得最真实的人是她，痛了之后还要尽快调整状态谋求生计的人也是她。她的母亲又知不知道？

清醒的时候，她会想，是因为父亲的背叛，所以让母亲变得这么胆小，认为自己的女儿以后应该找一个能掌控的男人，过有保障的安稳的生活。可是她只是想再闯一闯，再等一等，闯出自己想要的事业，等到自己真正心动的人。

可现在，有没有人能告诉她，坚持下去是有意义的……她是值得别人爱的。她的痛，要跟谁说。

另一边，刚刚落座的飞机上，雾阳看着已经戴上眼罩的人静默不语。

法国那位笔友再三邀请他过去小住，倒是恰好促成了这次出国之行，也幸亏他们之前一起去欧洲的签证还没到期。这次他们要在法国待一段时间，小黑和小白都已经托了空运，唯独那个他比小黑小白还要看重的女人，被留在了这里。

雾阳靠回座椅，仿若不经意地问道："你真的不跟她打声招呼？"

徐匪没有回答他，仿佛已经睡着了。

在徐匪家门口冷静了一会儿，路棠擦掉脸上的泪痕，补好妆，捡起手机回到了青时大楼。这一连串的事情要一件一件地解决，至于那位"好心"的同事，她也一定会找出来。

她衣带生风地走进办公室，拿起徐匪交过来的那份纸质稿逐字逐句地看。他的笔触无须多言，生动巧妙却又不失玲珑剔透的意趣，故事的主角还是本身就带了些神秘色彩的徐大少与两只机灵的小猫咪，所以即便阅尽千书如路棠，一时也看得有些入神了。

Jenny看她看得投入，午餐都没记得去吃，帮她叫了楼下餐厅的外卖，放在路棠的办公桌上后，又轻手轻脚退了出去。

等路棠看完整个故事，回过神来，桌上的饭菜已经有些凉了，她打开了包装袋，一口一口吃掉。

让她没有想到的是，徐匪把她也当作了故事中的一角写了进去，虽然用了化名，事迹也略作了改动，她还是一眼就认出了自己。他的笔下，自己甚至比那两位小主角还要可爱了三分，为了工作可以死皮赖脸到让人啼笑皆非，为了表达生气可以反套路地调皮到让人无可奈何，还有吃东西时比小猫咪更加憨态可掬的一面……徐匪笔下的她，真的很出彩，有着很真实的动人味道。根本不用怀疑，是因为对她这个原型的喜爱，才会创作出了这么幼稚却这么吸引人的角色。

那个角色真的很幼稚。其实她知道自己有那样的一面，不过很少表露在人前，而徐匪笔下的她，幼稚与可爱的比例恰到好处，刻画得入木三分。那个样子，也恰巧就是她活得最轻松肆意时的模样。当初和木均祁在一起的时候，她没有得到足够的安全感，所以也尽量克制了幼稚一面的自己，木均祁曾经告诉她，最喜欢她倔强不服输的性格。家庭背景的缘故，注定了那会是她性格的一部分，不过，如果有人愿意像宠一个孩子一样宠着自己，她也恰巧喜欢那个人，谁不希望能当个什么问题都不用考虑的幼稚鬼呢。甚至，因为父爱的缺失，她比很多人更加渴望那样的爱。披荆斩棘、无坚不摧的模样，只是为了能在必要的时候与所爱之人一起抵御外界的风雨侵蚀，对内，求的是一颗理解的真心。木均祁没有明白这个道理，所以明明爱着的人是慕湘，却招惹了她。徐匪懂得这个道理，只是现在，他离开了。

路棠看着手机里始终没有得到他回复的对话框，涩然之意一点点爬上了心头。

Chapter 42

为爱勇敢的路公子

不管徐匪对待这段感情的态度如何，这部《铲屎官养猫日记》，她一定会用心策划好。这是他们共同孕育起来的孩子，也是这段感情的结晶与见证。如果最终没能走到岁月静好，她也要亲手画上一个认真的句号。

路老大拍板定下了主意，运营团队的成员便收敛起其他心思，对徐匪的文稿仔细地整理编辑，终审过后，开始进入装帧设计。因为徐匪本身对于市场的影响力，再加上题材对于热点的把控，不只是路棠，整个公司都对这个项目十分看重，特地联系到了一位国内非常知名的版面设计师来为这个故事设计封面，对于一位第一次出版作品的新人来说，算是破例了。

一开始，路棠他们还有些担心那位设计师是否会认为自己被大材小用了而不高兴，不过他看完故事之后，倒是表示很喜欢这个故事，向他们保证一定会用心设计这部作品的封面。

排版，校对，印刷，装订，正式出版的日子在所有人的期盼里翩然而至。

青时文化联合微博、豆瓣等平台与各类图书网站的数据推广早就已经开始。不过当他们看到徐匪发的那条“新书出版，希望你们支持。”的微博，以及微博下面潮水一般的疯狂评论量与转发量之后，青时的众人觉得他们其实根本不需要担心推广的问题。

Jenny拿着手机给路棠看，“棠哥，徐男神的影响力实在惊人。”然后一脸暧昧地看着她，眼神里满满都是调侃的意味。

路棠给了她一个爆栗，心里只有苦笑。自己每天都有发信息给徐匪，汇报《铲屎官养猫日记》项目的运营进度，也自言自语地说一些日常的生活。不过除了必要的确认类回复，他一个字都没有多说，包括她向徐匪解释“照片事件”的真相时。路棠发过去删删改改打了几个小时的长长一大段话，他却一个字都没有回复。

一开始，路棠和团队里的成员就投入了十分的精力去运营这个选题，加上正式出版前后联合各方的火力营销，《铲屎官养猫日记》获得了市场空前的好评，几乎要赶超成名已久的雾阳的新书销量。

执行总编离职在即，抛开《铲屎官养猫日记》这个项目，路棠和骆语薇的业绩基本相当，可也因为这个项目的成功，总编把位置正式交给了路棠。这的确只是一个项目，却又不只是一个项目。这一点骆语薇知道，路棠也知道。

不少同行见了路棠都道喜祝贺，称路公子不愧是青时文化的王牌策划人，又打造出了一位比雾阳更受欢迎的新人作者，如今又升任青时的执行总编，前途一片光明。也有人借着道贺，话中有话地问她，这位新人的起势这么好，会不会担心雾阳翻脸。

路棠通通一笑而过，最想庆祝的人此刻不在身边，她没有多大的成就感，反而觉得有些空。

江筱听她说了和徐匪之间的现状，惋惜之余恨铁不成钢，“路小棠你这个蠢货，不趁着男神喜欢你的时候牢牢抓住他，现在变成这样，真是……活该。”

路棠还是一副表情匮乏的模样。

江筱不禁在心里暗暗叹气，她这是被徐匪传染了，也养成了动不动就没什么表情的习惯，“不管怎样，路小棠，在徐匪回来之前，你先把木均祁这颗地雷给拆了吧。”

路棠终于抬起头看她，“已经解决了。”

已经解决了？看着江筱瞪大的眼睛，路棠没有再解释。

事实上，从他强吻了自己那一晚开始，除了公事上必要的联系，她没有再回复过木均祁的任何信息，甚至工作中她也尽可能避开了他。直到看到那些照片，路棠再一次坐在了他面前。

“难得，你会主动约我出来。”木均祁看着面前愈发英俊清冷的女人，她身上好像已经越来越带有那个男人的气息，“路棠，我会留在这边，亲自参与《无野》的影视化改编，是为了你。”

路棠收回了投注在窗外的视线，从手袋里拿出了一沓照片放在桌上，看向他，“这是你找人拍的？”

“是。”

“也是你找人送到徐匪面前的。”

“是。”

“木均祁……”

他打断了路棠刚刚开口的话，“你爱的人是我，不应该受到他的干扰。何况，他原本就不适合你。我们才是应当在一起的人，即便慕湘仍在世的时候，我也从未真正放下过你。现在她离开了，唯一的阻隔已经消失，我更不可能放手。”

路棠安静地听他说完，放下了手里的咖啡，明亮的双眼对上了他的。“木均祁，你是个很优秀的领导者，但你根本就不懂得怎么去爱一个人。你理所当然地认为，如果你为别人付出了什么，对方从此就应该满心满意只爱你一个人，而且，”她自嘲地笑了笑，“别人的付出，在你的心里，大概永远比不上你的付出，所以只能是你先背叛或者离开，而我就不能先背弃这段感情，是吗？”

有些东西被挑开，暴露在了阳光下。

“你就是这么想我的。”木均祁看着她的眼光慢慢变得锐利起来。

路棠仿佛没有看到他眼神里的凌厉，继续说道：“你不懂得‘珍惜拥有的’，所以不能理解‘时过境迁’这个词。过去了，就是过去了。当年那段感情，我不后悔，即便最后我被你妻子安上这辈子最痛恨的‘小三’一名。因为已经发生了的事，本来也就没有后悔不后悔一说，又不可能时光倒流去改变它。曾经我想过，自己是不是一辈子都走不出去跟你的那段感情了。是你，让我从此对与男人相爱有了抗拒，那明明是一道阴影，我却以为是自己放不下你。其实，我不是金庸笔下的郭襄，遇见了徐匪之后，我更加明白，你也不是杨过。”

木均祁张了张口，最终什么话也没有说。

路棠的声音始终很平静，就像在说着一件与自己无关的事，“你跟慕湘之间的事，我不清楚，也不评论，只说我们。当初跟你在一起的时候，说实话，我是小心翼翼的，怕自己什么地方做得不够好了会让你失望，然后被放弃。那些辛苦，你并不知道。也许，即便没有慕湘的存在，我们也不是真正适合彼此的人，我们从一开始就不是平等地站在一段感情的两端。我当初对你的感情，或许用‘仰慕’一词来定义更为恰当。”

路棠从手袋里拿出了那本《铲屎官养猫日记》递给他，“他笔下的我，才是活得最真实也最轻松的我的样子。不知道他还要不要我。当初是我不够珍惜他对我的好，没有抓紧他，这一次，我会尽全力去守卫我跟他之间可能拥有的幸福。诚如你所说，我的性格里有很倔强的一面，如果你要做破坏者，我会尽我所能给予你同等的伤害。我们最好还是不要走到那一步。所以，决定权交给你，结束你心里我们之间还有可能的想法，从此我们只是同行，或者我们开始一场旷日持久的战役。你知道的，相比其他人，我还算了解你，真的发起狠来，我们只会两败俱伤。”

木均祁看着这个昔年用心疼爱过的小姑娘，心里说不出是什么滋味。此刻。她的眼睛里没有一丝留恋，仿佛在看着一个陌生人，好像这是在进行一场商业谈判，冷静，却又咄咄逼人。昔日的神女已经不只无心，还重重在他心上抽了一鞭，傻瓜都知道该怎么走的一个路口，他偏偏不能走动分毫。

木均祁慢慢地喝完了一整杯咖啡，却一直没有开口，路棠也没有，始终安静等着他的决定。

“好，我答应你。我，会放手。”他终于松口。

路棠露出了一个浅淡的笑容，收起桌上的东西离开。

木均祁静静地看着那道逐渐远去的身影。他只觉得心里有些疼，也有些空。当年那个处处以他的感受为先的小姑娘，从今以后就彻底离开他的生命了。

有些人与事，不在拥有的时候好好珍惜，终究是要后悔的。

Chapter 43

爱情暴击

路棠没想到徐匪的姐姐会来找她。

徐子琼是徐匪一母同胞的亲姐姐，也是徐匪在那个家里为数不多的几个比较看重的人之一，只不过上一次徐匪带着路棠回去的时候，她刚巧不在，所以没有见到。在对面人不动声色地打量自己的同时，路棠也在观察她，她与徐夫人长得有八分相像，不过性格却几乎跟她的母亲截然相反，说话做事都干练而利落，毫不拖泥带水，与她舒雅娴静的外表形成了鲜明的对比。

路棠其实很欣赏她这一点，只不过她的性子似乎和徐匪一样冷淡。徐子琼这次是来S市出差，顺便借着弟弟出国在外来看看他喜欢的女人，也算替他把把关，尽管他们之间相比别的姐弟淡上许多，不过有些血浓于水的东西在骨子里，便不会因为旁的原因而被轻易割断。

和路棠聊完之后，她倒是真心满意起这个姑娘，能够独当一面，不是爱拿娇爱作的小姑娘，自己说起阿匪的时候，也是用了心在听着。

看时间差不多了，徐子琼站起身，示意她不用送自己，道：“阿匪是个面冷心热的孩子，也是个专情的人，你也是个不错的女孩。既然有这个缘分走到一起，希望你们能互相包容，好好走下去。”

路棠点了点头，在徐匪明确表示要跟她结束这段感情之前，她是不会放弃的，即便他有要放弃的意思，她也会尽力争取。一个人能够有这个缘分跟真正懂得自己，也爱自己的人相遇，相知，相爱，实在太不容易。

一周后，路棠搭乘的航班在里昂降落。从前都是徐匪一步步走向她，现在该换她为这段感情而追逐他的脚步了。

嗯，法国的阳光很明媚。她的男人就让她自己来验证，究竟值不值得去爱。

小镇的公寓门口，正准备出门钓鱼的两个男人看着这个从天而降的英俊女人，不禁愣在了原地。徐匪与雾阳都自认还算了解路棠，不过还是没想到她会高薪请了一位技术帝帮忙，破译了他们在法国的位置后，直接飞到了这里。这么直接，这么勇猛，的确是路公子能做出来的事情，毕竟路公子不是一般的女人。

雾阳摘下墨镜，仔细打量了眼前这个熟悉的英俊女人一遍，终于得出结论。“路棠，你可……真是让人吃惊。”

路棠笑了笑，看着他身旁那个面无表情的男人，从他看见自己就没有再向她所在的方向投来过任何目光，仿佛他们只是两个陌生人。仿佛她会坐了十个多小时的飞机，出现在这里，也不是为了他。她收回了视线，对雾阳微微一笑，“周子阳，如果我们还算朋友，让我跟他单独聊聊。”

路棠很少会叫他这个名字，虽然周子阳才是他的本名。雾阳看了旁边那个家伙一眼，他似乎也没有反对的意思，于是笑道：“好，那我先出去走走，你们聊聊。”

终于只剩下他们两个人，路棠轻轻吸了一口气，吐字清晰，“徐匪。”

他没有应她，也没有看她。

“徐小妞。”她觑着他的表情，再接再厉。

这回徐匪看了她一眼，却皱了皱眉，抬步往外走。

在他经过身旁的时候，路棠拉住了他的手臂，接着尽了全力，把他拉到了面前，手臂抱住了他的腰。如果忽略身高，看起来很像是她把人搂在了怀里。路棠冲着面前那张表情匮乏，此刻还有点不高兴的美丽面孔，笑盈盈道，“我的徐小妞原来这么傲娇。还这么爱吃醋，我是应该开心呢，还是开心呢。”

他原本想推开她，无奈她抱得很紧，一点缝隙都没留不说，如果他真想破开这道“桎梏”，必须用点力，以她的性子，估计只会越发抱得紧，除非她真的受伤。终究不忍她受伤，徐匪低下头，看着这个目的得逞后露出了一丝狡猾笑容的英俊女人。

“路棠，我们谈谈吧。”他的声音很平淡，没有什么波澜。

“好啊，你想谈什么呢？不论你想聊什么话题，我都配合咯。我可爱的徐小妞！”她却仿佛听到他说了什么情人间的甜蜜之语，眼里脸上都是笑意，语气之娇俏动人，让人几乎忽略了她原本的清冷俊秀之貌。“徐小妞，你要跟我说什么，嗯？”她突然亲了亲他的嘴角，如水温柔的嗓音，巧笑倩兮。

他冰封的神情开始有些破裂。

她知道，自己的态度转变得有些大，他一定觉得意外。真的爱一个人，会愿意为了他而改变自己，从前她是不信这句话的。另一半如果非要通过改变自己才能换来长相厮守，那只能说明对方不够爱她。不过现在她不这么觉得了，只是因为，知道了自己无法割舍。说来有些奇妙，从他们真正成为朋友开始，两个人好像就没有分开过这么长的时间。地理上的屏障，让他的笑容他的拥抱，甚至他的体温都变得无法触及。她很想念这一切，想念到要发疯了。

所以几乎是有些冲动地来到了这里。她知道徐匪对自己的感情，现在更确认了那几乎没有变。不过这也不妨碍她为了他做出的改变，软言细语又怎么样，撒娇又怎么样，曾经她的确排斥这些东西，即便当时和木均祁在一起，她也极少用这样的语气说话。不过现在面对她的徐小妞，只觉得用起来很开心，嗯，看他讶异的表情觉得开心，看他无可奈何的模样觉得开心，在别人面前不习惯做、不能做的事，在这个人面前，都变得那么理所应当。这样的人，一辈子遇见一个，已经足够。来得早或晚都没关系，反正肯定会遇见。

木均祁是她仰慕着的人，所以想要靠近，等真的靠近了却依旧有那是水中月的不安感。后来的事实也证明，那的确是一场虚妄。不过，那都是曾经。

现在，她的满心满眼都只有一个人，徐匪。这个家伙用实际行动告诉了她，这辈子要离开他，已经不可能了。从一见的倾心到日久的深情，那么好那么可爱的一个人，没等她真的离开她，心一定已经痛死了，这一点不需要任何的怀疑。没有理由的宠爱与包容，除了他，还有谁会给她？即便真的有，她也不要。所以这辈子，她都赖定他了。还好，自己还住在他心里。

徐匪心底画过一声叹息。似乎有人跟他说过，女人甜蜜起来，即便喂给你的是入骨毒药，也很难提防。他筑起来的千里战线，终究溃于她的慢声细语。其实，如果她真的想取悦他，一个稍微放软一点的姿态，就已经让人很难冷面以对，何况是这样的她。

这样一个为了项目可以对原本陌生的男人“动手动脚”的女人，偏偏也是个习惯把真诚与关心都藏在毫不在意里的别扭星人。外人看起来坚韧却洒脱的路公子，其实是个爱捣蛋的任性小姑娘。这一切都让他不得不举手投降。明明是个心动了却不肯承认的胆小鬼，可是谁让她的一笑一皱眉都在不察间侵入了他的肺腑。当珍视与宠爱成了一种习惯，想要割舍，哪有这么容易。何况，也许连骆语薇也没有想到，那晚他收到照片的时候，路棠就在他的怀中。所以路棠在微信上的解释，他如何能够不信。

她从中国飞到了这里，出现在他面前，他就已经不可能再维持多久的冷漠。不过还是生气，生气照片里的那场意外，生气她和木均祁……他一时走神，没发现她的唇瓣已经悄悄贴了上来。

“徐小妞，你是不是在想我不好的地方了，不许想。现在，我想亲你。”她说话的声音低低的，还带了点孩子气的霸道与任性。

可偏偏这样的她，让他难以拒绝，何况她难得主动。于是干脆放任了她的亲吻，放任了她一点一点撬开自己的牙关，放任她“强吻”了自己。当然，最后的反客为主也是必然。

一场亲吻，似乎没能完全化解徐小妞的这场傲娇，不过证明了一点，他心里有自己，而且地位牢固，这就够了。所以，路棠在法国多逗留了几天，赖在了他们法国的公寓里，并且从早到晚，想尽了各种办法黏在徐匪身边。只要徐匪出现，前后不出五尺，必然有连体婴儿一般的路公子。

最后，连雾阳都看不下去了。“我说，亲爱的经纪人大大，你这是用了隐形的强效502胶水吗？”

路棠笑眯眯答道：“对啊，于公于私，我不都该这么做吗？怎么说也得突破牛皮糖的效果才行。”

这显然是知道了他曾经在背后黑她的话，看来阿匪似乎更重色轻友一点。雾阳决定闭紧嘴巴。

“你该回去了，《铲屎官养猫日记》快正式发行了。”安静吃着早餐的某人淡声开口道。

“嗯，很有道理。所以，你跟我一起回去吧。”路棠瞥了眼他慢慢挑起的眉梢，理所当然道：“不然，放我男朋友一个人在这法国，我很不放心诶。”

第一次从路棠口中听到“我男朋友”这样的字眼，还是这样的语气，另外两个人均不适应地被呛了一下。

偏偏她更理所当然地补充了一句，“跟唯一的男朋友比起来，一个项目有什么重要的。”

这……雾阳拧了拧眉，“路公子，容我提醒，这里除了阿匪，还有一个人，那就是我。”

“哦，你啊，你最危险了不是吗？是我潜在情敌中大boss级别的了。”

好吧，现在是谁开腔谁撞枪口上。他还是闭嘴吧。

最终，他们三个人一起登上了回国的飞机。

对于自家老大亲自飞了一趟法国，然后带了雾阳、徐男神两位青时的大神级作家回来，青时文化的众人都表示敬佩。

不过总觉得，似乎这次从法国回来，徐男神和他们老大之间的相处模式，有了点微妙的变化。要说徐男神吧，对待大部分人还是这么冷冷的，当然该有的礼貌他不会少。只不过对待他们老大时，好像没有那种独一无二的温情了，甚至还有点高冷的感觉。而他们老大变化就很大了，主要表现在对徐男神的关注上。那简直是一个眼神就能秒懂徐男神是想喝水了，还是想上厕所了……上心的程度让人匪夷所思。好像以前徐男神对她还是独一无二的温柔时，她也没有这个样子过。但即便如此，她也只能得到徐男神一个淡淡的眼神，连笑容都没几缕。反而对他们老大的“死敌”——骆语薇，徐男神的态度还是比较友好的。所以这趟法国之行，他们之间究竟发生了什么？这成了青时文化近来人人想探究的一大不可知真相之一。

事实上，作为当事人之一的路棠，对此也很是不解。

不说自从她去了法国，在徐匪面前是如何的“做低伏小”又“万般讨好”。只说从法国回来的前一天晚上，在徐匪的房间，她又好好负荆请罪了一番，“威逼”与“色诱”兼用，徐匪明明已经跟她吐露了真心话，知道照片事件是有心人的刻意安排，已经没有在生气了。既然如此，回国之后，他这比之前更加严重的“摆谱”，还特别喜欢在她的一票下属面前“摆谱”，是怎么回事？最让她不能忍的是，他对骆语薇的友好程度远胜于自己，虽然也没有做什么出格的事。可那毕竟是骆语薇。

路棠只能一边恨得牙痒痒一边装作若无其事地思索原因。思索良久，她只能得出一个结论：徐小妞这是欠收拾了。

不过好在最近徐匪自己的事情也不少，所以过来公司的时间并不多。

《铲屎官养猫日记》的发行顺利，他们跟徐匪约定的签售会也快到了，没必要在这个时候跟他谈这件事。如果签售会之后，他还要这么“作”，那就……另当别论了。尤其是对骆语薇，他绝对不能继续这么友好。

另一边，雾阳看着不远处路棠指导着工人们调整设施的模样，百种情绪终是化作了唇边无可奈何的一笑。每个人可能都会遇见这么一个人，一旦碰上了，为她做什么就只有甘之如饴的愉悦。

Chapter 44

一切，不及你

让路棠没有想到的是，她家徐小妞这一回的“作”，居然在签售会当天飙到了顶峰。

万千读者翘首以待的签售会当天，徐匪突然断了与青时文化各方人马的联系，当然，也断了跟她的联系。没有一点预兆的，再次连人带猫从他家里消失了。

最糟糕的是，考虑到徐匪在微博上的影响力，为了促进《铲屎官养猫日记》这部作品的推广，他们采纳了雾阳的提议，采用微博直播的方式来记录这一次签售会。现在青时官方微博的现场直播已经开始，最重要的男主角却临时玩起了失踪。

路棠跟运营团队的成员还在商量紧急应对方案。不知是谁走漏了风声，主编知道了这件事，打电话过来询问路棠究竟是怎么一回事。

“虽然暂时没能和徐匪取得联系，不过他一向言而有信，既然答应了来参加签售会，一定不会无故爽约。”路棠安抚主编道。即便表现得镇定自若，路棠心里也有些不确定。

临近开始，场地周围已经里三层外三层地挤满了人，这毕竟是一向低调神秘的“喵宅阿匪”第一次开签售会，他的《铲屎官养猫日记》故事本身就写得十分生动，更何况还有不少微博粉丝就冲着见他一面特地买了书来参加签售会。

不过此时，徐匪还是没有出现，可以想见，如果外面的粉丝们最终发现自己心心念念等了那么久的人并没有来，场面会有多失控。

主持人已经在做开场介绍了，距离徐匪本应当上场的时间，不超过二十分钟。

路棠看着始终没有任何回复信息的微信对话框，开始焦躁起来。徐匪是不会无故爽约的，但是会不会是遇到了什么意外呢？或者换种角度，他这段时间的“摆谱”与这突然的跳票，几乎要让路棠怀疑，这不是在报复她那次意外“出轨”吧？

正在因急火攻心而开始胡思乱想之际，路棠的手机响了起来，平时听来轻缓温柔的曲调，在此刻也像是刺耳的噪声，重重地划在人的心上。

“谁？”她的火气正在上头，看也没看就接起电话，口气也很不好。

“是我，徐匪。”电话里传来那道熟悉的声音。

路棠原本已经打算在微信的工作群里下达指令，通知各方准备补救措施外加自己承担这次事故的责任了，听见这个熟悉的嗓音只觉得是天籁之音。

“你在哪里？签售会马上就要开始了……”

“我想给喜欢这部作品的读者朋友们一个惊喜。”他说道。

“什么鬼？你这是在胡闹！”真有这种想法，也应该提前跟他们商量一下。

“我会负全部的责任。”他说，“现在，来找我吧。顺便，开始直播。”

接着他报了地址，然后十分利落地挂掉了电话，没留一点商量的意思。

靠，你当这是玩过家家呢……路棠看着手机界面上“通话结束”四个大字，深吸了一口气，在微信群里简要转述了徐匪的意思。看着群里一片片心碎与惊恐的言论与表情包，她再次深吸了一口气走到台前。徐小妞给她设的这个局，临到这个时候了，含着泪她也得玩下去。徐匪，你最好不要让我逮到……

路棠定了定神，冲着有些惊讶的主持人微微一笑，接过了话筒，对着底下一片安静地看着自己却流露出各种意味的眼神的人开口道：“感谢各位读者朋友来参加今天的签售会，因为大家的热情呢，我们的‘喵宅阿匪’决定给大家一个惊喜。不过他很调皮，所以想跟大家玩一个游戏。因此，首先我们需要请两位直播人员，跟我一起去找到他。请大家密切关注青时文化官方微博的直播，好吗？”

她的话音被突然而起的一片尖叫声彻底淹没了，他们看起来竟然真的很期待。好吧，原本她还在担心现场读者与粉丝们的反应，现在看他们的热烈程度，好像都挺期待这个游戏的。不过徐小妞，你最好不要真的搞什么不靠谱的幺蛾子出来。

“惊喜”游戏开始，路棠跟两位仍有些懵逼的直播人员一起坐上了开往惊池雅苑的车。惊池雅苑与她所租住的惊池小区由同一个集团开发，区别于惊池小区的是，这里是更偏向于北欧风格的独栋别墅，上有独立空间，中有私家花园，私密性很强不说，每栋建筑周围还有面积不等的绿地与游泳池。因此在价格上来说，对于绝大多数人也是一个天文数字。

不知道徐匪为什么挑选这样一个地方跟他们玩捉迷藏，不过好在这个地方离签售会的举办地不远。等见到了人，她生拉硬拽也要把人给带到签售会现场。

十多分钟后，车子停下，来不及观赏这漂亮更烧钱的北欧风建筑，路棠和两位举着摄影器材的直播人员飞快奔进了别墅里。

徐小妞就在三楼的露天阳台上。

不知道为何，她总觉得心里有些不安定，直到那道冷峻颀长的身影终于出现在眼帘中，路棠定了定心神，冲着他笑道："徐匪，我们找到你了哦。说好的给读者们的惊喜呢？"

他慢慢笑了起来，看着镜头，也是在看着她，"好。惊喜就是，书中没有交代的故事结局，关于男女主角的。只不过不知道大家想不想看了？"

路棠怔愣了一会儿，片刻之后反应过来，这是在直播。不管他想做什么，自己现在都不可能阻止他，即便他是要宣布他们之间这段关系的结束。对于爱情这样事物，其实她一直以来都没有很强的信赖感。对于他们之间的这段感情，原本她是确定的，不过回国之后的这段时间，徐匪的态度让她有些不确定了。心里一直在说服自己，徐匪是喜欢自己的。也相信自己的改变，能够挽回这段被人手动制造了危机的感情。但其实，就这段时间而言，徐匪似乎也不是非她不可的。

路棠勉力收敛起各种情绪，笑道："这样子，那这个惊喜可太让人猝不及防了。我代表全体的读者与粉丝，等着徐匪大大的现实版结局剧透咯。"

某个女人好像已经乖乖掉进圈套了。

"嗯。"他的表情郑重起来，低沉如大提琴之音的悦耳男声慢慢说道："我们的女主角，一直都不喜欢去看自己的心。"

路棠僵在原地一动也不敢动。

"那么，就让男主角来帮她确认。"他的眼睛里只剩下她一个人，"路棠，你是不是，也非我不可呢？"

路棠的心被一股猛烈的力量揪了起来，根本无暇顾及他究竟说了什么。因为这个混蛋突然走到了这片天台的边缘，几步之遥就会掉下去。

"你当心啊！不要靠边缘那么近！"她几乎要冲过去。

徐匪向她摆了摆手，然后又后退了一步，笑道："别过来。"

路棠停在了原地，一滴眼泪已经在无意识间慢慢从眼睛里滑了下来，

“乖，你别开玩笑。”这个玩笑一点意思都没有。

“如果我从这里落下去，也许你会有不一样的心情。”

“混蛋！你什么都不要做，我的心早就很清楚了……我爱你……”她突然扩大的嗓子在他消失于片刻间的身影中化为了哽咽。她用了有生以来最快的速度跑过去，却连衣服的边角也没有碰到。

路棠僵硬在原地不能动，好像整个天色都慢慢暗了下来，眼前的一切都是灰白的。她第一次见到就惊为天人的徐匪，那么冷漠，却那么美丽。第二次见到的时候，他依旧冰冷，却让她抑制不住地开始产生好感，那种其实名为心动的好感。成为朋友之后，他比江筱更放纵她的各种小性子，由着她蹭吃蹭喝蹭猫，也许这是他对待朋友的一贯态度，却让她不由自主地开始想象，如果有人能成为徐匪的女朋友，那会是怎样一种幸福的感觉。更不用说，成为恋人之后，他对自己的影响有多么大。这样一个比妈妈更纵容她的徐匪，笑着的徐匪，生气了就不说话的徐匪，喜欢动口动手地调戏她的徐匪，会爱怜地亲她的脸蛋的徐匪……从这里，跳了下去。因为她。

混蛋！你凭什么？凭什么不相信我看不清自己的心，凭什么不相信我对你的喜欢？臭混蛋！这个大傻瓜！

这个高度跳下去，会怎么样？她不能动，更不敢往下看，只觉得一股透彻心骨的寒冷慢慢包围了她。接下来，她要怎么办……徐匪，她唯一的徐匪跳了下去，跳了下去……好像，哭都哭不出来了。她宁愿他说分手，说什么难听的话都可以，也不要是这个样子。她还没有认真地跟他说过那三个字，不是吗？他怎么能就这样跳下去！

路棠无意识地摇着头，眼泪随着清风肆意在脸上滚落。

两位负责直播的工作人员看着这位素来冷静，很少在外人面前流露软弱情绪的路公子，此刻哭得像个孩子一样，不由心疼起来，面面相觑之下，终于其中一位忍不住提醒道：“那个，棠哥，徐男神好像没事，你……往下看看。”

“什么？”路棠泪眼蒙眬地看了他一眼，不相信地瞥了眼天台外面，结果是什么都没有看见。她压着心底几乎肝胆俱裂的情绪以极慢极慢的速度一点点把头往天台外再探出去一些。

然后，在目光以微不可见的速度挪动之下，终于看见了……坐在充气垫上正冲着她笑得很开心的……某个混蛋！也看见了开始慢慢飞舞到空中的蓝白相间的气球，与那一块巨大的字母雕塑：Marry Me.

路棠擦了擦眼睛，把眼睛闭上，再睁开，又仔细看了一眼，又不相信地擦了擦眼睛，闭上，再睁开。终于确定，这真的不是幻象。

眼泪再一次夺眶而出，不过这一次是劫后余生的喜悦。遇到再大的事都是笑着应对的路棠，这一次，终于被她家徐小妞骗得在全国人民面前丢了一次脸。在足足流泪与愣神了好几分钟之后，她突然觉得又开心又委屈。这个人让她那么担心害怕，很好玩吗？这个大混蛋。

但周身却不由自主地被这从天而降的巨大喜悦包围，忍不住像个傻子一样笑起来，“徐小妞没事。”真的没有什么，比他没事更重要。不过……真不兴这么骗人玩儿的，还是在全国人民面前。

“徐匪！你这个混蛋！”路棠站了起来，冲着下面的人笑着喊道，接着纵身跳了下去。

在场的人都被她突如其来的行为弄得一惊。可真是你方唱罢我登场，或者说，夫唱妇随。

尽管有充气垫作为缓冲，从十几米高的地方下来，冲劲还是很大，徐匪稍微接了一下她，路棠只觉得轻微的疼痛包拢了自己。

竟然因为这轻微的疼痛，她的眼泪又一次下来了。今天的自己真是一点昔日风范都没有了。徐匪这个大傻瓜，为她做这一切，值得吗？她也是个傻瓜。爱情果然会让人变笨了。

路棠借他扶起自己的势抱住了他，面上还有残留的泪花，一点威慑力也没有地指控道："这么吓我，你很过分。"

"是。"他笑着擦去了她脸上的泪痕。

想到走进别墅时，雾阳看着她的意味深长的笑意，她转了转眼珠，开始盘问道，"你跟雾阳他们一起，早就合计好了是不是？"

"是。"他笑着理顺了她有些凌乱的发丝。

"谁想出来的，害我在全国人民面前丢脸……"

徐匪的笑容中终于露出了一丝无可奈何，揉了揉她的脑袋，"笨蛋，一点都不丢脸。"

"在法国的这几天，我一直在想，这辈子我是不是就非你不可了。"

路棠抬起眼睛看他。

"仔细想了几遍，好像都是一个结果。是，我非你不可了。因为除了你，我身边不算陌生的女人似乎都跟我有一定的血缘关系。没有那么巧的契机，让我再接纳一个陌生的女人进入我的世界，这个人还要刚好爱吃我做的东西，还要同样喜欢我的猫，还要敢对着我的一张冷脸死皮赖脸不松手……"他停顿了一下，又笑了起来，"满足了所有条件的人，好像只有你。"徐匪的喉咙微动，"我能确认自己的心，也一点一点的，慢慢确定了你的心意。不过对于感情，你似乎一直都没有很强的安全感。这一点好像是对事，不对人的。所以想用一个特别的方式给你安全感，这里以后会是我们的家。"

他没有拿扩音器的那只手慢慢伸进了裤子的口袋里，"路小姐，"他一字一顿地念出这三个字，温柔得几乎不像那个名叫徐匪的冷峻男人，这三个字里包含的意味，只有他们两个人真正懂得，"你对待别的东西好像都很勇敢，唯独对待感情，让人有些无可奈何。那么这一次，让全国人民一起来帮你见证这段爱情，怎么样？"

路棠低下了头，也看到了他正在从口袋里伸出来的手，下意识的反应快过了理智的思考，按住了他即将伸出来的手。

徐匪看着她的动作，手停在了原处。

路棠抬起眼睛看他，眼前这个人，有着冷漠却最好看的模样，还有一颗对朋友和爱人最柔软包容的真心。还为了她，策划了这场让她又气又笑的求婚。第一次，让她觉得丢脸得这么得意。

其实从第一次见到他就已经开始心动，到后来因为项目的事愈加靠近，里面有多少是自己刻意忽略的私心，只有她知道。这个傻瓜并不知道，她对他原就是一见钟情，日久又深情。她一直逃避去直视这份感情，这个傻瓜却自己送上了门来。这大概就是命中注定，他来得不早也不晚，刚刚到了两个人开始相爱的时点。放在早一点，她未必会爱上这样一个冷漠却太过美丽的男人，放在晚一点，她可能已经找到一个还算不错的人，成家立业。不过，谁知道呢，如果是他，也许早一点或者晚一点，她都会爱上他。谁让他是那么好，那么值得爱的一个家伙，谁让他的名字叫作徐匪。

对于感情，她的确不是个足够勇敢的家伙。这样一个让她可以放心做一个小孩，任性、胡闹的人，这样一个几乎无条件包容了她所有缺点的人，这样一个甚至把父亲亏欠的那一份爱也补上了的人。她一直不敢直视他的爱，也不敢直视自己对他的爱。曾经有过的那些伤痛，因为有了他对自己的爱重，其实都变得无足轻重了。有了他的爱，母亲的担心、未来可能会遇到的种种困难，她通通都不再害怕，很有底气。爱，可以让一个人无所畏惧。她的徐小妞这么可爱这么棒，当然，还“算计”了她，让她又酷又帅的形象“毁于一旦”。这个时候，她一向帅气的路公子怎么能不做点什么呢？

路棠松开了按着他的手，在他反应过来之前，伸进了那个口袋里，她的手被徐匪的手一把抓住，但也摸到了他手心里的那个小盒子。她挣开了那只手，同时抢过了那个小盒子，手伸出来的时候，把小盒子一起拿了出来。

徐匪看着她把那个盒子打开。

路棠的手有些轻微的抖动，第一次在全国人面前做这样的事，心跳快得像要蹦出胸口，看着他的眼睛的时候格外紧张。不过，镇定。虽然，这是他买的……虽然，这是他布置的求婚场地……不过，谁让他骗她，还害她哭，还说她不够勇敢。没错，这一次她就要比一个正常女人更加淘气。

她小心翼翼地拿出那枚戒指，很简单也很干净的设计，细看却精致无比，正是她喜欢的风格。

“徐匪，”路棠尽可能提高了自己的声音，看着面前这个除了母亲之外对自己最好的人，眼睛明亮胜过夜空中的星辰，“我爱你。”

“所以，”她的眼睛里隐有泪花，“求婚这样的事，还是让本公子来做比较好。请你，答应我的求婚。”她半跪了下去。

周围的人因为这突如其来的一幕惊讶地愣在了原地，片刻的静默之后，却是铺天盖地的掌声与祝福。一大票妹子被感动得眼泪汪汪，“我服了呜呜呜……”

签售会现场，负责场控的Jenny等青时的员工也与等待良久的读者们一起看得眼眶红润。

青时员工说他们的老大和徐男神实在是太登对了，就应该是这样的。

一众读者眼中的这位“小帅哥”，与他们美丽的男神，勉强真的也算登对了。

徐匪意外于路棠的举动，有一会儿没有回过神来。

反应过来之后，他轻轻托起了那个半跪在地上的英俊女人，接过了戒指却套在了路棠的无名指上，“你好像总是能做出让我吓一跳的事情，不过我很高兴。当然，我答应你的求婚。”在一片尖叫声中，徐匪低下头吻住了某个一时上脑的勇气退却后，开始害羞的家伙……

命中注定的两个人，他们真的相爱了，除了他们自己，是没有人能把他们分开的。只要认真对待生活，生活也会认真对待你。

番外

骆语薇

是从什么时候开始讨厌路棠的？骆语薇不知道。

她讨厌的人很多。一直以来，她都活得很辛苦。从那个偏远的西南小镇，一步步走进这个繁华的大都市，一天天在这里扎根，熬到今天在青时的位置，没有人知道她究竟付出了多少。外人看来的衣着光鲜，生活精彩，永远只是外人臆想的一个虚像，背后是用汗水和苦痛浇灌着的一寸寸光阴。有很多人，一生下来，起点就已经比她高了不止一倍，她却不能怪任何人。可是凭什么？

路棠的出现，尤其让她觉得讨厌。自己熬了这么久换来的位置，那个长得像男人一样的女人一来就可以得到，凭什么呢？从此以后，她们还要处处争，什么都要争。她知道，不只是路棠，公司里的大多数人都觉得她太爱计较，不够大方。可是他们都不知道，她不是不想大方，只是不敢大方。从小到大，她都是付出更多的那一个，受到宠爱的却永远是别的人。

学生时代，念书之余，她还要洗衣服做饭，一双手洗干净全家人的衣服，一日复一日。乖巧懂事的人是她，母亲最宠爱的却永远都是书也念不好，只会调皮捣蛋的弟弟。

长大了，进入职场，因为长相过于出色，她被各种各样的女人排挤，而得到执行总编和那一群女人宠爱的人，是路棠。路棠酒量差，就可以不用应酬，而她就要一杯杯跟人喝。她也不是天生的会喝酒，却不敢拒绝，她太害怕被人放弃了。不能被放弃，是一直以来都支撑着她的念头。她只好回家之后，一个人买来各种各样的酒，一杯杯喝，喝得太多，吐干净了继续喝。有一点可能有优势的地方，她就要尽自己所能去放大。她没有别的选择。

她做不到不计较，如果什么都不计较，不去争取，她什么都没有。很多别人生来就可以享有的东西，她必须去争，去抢。她不想的，不想人人在背后说她，心胸狭窄，斤斤计较。可是，她怎么敢大方？大方了，她的那一份，就没有了。就什么都没有了。

路棠听到了她和人说起徐匪，徐匪就连人带项目都成了她的。哈哈，凭什么？是她先发现的徐匪，也是她跟徐匪先达成的合作，连爱上都是她先的。路棠凭什么？

骆语薇把手里的空酒瓶甩在一边。

所以，雾阳找到她，告诉她怎么做能分开他们，她马上就去做了。她不想让路棠痛快。也是她从人事那里找到了路棠家里的电话，关心啊，有时候就是让人不痛快的。

哈哈。她笑得很开心，眼泪都快笑出来了。

她知道，老一辈的人不容易接受徐匪那样的人，那样的才与貌太过招蜂引蝶。她看着那几天，那张英俊的脸上再无笑意，心里一阵阵痛快。她想告诉路棠，你只是看起来活得潇洒，可实际呢，你手下的艺人想拆散你和你的爱人，你的母亲也反对你们的感情。感情不在了，你们的项目要怎么继续进行？项目进行不下去，执行总编的位置不就是她的了。

哈哈。她继续笑着。

可是为什么，像路棠这样的人，要做那样的事？为什么要帮她掩埋她的过失？她一直以为那是执行总编帮她处理的，没想到却是那个像男人一样的女人。

哈哈。她笑得眼泪都出来了。

这就是为什么，她比不过她吗？这就是为什么，无论是公司里那群女人，执行总编还是徐匪，都更喜欢她的原因吗？可是那个女人真的太笨了，连徐匪和自己只是故意亲密给她看都看不出来，那个女人暗自生气的模样，看得她可真畅快。

她不会承认自己有多么羡慕路棠，羡慕路棠最后拿到了执行总编的位置，羡慕路棠的徐匪，羡慕一直活得那么洒脱明亮的路棠。

雾阳

看着那两个相拥的身影，雾阳终是无可奈何地一笑，转身离开。由始至终，他只希望他的阿匪是真正幸福的。所以，他不后悔当初介绍路棠认识阿匪，即便这让他的阿匪从此不再只是自己的。同样的，他也不会后悔后来找到骆语薇，让她和木均祁一起，在徐匪和路棠之间制造矛盾与误会。他习惯了自己的双手是干净的。

在法国的这段日子，他和徐匪去了很多地方，但无论遇见的景色再动人，品尝到的食物再美味，似乎都没能让人真正开心起来，阿匪并不开心，所以他也开心不起来。阿匪经常盯着手机看，看路棠发过来的消息，却只是看，不怎么回复。那个邮箱里的照片是他安排骆语薇发过去的，这大概也是他们现在会在这里的原因之一。但看着徐匪变得比以前更加沉默寡言的模样，他突然有些不确定自己是不是做对了。他不希望徐匪被路棠所伤害，那么自己的行为，有没有在伤害他呢。

终于有一日，他忍不住问："真的这么放不下她吗？"

"嗯。"他的阿匪一贯诚实。

雾阳抬头看向海面，没有再说话。

良久，却是徐匪开口了。"我知道，你一直希望我能找一个相对完美的女人。不过，如果不是她的出现，我想我应该会保持之前的状态就这么过下去。人活着无非是衣食住行，我已经能够自给自足，别的，我也不需要。在那个人离开之后，我没有想过再找另外一个女人进入我的生活。不过那个女人，我好像拒绝不了。拒绝不了这么无赖的人，也拒绝不了她的勇敢，甚至，她的胆怯。这样一个比猫咪还难伺候的女人，偏偏，就能让人无法抗拒地爱上她。"

雾阳的心里滑过一阵无法言喻的情绪，"阿匪。"

“收到照片之后，我没有跟她打一声招呼就来了这里，的确生气，不过更多的是为了让自己想清楚。这个女人，这段感情，于我而言究竟意味着什么。也让她看清自己的心，无论我对她的感情是深是浅，如果她爱的人并不是我，那么应该放手的人就是我。活到这个年纪，怎么会没有过旧情，但旧情要真的结束，才能开始新的篇章。”

“所以照片的事，你已经不在乎了？”

从手机收回目光的人朝着他露出了淡淡的笑容，似乎已经知晓一切，“这笔账，我会找该算的人，好好算一算的。回去吧。”

雾阳一时语塞，心里却已经开始对某人松动。

第二天，他们从尼斯搭乘火车去了佛罗伦萨，只为了给某个女人挑选礼物。回国后的那段若即若离，那场特殊的求婚，原本就在徐匪的计划之内。只不过后来某个女人的到来，让这一切被加速执行了。

加速执行的后果是，策划者与所有的参与者都更辛苦了一些。不过所有人都觉得，那很值得，他也不例外。甚至某种程度上，他觉得自己像是在补偿，为之前在他们之间制造的隔阂与误会。他不是败给路棠，是败给了他的阿匪。幸好，一切都来得及。

一个是世间独一无二的，他最好的朋友阿匪，一个是对他有知遇之恩的人。既然他们彼此相爱，他能做的，也只有释怀和祝福了。

木均祁

那个英俊的小姑娘究竟是什么时候引起了自己的注意？空下来的时候，他会仔细思索这个问题，却始终记不起源头。

只是她在工作中遇挫时，每每抿起严肃弧线的倔强面孔，好像不经意间就会晃入他的心间。他觉得很有趣，明明年纪上应该还是个刚出象牙塔不久的小丫头，为什么要活得这么倔，这么严肃？却也像极了自己。

他难得才能在那个小丫头脸上见到笑容，忍不住暗叹，平白辜负了那一副得天独厚的容貌。她的长相不是人们通常定义中女人特有的那种性感与娇柔，但笑起来却莫名动人。以至于后来两个人真的在一起之后，他总是忍不住去逗她，然后静静看着她满面的笑意，仿佛心都亮堂了起来。

作为公司同期录取的唯一一位非科班出身的新人，小丫头在樾井无疑是一个异类。比大多数男生更加英挺的外表是一方面，另一方面，相比其他新人，她在公司里进步的速度之快令人惊讶。自然他们交给她的任务分量也越来越重。这样的人很容易吸引人的视线，却足以让他把她搁在了心上。他很清楚自己向来是个薄情的人，很少会真正对某一个人用心思。不过对她，可真是个例外。

冒头太快的小丫头引来了不少非议，那群小年轻之间关于她的风言风语流窜不息，对她隐隐形成了孤立合围之势，小丫头看起来倒是不怎么在意。不过他知道，她要解决的问题应该不止于此，那个小丫头现在最苦恼的或许还有一次又一次被打回重做的选题策划案。她在老周手下学习，这个师傅是公司里出了名的高标准、高要求却又不善言辞。

路过老周的办公室，他看着那个小丫头的策划案再一次被打回之后，跟那群小年轻笑眯眯地打了声招呼，转身走进了档案室。他不由笑了，别人越看不起你，你越要过得好，还要好得肆意而张扬，这才更能气得人牙痒痒的。这个性子实在像足了自己，也调皮得很。

鬼使神差的，他随着小丫头的身影走进了档案室，哪知却在档案室内的某个角落里找到了她，那个原本一脸淡定的小姑娘蹲在了地上，见到他进来，眼中的犹豫与茫然还未来得及完全敛去。到底还是个小姑娘，他的心间突然陷下一片柔软的地方。

"木总，你好。"小丫头很快站起了身，有些恭敬地打着招呼，眼神恢复了冷静。

有点惋惜她又戴回了那张面具，他故意开口慢声问她："怎么蹲在这里，有人欺负你了？"

她似是没有想到他会这么问，眼睛一下子瞪得很大，很是可爱。

他看着小丫头张口欲言，又好像不知道该说什么，最后只能干瘪瘪地回答自己，"没有，没人能欺负我。"

明明她没有流露出什么情绪，明明她说的后半句话甚至有些嚣张，他却莫名读到了一丝深藏着的委屈，这个小丫头还是个有故事的人。

"你很像我的一个妹妹，一样的倔，一样有点愈挫愈勇的意思。"他看着她又逐渐瞪大的眼睛，笑了笑，继续说道："老周是个不错的师傅，不过，真的想在这一行做出点成绩的话，要不要来跟着我学习。"

"木总……"小丫头的眼睛里开始晃动起丰富的情绪。

他杜撰了一个妹妹出来，不过内心里也着实希望能有这样一个妹妹，不爱撒娇，反而很独立，还带点倔强。他扬起了一抹笑意，继续"拐骗"原本是老周的徒弟，"你的运气不错，我不怎么爱亲自带人，不过也许你会是那个例外。"

小丫头眼睛里流转着的情绪终于化成了脸上慢慢露出的笑容。

他木均祁难得跟人抢徒弟，当然也是因为一直没找到合眼的，不过真的相中了，老周自然不是他的对手，只能望才兴叹。

把路棠调到了自己身边，在樾井内部也引起了一场小震动。不过因为她的长相，也因为他一直以来洁身自好的形象，倒是没有人往那方面想，只是感叹于路棠的好运气。

让他欣慰的是，小丫头很珍惜这次机会，交给她的每一项任务，都完成得非常漂亮。欣慰之余，他的确把她当成了自己的妹妹，也是一个小徒弟，用了心思去教她。犯了不该犯的错误时，严厉的批评少不了，做得好的时候，夸奖也不能缺了。从选题策划的内容把握到在公司里与前辈同事相处的原则，一点一点，手把手，倾囊相授。

他费了不少心神，好在小丫头很听话，进步得也很快。与之相随的还有他们之间日渐深厚的感情，人非草木，孰能无情。朝夕相对，点滴之间的摩擦接触，这份原本尚算纯粹的感情，开始慢慢变质了。

他有时候会想，也许从一开始，自己的潜意识中就存在着这样的想法，多少看似偶然而生的缘分，背后皆暗藏着一方的苦心安排。于他，那个原本并不清晰的意念，在看到一贯独立的小丫头越来越在乎自己看法时，已经越来越具象了，又在她一次又一次努力为自己准备的惊喜之中，清晰成形。

他一手创建了樾井传媒，从当初那间只有几个人的小办公室发展到如今的规模，经历的人事不在少数，很清楚小丫头对自己的感情。平心而论，以他的才貌与身份，这样照顾一个小姑娘，而他身边一直没什么女人，小丫头要想完全不动心，除非是木人石心。

他看破了，却没有说破，也因为心底的贪念，舍不得远离她。他想起曾读到的斯腾伯格关于爱情的定义，三个成分构成了爱情一词：激情，爱情的情感成分，情绪上的着迷，深厚的情感和性欲；亲密，爱情的动机成分，联结感，紧密感和喜爱；承诺，爱情的认知成分，心里或口头的预期。

一切条件都恰到好处的满足，也许这就是爱情。只不过遗憾的是，他已经有了配偶。他的妻子常年卧病在床，却同样是一个值得人去爱去尊重的女人。他对路棠的这份爱，相比和妻子这么多年的感情又如何呢？

《机杼》系列是樾井传媒一个里程碑式的作品，即便时隔两年，它依旧为人所念念不能忘。不过少有人知道，那部作品也是他和她的定情之作。他们一起在茫茫的书稿中找到了那棵尚稚嫩的小苗，一个个日夜地给那棵小苗耐心浇水、施肥，再细致地除去周遭的杂草，看着它慢慢成长起来。其中究竟投入了多少的心血与感情，只有他们两个自己知道。

如此细致用心的培养，《机杼》系列成了当年无可匹敌的黑马。却也是此时，他才惊觉不知几时起，昔年那个倔强的小丫头已经褪去了当年的青涩模样，已经可以与他比肩而立。也悄然在他的生命里，刻下了深入心脏的痕迹。

人人皆以为《机杼》是由他一人主导，旁人不过辅助之功，他却清楚小丫头在这个项目中承担的分量，没有她，《机杼》未必会有如今的破竹之势。他笑着接下旁人的恭维与道贺，却瞥见身侧的她眼睛里有着淡淡的失落。是了，他的小丫头一向最不喜欢吃亏，只不过如今面对的人是对她一向照顾的师傅，她也只好忍下这份委屈了。

樾井内部的庆功宴上，他终是不忍于她眼睛里的情绪，向众人特地点明了小丫头的功劳。话音刚落的那个瞬间，她看向他时眼中的惊喜，比漫天的星光更加耀眼。原先只是担心她仍年轻，只怕树大招风，不过横竖他也能护着她，只要小丫头开心，旁的也不值得在意了。他的心很硬，却唯独对她没有办法。

所有人都看出了他对小丫头的重视，那帮年轻人也不再针对她，倒是一个个上前去敬酒。小丫头的酒量一向很好且克制，那天却如数全都接下了，获了满堂彩之余，人也喝得有了几分醉意。也是因为醉了，送她到楼下时，她终于丢掉了一贯的冷静扑进了自己怀里，说出了一直没敢跟他说的话。

“木均祁，我喜欢你很久了，很喜欢很喜欢，从你第一次带我去小巷子里吃馄饨，我就……”情绪太过激动，她没能继续说下去，反而话里带上了哭腔。

这样一个女孩儿，工作起来明亮动人得不可方物，游乐场里开心地笑起来的时候，又像个单纯的孩子，一个会因为一部苦难小说而落泪的傻姑娘……当她用一双渴求的眼睛看着你，让人如何能够拒绝。

也许他也喝醉了，只觉得她此时的声音比起夜莺的婉转还要再动人上三分。他没有推开她，也没有告诉她，自己已经结婚。他没有克制住心底的欲望，亲吻了她。明明知道会有更适宜的人与她相配，明明知道她的父亲是因婚姻里的第三者而过世，却还是越过了界，让她在不知情的情况下，背负了她最痛恨的角色。

感情实在是太激烈的东西，就像罂粟，半点不由人做主，明知有毒明知应该保持距离，却不能抗拒。他一手调教出来的小姑娘，今晚终于开口说要和他在一起。此刻温香满怀，他只觉得心里原本缺漏了一角的地方此刻被填补得很完整。

他一根一根地亲吻着她的手指，看着她因为害羞而面色微红的模样，心里柔情满溢，像要把两个人都融化在这个夏夜里。

经过这个夜晚，他们顺理成章地在一起了。从此白天黑夜的时间都变得非常美好，因为爱的人就在眼前，伸手可及，于是做什么都很高兴，发自心底地感到快乐。工作的时候，他们是默契无间的拍档，工作之外，他们是甜蜜的恋人。

他觉得自己像是变成了二十多岁的小伙子，时不时地就想逗逗自己的小女朋友，想欺负她，看她气鼓鼓的模样，想宠着她，看她开心地眯起眼，一起逛各种有趣的地方，试吃各色的美味……甚至，他原本最讨厌的女人撒娇，由她做起来都很可爱，让人欲罢不能。

这样的生活太容易让人流连忘返，以至于他忘记了自己已经很久没有回老宅探望妻子了。直到慕湘病危的消息传来。

管家打电话告诉他慕湘病危的消息时，他正陪着客户吃饭，挂掉电话，他的一颗心慢慢沉了下去。

他的妻子，那个与病魔斗争了多年也从未退缩的善良女人，这一次，真的病危了。起因也许就是那个小丫头。这么多年，慕湘与他的感情早就超越了男女之情，那不仅仅是他的妻子，更是他在这个世界为数不多的亲人。路棠怎么敢伤害她！愤怒的情绪一点点销蚀着他的理智。

这样累积而成的情绪，在见到病床上慕湘苍白的毫无血色的面庞时，终于演变成了摧枯拉朽之势。小丫头承受了他全部的怒意与冰冷，他知道，自己的冰冷会让她最为痛苦。

他似是为妻子讨回了一些公道。却刻意忽略了，其实最自私的人是他自己。或许那让人丧失理智的怒意中，原本就包含着他对自己的恼恨，和对两个女人的惭愧。

慕湘从死亡线上被救回来之后，他终于慢慢冷静下来，收敛了一切不该有的心思，尽心扮演好一个丈夫的角色，却也因此无法再面对那张英俊的面孔。

不久之后，小丫头的离职申请静静躺在了他的邮箱里，这一幕几乎是意料之中的必然。他知道，小丫头的骨子里有着不容侵犯的骄傲。他盯着那封邮件看了整整一个早上，终于在慕湘的连连呼唤声中，作了回复。

小丫头一句话没说，离开了樾井传媒。

一别多年。

现在，看着她在那个男人怀中肆意明媚的模样，他终于能够说服自己放手。他曾经劝她，徐匪并不如看起来的那么简单，不要太靠近，她没有听，一意孤行。可谁能想到，那个一向冰冷低调的男人，会为了她，制造了一场这么盛大的浪漫。

一直以来，错的终究是他。

他想起慕湘离开之前，哭着告诉他，当年那场病危根本不是因为路棠的骚扰，反而是她在听闻了他和路棠的事情之后，刻意找到了路棠，又敲打了她，心里却不安才会导致病情的加重。之前他从未与什么女人有染，这样的事，她也是第一次做。

他没有责怪慕湘，三年过去，早已人物皆非，伤害者与被伤害者是否颠倒，也已经不重要。一切的祸端，本由他始。

也许就像路棠说的，他这一生最爱的人一直都是自己。所以，做一个孤家寡人，也许，也不错吧。